ullstein

Das Buch

Eine fröhliche Runde, ein Abend unter Freunden wie jeder andere. Als Felix aufsteht und augenzwinkernd sagt, er gehe mal schnell Zigaretten holen, lachen alle. Doch er kommt tatsächlich nicht wieder. Als es auch Tage später kein Lebenszeichen von ihm gibt, macht sich sein bester Freund Jakob auf Spurensuche. Manja, Felix' Immer-mal-Freundin, lässt ihn in seine Wohnung. Weder in seinem Computer noch seinem Tagebuch findet sich etwas Handfestes, ganz im Gegenteil wird Felix seinem Freund Jakob immer fremder, je tiefer sich dieser in sein Leben begibt. Wer war Felix in Wirklichkeit, und wo ist er jetzt? Im selben Maße, in dem sich Jakob Felix' Leben aneignet, scheint ihm sein eigenes zu entgleiten, bis sich in ihm die Grenzen verwischen.

Der Autor

Hannes Köhler, geboren 1982 in Hamburg, lebt als freier Autor und Übersetzer in Berlin. Studium der Neueren deutschen Literatur und Neueren/Neuesten Geschichte in Toulouse und Berlin. 2017 erschien sein Roman *Ein mögliches Leben* bei Ullstein, für den er 2018 mit dem Buchpreis der Stiftung Ravensburger Verlag ausgezeichnet wurde. *In Spuren* ist sein Debütroman.

Von Hannes Köhler ist in unserem Hause
außerdem erschienen:

Ein mögliches Leben

Hannes Köhler

In Spuren

Roman

Ullstein

Besuchen Sie uns im Internet:
www.ullstein-buchverlage.de

MIX
Papier
FSC® C083411

Lizenzausgabe im Ullstein Taschenbuch
1. Auflage März 2019

Umschlaggestaltung: Büro Jorge Schmidt, München
Titelabbildung: plainpicture / © Sven Paustian
Satz: Pinkuin Satz und Datentechnik, Berlin
Gesetzt aus der Bergamo
Druck und Bindearbeiten: CPI books GmbH, Leck
ISBN 978-3-548-29063-8

»Und andere nehmen sich einen Strick und hängen sich auf«, sagt Felix und hebt den linken Arm über den Kopf, die Faust um ein unsichtbares Seilende geschlossen. »Das muss man sich mal vorstellen.« Der Raum ist voller Rauch. »Der Nebel aus den Gläsern«, sagt Felix, der immer das Gespräch an sich ziehen muss, die Zigarette zwischen Mittel- und Ringfinger. Sein kratzendes Lachen.

»Nu mach mal langsam.«

Er steht auf, etwas unsicher auf den Beinen. Und lallt: »Kippen holen.«

Zehn Minuten. Zwanzig Minuten. Basti sagt: »Der is ins Klo gefallen.«

Wir lachen. Ich sage: »Ich geh mal gucken.«

In den Toiletten steht stechender Ammoniakgeruch. Aus dem Spiegel ist eine Ecke herausgebrochen, im Waschbecken ein langer Sprung, vom Abfluss bis zum Rand. Davor eine Pfütze, die sich in den Rillen der Fliesen ausbreitet. Edding und Aufkleber bedecken die Wände. *Für immer und ewig: Eisern Union. Next Sunday: Soul Explosion.* Im dunklen Holz der Kabinen klaffen Löcher, eingetreten oder geschlagen. Ich öffne die Türen, sehe gekritzelte Wortfetzen und Aufkleber, überall. Kein Felix ist zu finden, auch sonst niemand. Auf dem Rückweg stoße ich gegen den überquellenden Papierkorb. Ganz oben liegt sein T-Shirt. Grauer Stoff, darauf ein weißer Aufdruck: *Elbkind.* Zwei dunkle Schweißflecken unter den Ärmeln. Ich hebe es auf, halte es zwischen Daumen und Zeigefingern an den Schultern, spüre die Feuchtigkeit in den Fasern.

Ich stelle mir vor, wie er mit freiem Oberkörper die Kneipe verlässt, auf die Straße torkelt, seine haarige Brust, der weiße Bauch ein wenig vorstehend. Ich schüttle den Kopf. Unmöglich, selbst für Felix. Er muss ein Ersatzhemd gehabt haben, vielleicht eine Tasche, die ich übersehen habe. Der Wirt hat nichts bemerkt. Einer der Stammgäste an der Theke sagt: »Jo, der is raus.«

Als ich frage, ob mit freiem Oberkörper, schüttelt er den Kopf und starrt auf sein Bier.

Die anderen warten am Tisch, bilden eine Schweigewolke unter der Lampe.

»Und?«

Basti trommelt mit den Fingern.

»Weg«, sage ich und werfe das T-Shirt auf den Tisch.

»Wieso weg?«

»Verschwunden.«

»Und jetzt?«

»Abwarten, der kommt wieder.«

»Ruf ihn an!«

Ich wähle seine Nummer. Eine elektronische Stimme antwortet. *Not available at present.*

»Der rastet aus«, sagt Manja. »Du weißt nicht, wie der tickt, wenn der ausrastet.«

Sie tastet nach dem Lichtschalter. Ein kurzes Klicken. Licht flutet den Hausflur, erhellt gelbe Wände, die nachgedunkelt sind, wie mit Asche überzogen. Rechts ein schwarzes Graffiti: *Widerstand.* Der Boden auf dem Weg zur Treppe, ein Schachbrett, ist zur Mitte hin abgesackt: Morsche Kellerbalken, das weiß ich von Felix. Reparaturen sind geplant, seit Monaten schon. Die neue Waschmaschine eines Nachbarn hatte ausgereicht.

Felix erzählte, dass er auf der Treppe stand, als die Sackkarre mit der Maschine in den Flur gerollt kam. Als die Männer die Mitte des Flurs erreicht hatten, knirschte es laut, wie das Reiben gigantischer Zähne. Der Boden senkte sich in Zeitlupe.

Felix erzählte von ihren erschrockenen Rufen und dem lauten Donnern, als sie die Maschine losließen und diese nach hinten kippte. Noch hält der Boden, hatte Felix gesagt, die Frage war nur, wie lange noch. Es ist ein seltsames Gefühl, die eigenen Füße jetzt auf diese Fliesen zu setzen.

Manja geht vor, ohne den Boden zu beachten. Ihr breiter Hintern spannt die enge Jeans. Mein Ruhekissen, hatte Felix gesagt. Vor der Wohnungstür bleibt sie stehen, kramt den Schlüssel hervor.

»Den wollte er längst wiederhaben«, sagt sie. *»Du kommst hier nicht mehr rein.«*

Sie starrt ins Leere. Seine Worte aus ihrem Mund werfen die Frage auf, seit wann er solche Sätze sagt. Wir klingeln. Keine Reaktion.

»Na los.«

Sie schaut mich an.

»Meine Verantwortung«, sage ich.

Sie holt Luft.

In seiner Wohnung ist es still. Blasses Licht strömt aus einer nackten Birne. Manja tritt in den Flur, zögert. Der Boden knackt bei jedem ihrer Schritte. Ihr Blick geht zur Garderobe an der linken Wand. Leere Haken, zum Fischen von Jacken in die Luft gereckt, darunter ein Berg aus alten Schuhen. Stofffransen, gerissene Schnürsenkel. Neben ihr die Tür des Badezimmers. Sie dreht sich, drückt die Klinke und schaut ins Dunkel.

Mein eigener Körper erstarrt an der Schwelle. Erst als Manja mir winkt, gehorchen meine Beine. Ich bin ein Einbrecher, ich taste mich vor. Manja flüstert.

»Felix?«

Ich warte und stelle mir vor, seine Stimme zu hören, ihn aus der Tür am Ende des Flurs treten zu sehen, seine Überraschung, vielleicht Wut. Ich lausche. Alles bleibt still. Ich drücke meinen Rücken gegen die Wohnungstür und erschrecke über den dumpfen Knall, als sie hinter mir ins Schloss fällt.

Von den hohen Wänden im Wohnzimmer löst sich an einigen Stellen die Tapete. Reste von Stuck verstecken sich in den Ecken. Der Boden besteht aus breiten Dielen in dunklem Rot, mit einem Stich ins Braune.

»Synthetisches Ochsenblut, wie nach einem Schlachtfest kleben geblieben«, sagte er. »Warum haben die das damals bloß gemacht?«

Er schüttelte den Kopf, wollte die Farbe aber nicht abschleifen.

»Ach komm! Wie lang bleib ich denn schon hier.«

Drei Finger dabei an die Schläfe gelegt, als bereite ihm der Gedanke Kopfschmerzen. Vier Jahre hat er es ausgehalten. Die Dielen sind unverändert. Vier Jahre, in denen ich zweimal umgezogen bin. Felix blieb.

Manja und ich betreten den Raum, seine Wohnhöhle im Wrangelkiez. Das schwere Schlafsofa beherrscht die Mitte des Zimmers. Davor, an der Wand zu unserer Linken, steht ein Tisch mit einigen Pflanzen und einem kleinen Fernseher, daneben ein Plattenspieler samt Verstärker. Rechts steht sein Schreibtisch vor dem Fenster zum Hof. An der Rückwand ein Kleiderschrank, daneben die Öffnung zur Küche. Uns gegenüber reihen sich Buchrücken. Die lange Wand ist ein einziges Regal aus langen Brettern, selbst gezimmert, auf denen die Bücher nach Farbe und Form sortiert sind. Unten, über dem Boden, verläuft eine Reihe quadratischer Fächer. Darin stecken Schallplatten, die er wahllos und in großen Mengen gekauft hat. Kinderhörspiele: *Hui Buh, das Schlossgespenst, Asterix bei den Briten.*

»Ick hätte gern nock ein Tropfen Milck in mein heiß Wasser.«

Er imitierte den Akzent, konnte darüber lachen, immer wieder. Dazu hat er alle Stile gemischt, Platten mit klassischen Konzerten neben Rock gestellt, elektronische Musik neben Hip-Hop. Dazwischen finden sich auf einmal Peter Alexander und Hannes Wader.

»Elternschädigung«, hat er einmal gesagt. »Kommt man nicht von weg.«

Musikchaos. Sein Lesen dagegen ist durchstrukturiert. Ich entdecke Thomas Mann, das Gesamtwerk. In seinem Regal reihen sich die grauen Rücken der Taschenbücher. Er las chronologisch, recherchierte sämtliche Jahreszahlen der Veröffentlichungen. Jeden Tag eine Stunde oder mehr. Ich habe ihn in den letzten Jahren öfter lesend in der U-Bahn angetroffen. Er schien versunken, das Buch auf dem Schoß, den Kopf abgeknickt. Seine Bücher blieben fremd, blieben lange Wortschlangen, wie seine Sätze. Wenn er von ihnen erzählte, hatte ich ein Gefühl, als ob mein Körper sich wehrte, jeden Buchstaben abstoßen wollte.

Auf einem kleinen Tisch neben dem Sofa finde ich *Krieg und Frieden,* eine alte Ausgabe in grauem Einband. Auf dem Buchdeckel sind zwei geschwungene Buchstaben in goldener Schrift gedruckt: LT. Die Seiten sind gespickt mit Klebezetteln, und auf die Seitenränder sind kurze Stichworte gekritzelt, oft mit Ausrufezeichen.

Ja! Nachschlagen! Schrecklich!

Ich blättere, finde einen Satz, den er eingekreist hat, ohne dass ich erkennen kann warum.

Eine Lokomotive fährt dahin. Es fragt sich nun, wie kommt es, daß sie sich bewegt? Der Bauer sagt, der Teufel treibe sie. Ein anderer sagt, die Lokomotive fahre, weil sich die Räder drehen. Der dritte versichert, die Ursache der Bewegung sei der Rauch, den der Wind davonträgt.

Manja lehnt an seinem Schreibtisch, stützt sich mit den Händen auf die Arbeitsplatte. Die Muskeln ihrer Arme spannen sich. Ihr Blick gleitet über Sofa, Schrank und Bücherrücken. Sie prüft und vergleicht, sucht nach Änderungen, nach Dingen, die nicht an ihrem Platz sind.

Auf mich wirkt der Raum leblos. Oder verlassen. Die Blätter einiger Pflanzen auf dem Fensterbrett färben sich bereits bräunlich. Keinerlei Spuren von Kleidung. Manja stößt sich ab und geht in die Küche. Ich höre Schranktüren quietschen, Wasser, das aus der Leitung fließt. Ein lautes Klack, als sie den Schalter des Wasserkochers umlegt.

In seinem Schrank hängen Sachen, die ich noch nie gesehen habe. Anzüge, Hemden, Sakkos. Ich kenne Felix in alten Turnschuhen und Jeans, die so weit waren, dass sie manchmal unter seinem Hintern hingen, dazu seine Neigung zu T-Shirts mit seltsamen Aufdrucken.

Ich schiebe die Bügel im Schrank von links nach rechts. Einige der Sachen sind noch in die Folie der Reinigung gepackt und knistern, als ich sie berühre. In meinem Rücken klappert Porzellan. Manja tritt neben mich, eine dampfende Tasse in den Händen. Ich starre in den Schrank.

»Wusstest du … all die Sachen?«

Sie lehnt sich in den Türrahmen, nickt langsam, als müsse sie die Dinge in seiner Wohnung erst mühsam aus ihrer Erinnerung holen.

»Schon seit ein paar Wochen. Was suchst du eigentlich?«

Ich zucke die Schultern.

»Einen Hinweis.«

»Warum sollte er abgehauen sein? Er ist doch nur aus dieser Kneipe weg.«

Ich drehe mich. Die Wohnung ist auf den ersten Blick frei von Spuren, auch die Arbeitsfläche des Schreibtischs ist leer. Ich erinnere mich an ein Zettelchaos, Stifte, Teekannen und Bücher. Am Ende kann ich nur mit den Schultern zucken.

»Hier ist er seitdem nicht gewesen. Hier ist …« Ich stocke. »Hier ist niemand gewesen.«

Sie zieht Luft ein, ihre großen Nasenflügel heben und senken sich. Mein erster Gedanke ist, dass sie zu lachen beginnen wird. Aber dann nickt sie und legt die Stirn in Falten.

»Wann ist er verschwunden?«

»Vor fünf Tagen.«

»Vielleicht steht was in seinen Mails?«

Die nächste Überraschung: ein schwarzer, neuer Laptop, den sie aus der Schublade unter seinem Schreibtisch zieht. Sie schaltet ihn ein. Das Rauschen der Lüftung ist nach dem Sprudeln des Kochers das zweite Lebenszeichen in seiner Wohnung. Manja tippt sein Passwort ein.

Ich habe den Anschluss verloren, die Verbindung. Ich denke an das Foto, das ich bei meinem letzten Besuch in Hamburg am Küchenschrank seiner Mutter gesehen habe. Zwei Blondschöpfe, die in die Kamera lachen. Der eine mit wüsten Locken und großen, blauen Augen, einer zierlichen Nase, der andere mit einem Pottschnitt, darunter ein schmales, grünes Augenleuchten. Poloshirt stand neben Karohemd, über dem die Träger einer Latzhose spannten. Wir haben die Arme um die Schultern des anderen geschlungen.

Der Bildschirmhintergrund seines Rechners zeigt das Foto eines grauen Sees in den Bergen. Das Ufer ist zweigeteilt:

Der grüne Teppich eines Nadelwalds wird plötzlich von verbrannten Stümpfen abgelöst. Manja fängt meinen Blick auf und nickt. »Kanada.«

Vor zwei Sommern hat er für mich völlig überraschend dieses Wagnis auf sich genommen und ist alleine nach Nordamerika gereist.

»Ich muss raus. Einfach mal raus«, hatte er gesagt.

Als er zurückkam, hatte er Farbe im Gesicht bekommen und lachte viel. Er studierte, schrieb Artikel für Zeitungen. Bald saßen wir wieder zusammen in Bars und Kneipen. Und er rauchte und gestikulierte wie immer.

Ich öffne sein Mailprogramm. Eine neue Nachricht erscheint:

hallo felix,
danke für deine nachricht. ich bin noch bis ende juni in frankreich. wenn ich nicht unterwegs bin, kannst du jederzeit bei mir übernachten. melde dich einfach.
liebe grüße,
hanna

Ich frage Manja, wer Hanna ist. Sie kommt herüber, stellt sich hinter mich. Ihr Atem streicht über meinen Nacken. Ich kann sie riechen, einen künstlichen Blumenduft, dahinter zwiebelig-scharfer Schweiß. Eine Weile schweigt sie, zieht leise Luft durch die Nase.

»Ich hab da den Überblick verloren.« Sie lacht.

»Geht mich ja nichts mehr an, hat er immerhin gesagt.«

Ich durchsuche seine Kontakte. Hanna Bechtel, dazu eine E-Mail-Adresse. Ich versuche den Namen einzuordnen, aber es misslingt. Als ich *Antworten* wähle, legt Manja mir ihre Hand auf die Schulter.

»Willst du jetzt alle seine Weiber anschreiben?«

Ich tippe einige Buchstaben, lösche sie wieder. Manjas Anwesenheit drückt auf meinen Rücken. Ich will ihn finden, Manja tut, als wäre es ihr egal. Die zornige Exfreundin stört mich, bringt meine Gedanken durcheinander. Ihre Anwesenheit ist ein andauernder Kommentar in meinem Kopf: *Was du tust, ist Unsinn. Der kommt wieder.*

Ich schließe das E-Mail-Programm und klappe den Rechner zu.

»Schon genug?«

Sie grinst, stellt ihre Tasse auf den Schreibtisch und geht zur Toilette. Schnell öffne ich den Bildschirm wieder, dann das Programm, tippe Hannas Adresse in mein Handy.

Aus dem Bad höre ich die Spülung. Mein Blick ist erst ziellos, verfängt sich dann am Fensterbrett hinter dem Schreibtisch. In der Ecke, unterhalb des Griffs, liegt ein dickes, schwarzes Buch mit Ledereinband. Keinerlei Aufdruck. Ein Notizbuch vielleicht. Ich greife danach, lege es vor mir auf den Tisch. Einige Zettel ragen heraus, quellen hervor und verdicken die Seiten.

»Tagebuchschnüffler?«

Ich hebe die Hände zurück. Manja tritt neben mich, nimmt das Buch in die Hand, lässt einige Seiten durch die Finger gleiten.

»Findest du sicher spannend. Aber nicht heute. Ich muss los.«

Sie hält das Buch in der Hand, klappt es zu. Ihr Blick fordert mich auf zu gehen, drückt mich aus der Wohnung. Gleichpolige Magneten, denke ich. Oder noch etwas anderes. Ich stehe auf. Sie legt das Buch auf den Schreibtisch und folgt mir in den Flur.

Zu Hause angekommen verschiebt sich der Blick auf die eigene Wohnung. Vorher: der Heimweg mit dem Fahrrad über die Spree, die lange Steigung an der Warschauer Straße, rechts die Backsteinbögen des U-Bahn-Viadukts, darin Gitterstangen vor trüben Fenstern und Holzplatten, Werbung für Konzerte, Meditationsgruppen. Über mir dröhnte die Bahn. Ich kämpfte, strampelte bis zur Atemlosigkeit. Die Stufen in den dritten Stock rannte ich mit schweißnassem Rücken empor. Das zweifache Drehen des Schlüssels im Schloss verriet mir, dass ich alleine sein würde.

Im langen Flur dehnt sich der eigene Körper aus, lässt ein Druck nach, der wie eine zweite Haut über mir gelegen hat. In der Küche steht der Geruch nach Essen vom Vorabend, aus einer Pfanne mit angetrockneter Pasta. Ich tippe mit dem Zeigefinger in knittrige Pilze und einen beigen Brei verfestigter Sahne. Das erste Mal seit einigen Stunden denke ich an Sarah, die unterwegs ist, immerzu. Sie jagt aus meinem Kopf hinaus, jagt Geschichten nach, die jetzt Storys sind. Ich versuche mich an ihren heutigen Termin zu erinnern, der eine Pressekonferenz sein kann, ein Interview vielleicht.

Im Wohnzimmer, auf dem großen Sofa, gleich vorne, stapeln sich Zeitungen. Sie nennt es Recherchen, ich die Unfähigkeit, sich von altem Papier zu trennen. Ich gehe zum Regal an der Kopfseite des Raumes, schalte das Radio ein. Stimmen erklingen, die schnell sprechen, die Hörer auffordern, anzurufen. Es ist Fragestunde, Zeit für Quizblödsinn. Auf dem Esstisch in der Mitte des Raumes versteckt sich mein Laptop hinter einem Berg ihrer Bücher.

Hallo Hanna,
ich heiße Jakob und bin ein Freund von Felix. Leider ist er seit einigen Tagen unterwegs, ohne jemandem gesagt zu haben,

wohin. Ich habe eine E-Mail von ihm gesehen, in der er Dich um Unterkunft bittet. Hast Du etwas von ihm gehört? Ich würde mich freuen, wenn Du mir kurz Bescheid gibst, falls er sich meldet oder bei Dir auftaucht.

Viele Grüße,
Jakob

Ich setze dreimal an. Ein Freund von Felix. Felix' bester Freund. Ein Freund von Felix. Ein bester Freund wüsste, wohin er verschwunden ist. Für einen besten Freund wäre das Warum keine Leerstelle. Vielleicht gibt es irgendwo einen Freund, dem er all das erzählt hat. Vielleicht kann ich diesen Freund finden.

Ich versuche zu lesen, ein Buch zuerst, von dem Sarah immer wieder gesagt hat, es sei großartig. Aber schon bald lese ich ganze Seiten, ohne dass ihr Inhalt in meinem Kopf haften bleibt. Etwas in mir sperrt sich. Ich wechsle zu einer Zeitung, überfliege einige Artikel, lasse das Papier schließlich auf meinen Schoß sinken. Ich lege die Füße auf die Lehne des Sofas, lasse den Kopf zurücksinken. Mein Blick streicht über die Decke, wird ein Starren, in eine sich auflösende Schärfe.

Nach Minuten, einer Stunde vielleicht, höre ich das Knacken der Wohnungstür direkt in meinem Kopf. Schritte fliegen kaum hörbar über den Boden. Ich überdehne den Nacken, sehe Sarah auf den Kopf gestellt in den Raum kommen. Ihre langen Beine stoßen sich von der Decke ab. Die blonden Haare, ihr Pferdeschwanz, trotzen nahe dem Boden der Schwerkraft.

Ich setze mich auf, drehe ihr Bild in meinem Kopf. Für einen Moment schwindelt mir. Ihre Augen lachen mich an, eine grün leuchtende Neugier, die sofort durch den Raum springt, dann zu mir zurückkehrt.

»Hast du geschlafen?«

Ich zucke die Schultern. Der Riemen ihrer Umhängetasche läuft quer über ihren Brustkorb, spannt ihr kurzes, schwarzes Kleid, unter dem eine dunkle Jeans hervorlugt. Sie bemerkt meinen Blick, quittiert ihn mit einem Lächeln, als sie sich bückt und die Stiefel auszieht. Ich spüre den Drang, mich ihr zu nähern, so stark, wie ich noch vor wenigen Stunden das Gefühl des Abgestoßenseins bei Manja gespürt habe.

»Warst du in Felix' Wohnung?«

Ich nicke.

»Und gibt's was Neues?«

Ich erzähle ihr von den verlassenen Räumen, dem Laptop und dem Schrank voller Anzüge.

»Und das gefällt dir nicht?«

Ich schweige. Ich habe ihn nie im Anzug gesehen, vom Schulabschluss einmal abgesehen. Damals steckte er, wie wir alle, in einem schlecht sitzenden Sakko. Er tanzte Walzer mit seiner Mutter. Felix war der Erste, der sein Jackett auszog, dann seine Schuhe. Er flog durch den Saal des Curiohauses, forderte unsere Deutschlehrerin auf und erntete dafür die schiefen Blicke einiger Mitschüler. Später saßen wir auf dem Kantstein an der Rothenbaumchaussee, tranken Wein aus der Flasche und machten Zukunftspläne. Uns gegenüber die teuren Eigentumswohnungen, Hamburger Altbau, rechts von uns die Lichter des Dammtorbahnhofs. Der Erste von uns übergab sich in einen Rosenstrauch vor dem Eingang. Der Abend war ein Rausch, über dem heute eine traurige Schicht spannt, die einen ungetrübten Blick verhindert. Irgendwo zwischen damals und heute hat Felix seinen Schrank mit Anzügen gefüllt. Und jetzt ist er verschwunden.

Sarah legt ihre Tasche ab und geht in die Küche. Nach einigen Minuten kommt sie zurück, ein Glas Wein in der rechten Hand, in der linken einen Teller mit Obst und etwas Käse.

»Hunger?«

Sie setzt sich an den Esstisch, trinkt einen Schluck und sieht mich an. In ihrem Blick liegt etwas Undefinierbares. Ein kleiner Teil von ihr entzieht sich mir, will sich mir nicht erschließen, schon solange ich sie kenne. Ich setze mich ihr gegenüber, schaue auf den geöffneten Laptop, drifte davon.

Sarah steht auf, läuft um den Tisch und kommt zu mir. Sie setzt sich auf meinen Schoß, liest schweigend die geöffnete Nachricht an Hanna. Ich lehne mein Kinn auf ihre Schulter und versuche, meine Sätze wie durch ihre Gedanken hindurch aufzunehmen. Sie dreht sich zu mir.

»Eine Freundin?«

»Aus seinem Posteingang.«

»Und woher?«

»Keinen Schimmer.«

»Aber du spionierst.«

»Ich versuche es.«

Sie zögert kurz. Ihre Augen verengen sich.

»Und du hast keine Ahnung.«

Der nächste Tag. Wochenanfang, Arbeitswoche. Ich bemühe mich um Konzentration in einem Kopf, der einen rissigen Damm aus Gedanken flickt. Erinnerungen schießen hervor, bringen Bilder, die seit Jahren vergraben waren. Meine Finger tippen Berichte, ich telefoniere mit Programmierern und Entwicklern, während ich vor meinem inneren Auge mit Felix durch Eppendorf laufe, mit dem Edding auf Hauswände und Türen schreibe. Dagegen stemmen sich Tabellen, Zahlenkombinationen. Dialoge für Spiele wollen abgestimmt und gesprochen werden. Kinderkram, unterhaltsam und lehrreich, und gerade deshalb immer mehr in den Hintergrund gedrängt. Mittags rufe ich Manja an, sage ihr, dass ich möglichst schnell wieder in die Wohnung will. Sie lacht.

»Passt es nicht?«, frage ich.

»Doch, doch. Ganz wie du willst.«

»Dann um acht.«

»Ich warte in der Wohnung.«

Felix wohnte einige Straßen entfernt. Er ging in dieselbe Grundschule, dieselbe Klasse. Ich saß am ersten Schultag ängstlich in der Ecke und weinte. Der blonde Junge in Latzhose turnte durch die Klasse und sang. Irgendwann blieb er vor meinem Tisch stehen.

»Musst doch kein Schiss haben.«

Es kann meine eigene Erinnerung sein oder eine Erzählung meiner Mutter. Bilder aus Fotoalben schieben sich dazwischen, verwandeln die Geschichten. Wie ich ihm in der ersten Pause den Fußball an den Kopf schoss und er hinschlug. Und dass jemand rief, ich hätte es mit Absicht gemacht. Irgendwann, in unserem ersten gemeinsamen Jahr in Berlin, erzählte ich ihm die Geschichte. Er schüttelte den Kopf.

»Das war später. Als du in Anne Schäfing verknallt warst.«

Küsse fangen im Sportunterricht. *Fischer, Fischer, wie tief ist das Wasser? Wer hat Angst vorm schwarzen Mann? Und wenn er kommt? Dann laufen wir! Anne will mich heiraten. Mir hat sie das aber zuerst gesagt.* Und ich schubste ihn gegen den Türrahmen oder schoss ihm einen Ball an den Kopf. Die Erinnerung mischt Bilder, löst Geschichten auf.

»Jakob?«

Ein Kollege lehnt sich an den Türrahmen meines Büros.

»Die Beta für das Adventure ist da.«

Kinderspiele für Kindergedanken. Zu unseren ersten gemeinsamen Erinnerungen gehören Schlägereien, Streitigkeiten um sechsjährige Mädchen. Irgendwann kam der Schulabschluss und dann Berlin. Und jetzt hat er sich davongeschlichen. Und in mir wächst dieses Gefühl, dass seine Wohnung ein Puzzle für mich ist. Es wird Fährten geben, Spuren, die irgendwo in seinem Rechner, in den Notizen zu seinen Büchern versteckt sind.

Am Abend. Der Wrangelkiez ist hell erleuchtet. Kleine Touristengruppen ziehen Sprachnetze aus Italienisch, Spanisch oder Englisch hinter sich her. Kinder spielen an der Straßenecke, erhellt vom Neonlicht aus Wettparadiesen. Im Innern stehen mittelalte Männer, abwechselnd über Papiere gebeugt oder den Kopf zu den Bildschirmen unter der Decke gehoben. An den Straßenschildern hängen zerbeulte Fahrräder mit verbogenen Reifen. Gegenüber dem Hauseingang parkt ein orangefarbener Laster. Die Seitenwand des Laderaums ist voller Graffiti, *Obst und Gemüse,* Gesichter, darüber die Worte *Bizim Bakkal.* Im Hintergrund der Laden, dessen Auslage gerade vom Händler eingeräumt wird.

Ich wechsle die Straßenseite, gehe zur Haustür. Auch hier überall Graffiti. Rosa Druckbuchstaben über den Klingelknöpfen: *Schneewittchen.* Ich muss unwillkürlich an Manja in einem Glassarg denken und grinse, als ich auf den Klingelknopf drücke.

»Und jetzt?«

Manja öffnet die Tür, steht in T-Shirt und Jeans im Flur. Ihre kurzen, schwarzen Haare, sonst glatt am Kopf anliegend, wirken strubbelig, zerzaust. Ihre Jacke hängt als einziges

Kleidungsstück an der Garderobe. Sie stemmt die Hände in die Hüften. Kleine Züge von Spott hängen wie Reste von Eiscreme in ihren Mundwinkeln. Ich frage mich, was Felix an der stämmigen Manja gefunden hat, frage mich nicht zum ersten Mal. *Pummeldrache* hat Basti sie getauft, dabei ist es geblieben. Als Felix den Namen hörte, lachte er. Dann gab er Basti eine klatschende Backpfeife.

»Ein Gruß vom Pummeldrachen, du Arschloch.«

Im Flur, im Halbschatten des Abends, wirkt sie ungewohnt klein. Andere Wörter drängen sich auf: muskulös, sehnig. In ihrem Körper ist eine andauernde Spannung spürbar. Die Größe ihres Busens ist unter dem weiten T-Shirt nur zu erahnen. Sie verschränkt die Arme, als könne sie meine Gedanken lesen.

»Also, was jetzt?«

Sie macht einige Schritte rückwärts, überlässt mir den Flur.

Bis vor zwei Monaten war Manja Felix' Schatten, saß neben ihm in der Kneipe und ging mit ihm zu Konzerten. Ich traf sie gemeinsam beim Einkaufen, auch wenn ich mit ihm schwimmen ging, war sie fast immer dabei. Eines Abends dann hatte er eine rothaarige Schönheit im Arm, als er zu uns in die Kneipe kam. Weiße Haut, fast durchscheinend, ihre Augen Kristalle. Eine Elfe, ohne Flügel, dafür mit einer winzigen, glitzernden Handtasche an ihrer Seite, die sie vorsichtig über die Stuhllehne hängte.

»Marie.«

Mehr sagte er nicht. Sie lächelte verlegen und gab uns reihum mit ihren dünnen, langen Fingern die Hand. Ihr ganzer Körper war ein Gegenentwurf zu Manja, ihrer Vorgängerin. Ich versuchte freundlich zu ihr zu sein. Als sie später gegangen war, fragte ich nach Manja. Felix starrte in sein Bier, schüttelte den Kopf.

»Ich und ein Drache? Das konnte ja nicht ewig gehen.«

Er nahm einen Schluck Bier.

»Das war …«

Er fuchtelte mit der Hand vor dem eigenen Gesicht.

»Albern.«

»Und das Ruhekissen?«

»Nadeln drin.«

An diesem Tag, in der Wohnung, tut Manja mir leid. Auf dem Tisch vor dem Sofa wartet eine Kanne Tee, aus der Dampf aufsteigt. Manja wirkt unsicher, vielleicht verärgert. Sie tippt wortlos das Passwort des Rechners. Wieder rauscht die Maschine.

Ich frage mich, ob Felix ihr jemals erzählt hat, was wir von ihr denken. Wobei ich eigentlich selbst nicht weiß, was ich von ihr denken soll, was ich damals über sie gedacht habe. Sie überlässt mir den Platz am Rechner und geht zurück in die Küche. Ich höre sie Schränke öffnen, Geschirr räumen.

Im Posteingang liegen drei Werbemails, dazu die Newsletter eines Theaters und einer Literaturseite. Hinweis auf eine Lesung am Wannsee. Ich lösche, ziehe die Nachrichten aus dem Papierkorb aber sofort zurück. Es ist Felix' Rechner, es sind seine Nachrichten. Ich nehme die Hände von der Tastatur und starre auf den Bildschirm.

»Nichts Neues?«

Manjas Stimme hallt aus der Küche, und ich weiß nicht, ob sie mit mir spricht oder mit sich selbst. Neben dem Laptop, auf der Kante des Schreibtischs, liegt das Notizbuch, ein Tagebuch vermutlich. Ich versuche mich zu erinnern, ob es gestern an dieser Stelle gelegen hat. Der Verdacht drängt sich auf, Manja könne darin gelesen haben, im Buch könnten Hinweise auf ihre Schwächen stehen. Ich nehme es in die Hand und drehe mich auf dem Schreibtischstuhl.

»Du auch?«

Sie gießt sich Tee in eine bunte Tasse und schaut mich an. Ihre buschigen Augenbrauen sind über der Nase sauber getrennt, fast wie mit einem Lineal gezogen. Ich stehe auf, gehe durch den Raum und setze mich neben sie, das Buch in der Hand, neben mir das Plätschern des Tees. Manja atmet konzentriert, während sie eingießt. Ich schaue sie von der Seite an, schaue auf die Tasse. Sie blickt auf das Buch auf meinen Knien. Der übliche Spott in ihrer Stimme.

»Du hast dich also zum Schnüffeln entschieden?«

Ich zucke die Schultern, sage ihr, dass ich nicht weiß, ob überhaupt etwas zu finden ist. Sie lacht ein helles, beinahe klirrendes Lachen. Warum ich dann hier bin? Sie steht auf, stampft über die Dielen und setzt sich an den Rechner.

»Tu dir keinen Zwang an.«

Leises Klacken der Tastatur im Hintergrund, unterbrochen von schnellem Mausklicken. Ich halte das Buch in der Hand, lasse meinen Daumen über den Kopf der Seiten streichen. Ich bleibe an einer herausragenden Pappkante hängen und ziehe daran. Eine Konzertkarte – *The Rifles,* ein Datum im Winter. Ich klappe die Seiten mit der Karte auf.

> *16.3.*
> Manjas Haut
> Gestern habe ich mit den Fingern darübergestrichen und gedacht: Wie hart sie ist. Aber es war dann nur die Hornhaut meiner Hand. Als ich es ihr sagte, lachte sie. Manchmal denke ich, dass sie mich auslacht. Ich habe

mich aber nie getraut, sie tatsächlich zu fragen.In mir ist diese Angst, sie könnte darüber lachen und mit dem Lachen dann nie wieder aufhören.

Die Wohnung war die erste, das Lesen dieses ersten Eintrags markiert das Überschreiten einer weiteren Grenze. Ich lese über Manja, während sie in meinem Rücken am Schreibtisch sitzt. Ich spüre ein Kribbeln im Körper, bis in die Fingerspitzen. Ich frage mich, warum Felix die Karte genau dort platziert hat. An das Konzert erinnere ich mich, an den dunklen Backstein des Postbahnhofs, die zwei eckigen Türme an der Frontseite und die hohen Fenster darin. Der Weg führte an der leicht gebogenen Seitengalerie entlang. Eine Kathedrale, dachte ich. Gruppen junger Menschen drängten sich zum Eingang der Konzerthalle. Im Hintergrund standen beleuchtete Kräne vor einer hellen Außenwand aus Beton, in der offene Stellen klafften, dahinter Schwärze. Einige Säulen waren zu erkennen, Gerüste, aus Holz oder Stahl, vereinzelte Scheinwerfer, auch abends war hier noch Bewegung. Die offene Front der Arena starrte auf die Spree, auf ihre eigenen Vorboten: Einen leuchtenden LCD-Bildschirm, übergroß auf einen Pfeiler montiert, der die gesamte Uferpromenade beherrschte. Vor uns Gitterzäune, kalter Wind und ein Himmel, der auf den Schädel drückte.

In der Halle roch es nach Schweiß und Rauch. Fremde Körper stießen sich zu den schnellen, glatten Gitarrenriffs. Ständige Sprünge, Harmoniewechsel. Schlagzeugdröhnen. Die Stimme des Sängers klang röhrend, traf trotzdem die Töne, irgendwie. *All I want is a little peace and quiet.* Ich sang mit, sprang in der Menge, wie ich es seit Jahren nicht mehr getan hatte. Ich prüfe das Datum der Karte. Blättere dann im Buch.

23.11.
Das Konzert war gut. Für ein paar Stunden war diese Anspannung aus dem Körper. Ich war befreit von dem Gefühl, mich von innen zerreißen zu wollen, um aus dem eigenen Körper zu können. Die Musik, laut und alles durchdringend, trotzdem Wärme ausstrahlend, war eine Klanghaut, die alles zusammenhielt, für den Augenblick. Ich frage mich, ob Jakob etwas gemerkt hat.

Ob Jakob etwas gemerkt hat. Ein Satz, für mich notiert, in seiner feinen, eng gesetzten Schrift. Gleichmäßige Buchstaben, fast wie gedruckt. Seine Gedankengänge dagegen erscheinen mir fremdartig, verbogen.

Die Frage, was Jakob hätte merken können.
Das Gefühl, mich von innen zerreißen zu wollen.
Du weißt nicht, wie der tickt, wenn der ausrastet.
Ich blättere.

10.1.
Was ich nicht verstehe, nicht begreifen kann oder will, aber brauche, ist Manjas Selbstverständlichkeit. Sie ist da. Ich glaube manchmal, dass sie nicht nach dem Warum fragt. Sie ist einfach da. Aber wahrscheinlich tue ich ihr Unrecht. Ihr Körper strahlt eine Ruhe aus, die meine Nervosität absorbiert, sie aufnimmt und verwandelt. Sie hat einen festen Griff, der keine Zweifel zulässt.

Manja sitzt immer noch schweigend am Rechner, trinkt ihren Tee. Vielleicht wartet sie auf eine Eröffnung. Ich versuche die Stille auszuhalten. Sie pustet auf die dampfende Flüssigkeit, hält die Hände um die Tasse geschlossen.

»Wann hast du ihn das letzte Mal gesehen?«

Sie setzt ihren Tee ab und schaut mich an, als bemerke sie mich gerade zum ersten Mal. Dann rollt sie die Unterlippe ein, beißt mit ihren kleinen, geraden Zähnen darauf.

»Vor zwei Wochen. Oder drei. Weiß nicht mehr.«

»Hier?«

Sie schüttelt den Kopf.

»In meiner Wohnung.«

Sie sieht meine Überraschung, lehnt sich zurück und nickt langsam. Ihr Blick ruht sich auf der weißen Kanne vor ihr aus. Ich versuche die Zeit einzuordnen, mich an den Tag zu erinnern, an dem Felix mit Marie statt mit Manja zu uns kam.

»Felix und diese Mädchen.«

Manja lacht und streicht mit dem Zeigefinger über den Deckel der Teekanne. Sie spricht mit sich selbst.

»Ein bisschen ficken. Ein bisschen Spagat und Bewunderung. Das war's dann meistens. Wisst ihr ja.«

Schon eine Woche nach dem Auftauchen von Marie war wieder eine andere Frau an seiner Seite. Ich erinnere mich erneut an ihre langen, dünnen Finger. Aber ich bin nicht sicher, ob es nicht Maries Finger sind, die ich sehe. Ich bin nicht einmal sicher, ob ich sie nach diesem ersten Abend noch einmal gesehen, ob ich überhaupt mit ihr gesprochen habe. Manja schließt die Augen. Sie lächelt.

»Nachts hat er geklingelt, einfach so. Als sei das völlig normal, dass er vor meiner Tür steht. *Ich bin's.* Und ich habe aufgemacht. Und er konnte sich ausheulen. Er konnte bei mir liegen. Und weißt du – weißt du, was er letzte Woche gesagt hat? Was er – dieses Arschloch.«

Sie steht auf, läuft in die Küche. Ich schaue auf ihre Jeans, das Ruhekissen. Nadeln drin. Ich will sie fragen, ob sie weiter mit ihm geschlafen hat. Ich will sie fragen, über was er sich ausgeheult hat. Und ich will wissen, warum sie ihn nicht einfach hat draußen stehen lassen.

Felix, der Bewunderte. Felix, der meine Verwandten in Verzückung versetzen kann. Ich erinnere mich an meine Großmutter auf einem meiner Geburtstage, dem achten oder neunten. Eine Party für Kinder, mit Ballons und Luftschlangen, einem Zauberer, den meine Eltern engagiert hatten. Meine Großmutter kam im Wohnzimmer auf uns beide zu und fuhr Felix durch die Haare. Ich stand neben ihm, schaute ihr dabei zu und sah ihr Lächeln. Erst nach einigen Sekunden nahm sie die Hand von seinem Kopf, zog mich an sich und drückte mir einen Kuss auf die Wange. Ich schaute Felix an und sah in seinen weichen Kugelaugen den entschuldigenden Blick.

Vielleicht stimmt diese Erinnerung nicht. Vielleicht habe ich sie an mein Bild von Felix angepasst. Oder an mein Bild von mir selbst. Immer habe ich nah bei Felix gestanden, aber der Fokus war stets auf ihn gerichtet.

Manja kommt mit einem Bier aus der Küche zurück. Sie bleibt vor dem Rechner stehen, blickt auf den Monitor. Als sie weitergehen will, stößt ihre Hand gegen den Schreibtischstuhl. Das Bier schäumt, läuft ihr über die Hand, tropft auf den Boden. Sie stört sich nicht daran, nimmt einen Schluck.

»In meiner Wohnung will ich dich nie wieder sehen!«

Sie verschränkt die Arme vor der Brust. Als ich nicht sofort reagiere, wiederholt sie den Satz. Ich drehe mich um. Sie hält mir das Bier hin.

»Einen Schluck? Ist das letzte.«

Ich schüttle den Kopf. Sie zuckt die Schultern und trinkt. Die Bewegungen ihres Kehlkopfs sind langsam und gleichmäßig. Sie setzt ab und wiederholt diesen Satz ein zweites

Mal, sieht mir dabei in die Augen. Ich schaue zu ihr hinauf, auf ihr rundes Kinn, das aus meiner sitzenden Position gigantisch wirkt.

»Zu mir kommen konnte er. Aber hier zu sein wollte er mir verbieten. Manjas Asyl, die Bahnhofsmission.«

Mir fällt auf, dass ich nicht weiß, wo sie wohnt. Ich glaube, dass Felix etwas von Kreuzberg gesagt hat. Oder Kreuzkölln. Sie kann aber umgezogen sein, kann jetzt überall wohnen. Ich versuche Manja in eine Altbauwohnung in Charlottenburg zu verpflanzen. Der Gedanke lässt mich lächeln.

»Was?«

Sie zieht die Brauen zusammen. Ich hebe eine Hand, lasse sie auf meinen Oberschenkel fallen. Dieser Satz von ihm in Manjas weicher, heller Stimme, die wie ein Kontrapunkt zu ihrem Körper ist. Seine Abwesenheit füllt sich mit all diesen Worten aus ihrem Mund und seinem Notizbuch. Und sie steht über mir, starrt mich an. Schließlich sage ich, dass ich solche Sätze nicht mit ihm verbinden kann. Sie lacht und geht zur Tür.

»Was ihr so alles nicht wisst …«

Sie verschwindet im Flur, kommt kurz darauf mit Stiefeln und Jacke zurück.

»Ihr Kneipenphilosophen.«

Sie lacht, lacht laut und lang. Mein Blick folgt dem Schütteln ihres Oberkörpers, den Bewegungen unter ihrem T-Shirt. Als sie sich beruhigt hat, sagt sie, dass ich mich ruhig austoben soll. Sie würde Bier und etwas zu essen holen.

20.5.

Lesestopp. *Krieg und Frieden.* Meine Gedanken kämpfen sich durch russische Weiten auf Papier. Ich habe die Generäle und Obristen hinter mir gelassen. Tolstoi

philosophiert durch eine Taiga endloser Seiten. Ich stelle mir den alten Mann vor, auf seinem Gehöft, fernab der Zivilisation. Warum lese ich so etwas überhaupt? Vielleicht geht es um Disziplin. Ich brauche Disziplinbeweise. Dabei sollte ich mich vorbereiten. Die Anzüge hängen im Schrank, flüstern von Ablenkung, davon, dass ich nicht lesen sollte, dass es besser wäre – aber wie soll ich mich vorbereiten? Lesestopp. Alles wird zum Pausenfüller. Ich bräuchte Alternativen, ein Überleben in Büchern oder durch Bücher. Für jede gelesene Seite bekäme ich einen Euro. Warum ist das noch niemandem eingefallen? Ich wäre hauptberuflicher Leser, würde es nicht bleiben können. Ich brauche Freiwilligkeit, Zwanglosigkeit, weil ich sonst diesen Druck spüre, in den Seiten, dazwischen, überall.
Herr Carsten, warum sollte unser Unternehmen Sie einstellen? Ich sehe ihre Gesichter, glatt, konturlos. Anzugfressen. Karriere ist eine Möglichkeit, ist eine Unmöglichkeit. Ich entwickle Gewaltfantasien, imaginiere napoleonische Schlachten in Büroräumen. Ich habe diese Hoffnung: Sie nehmen mich sowieso nicht. Es wird psychologische Gutachten geben, die mich ausschließen, eine ärztliche Untersuchung, die alle Türen schließt. Aber es bleibt diese andere, diese rationale Seite. Dukatenesel, die mich über Wasser halten, mich soweit bringen, dass alles möglich wird. Junge, denk an Deine Zukunft. Junge, Du hast doch ein Studium, einen Abschluss. Ab-Schluss. Ab-Schuss.
Lesestopp aufgehoben.

Es ist sein letzter Eintrag, die Schrift beinahe unleserlich. Feine Linien, auf denen die Buchstaben nach links, wie gegen den Rand der Seite, gekippt sind. Als habe er das Notizbuch schräg in der Hand gehalten. Ich hebe das Buch, lasse die Kanten einiger Seiten erneut über meinen Daumen gleiten, lasse die Blätter daran kribbeln. An den Rändern einiger Seiten hat er Zeichnungen gekritzelt. Das Haus vom Nikolaus, ein einzelnes Auge, eine Fliege. Ungenauigkeiten, bis auf ein lachendes Gesicht, das er mit feinen Schraffuren umrissen hat. Ein Frauenmund vielleicht. Lange Haare aus schwarzen Bleistiftstrichen, die über das rechte Auge fallen. Über dem linken Auge entdecke ich eine kleine Narbe, wie eine Grenzlinie durch die Braue geschlagen. Ein Frauenmund, sicherlich. Die Schneidezähne scheinen schräg, ineinander verkantet. Fein geschwungene Lippen. Darunter einige Zeilen, Stichwörter oder Gedanken. Ein Dialog oder nicht einmal das.

19.9.
Kusskauerfrau.
Blitzstirn.
Wenn man kann, wie man könnte oder wollte.
Fotozeichnen – erbärmlich (!!!)
Könnte dir ja sogar schreiben, aber es wäre albern, oder nicht?
Si. (Du lachst.)
Ich habe eure alten Adressen auf kleinen Zetteln.
Warum hast du sie nicht weggeworfen?
Ich habe alle Adressen von damals in eine kleine Kiste getan.
Ich bewahre dünne Schichten eurer Existenz. Ich verstecke Zahlen und Buchstaben, als könnte ich euch auslöschen, wenn ich eure Namen, Telefonnummern und Wohnorte nicht bei mir hätte.
Das ist sentimental. (Du schüttelst den Kopf.)

Das ist melancholisch.
Das ist manchmal beinahe dasselbe. (Du nickst.)
Das ist mir manchmal gleichgültig. (Ich setze den Stift ab, und du verschwindest, aber ich habe dich lange genug vor Augen gehabt, um dich einzufangen – obwohl ich längst ein Foto habe. Aber das ist etwas anderes.)

Als Manja zurückkommt, bin ich immer noch am Schreibtisch über sein Notizbuch gebeugt, meine Augen auf diese Zeichnung und die konfusen Zeilen darunter gerichtet. Manja trägt eine gelbstichige, durchsichtige Plastiktüte, in der Flaschen klimpern. Sie lässt ihre Stiefel an, kommt zu mir ins Zimmer und legt die Tüte auf das Sofa. Sie dreht sich umständlich aus ihrer Jacke, als vollführe sie ein Kunststück. Dann schnauft sie, stößt einen Fluch aus, wirft das dunkle Stück Stoff auf die Lehne und lässt sich auf die Couch sinken.

Vor Jahren stand diese einfache, hellgraue Schlafcouch in Felix' Jugendzimmer. Daneben ein Regal voller Bücher, auch damals schon. In einer langen Reihe standen die harten Buchrücken der *Bibliothek der Abenteuer: Ben-Hur, Die Schatzinsel, Lederstrumpf, Die letzten Tage von Pompeji.* Felix versank in diesen Klassikern, die man kindgerecht verkürzt hatte. Wenn ich zu Besuch kam, fühlte ich mich oft wie ein Störenfried, der ihn von seinen Büchern fortzog, vor den Fernseher, in den Garten. Abends klappte Felix die Polster des Sofas aus und verkleinerte dadurch schlagartig den Raum. Ich ging dann, ging den schmalen Flur entlang, neben mir Familienbilder an den Wänden. Felix und seine Eltern, er auf den Schultern seines Vaters oder zwischen den beiden, je eine Hand haltend. Ich stieg die steile Treppe ins Erdgeschoss hinab, die laut knarrte, wenn man auf die unterste Stufe trat.

In meiner Erinnerung sehe ich Felix' Mutter auf der Terrasse sitzen und eine Zigarette rauchen. Meine eigene, kleine Gestalt spiegelt sich in der großen Scheibe des Wohnzimmerfensters. Ich sehe weite Hosen, kurze, zerzauste Haare.

Jahre später: Felix' Schlafcouch in unserem Transporter, auf dem Weg nach Berlin. Gleich bei der ersten Feier kippte jemand ein Glas Rotwein über die Lehne. Felix rannte in die Küche, holte einen Salztopf und schüttete fast den gesamten Inhalt über den dunklen Fleck. Dann brüllte er: »Einweihung.«

Und alle lachten.

Jetzt, noch einmal mehr als zehn Jahre später: Manjas Körper auf dem gealterten, ausgebleichten Stoff. An der Vorderfront, nahe ihrem Knie, klafft ein großer Riss. Der Weinfleck ist immer noch zu erkennen. Ich schüttle den Kopf. Die Couch ist ein Möbelstück, mehr nicht.

Manja greift in die Tüte, zieht knisternde Alufolie hervor, dazu zwei grüne Flaschen Bier. Ich habe mich auf dem Schreibtischstuhl gedreht, beobachte sie über ihre Schulter hinweg. Sie schält eine türkische Pizza aus der Verpackung und beißt hinein. Sie nimmt ein Bier, reckt es in die Luft.

»Doch Durst?«

Ich rolle mit dem Stuhl über die dunklen Dielen, halte in einigem Abstand zu ihr. Sie steht auf, tritt vor mich und reicht mir ein Bier. Dann hebt sie einen Fuß, setzt ihn zwischen meinen Beinen auf die Kante der Sitzfläche und gibt mir einen Stoß. Ich rolle, habe das Gefühl, mit aller Kraft vom Schreibtisch in meinem Rücken an die Wand gezogen zu werden. Doch am Ende erklingt nicht mehr als ein leichtes Klicken, als die Lehne gegen das Holz des Tischs stößt.

»Spannend, sein Tagebuch«, sagt sie.

Manja beißt in die Teigrolle, kaut Salat. Sie stellt keine Fragen. Sie kennt das Buch, muss zumindest Teile davon gelesen haben, heute oder vorher schon.

Ich reibe mit dem Daumen über das Papier auf der Bierflasche. Papierfetzen pellen sich ab, bleiben unter meinen Fingernägeln hängen. Manjas Anwesenheit zerkaut meine Gedanken. Ich höre sie schmatzen. Ich trinke. Ich will das Notizbuch für mich, will einen Zweitschlüssel, einen Zugang, der nicht von dieser Wächterin abhängig ist. Es ist, als ob sie längst alles weiß und mich jetzt dabei beobachtet, wie ich meine Nase in Dinge stecke, die für sie schon langweilig geworden sind. Wie Blindekuh oder Topfschlagen. Und ich halte die Arme ausgestreckt, tapse umher wie ein Achtjähriger, während Manja die Kommandos gibt: »Schreib doch mal sein Adressbuch an, schreib ne Sammelmail. Aber nicht zu martialisch. Frag einfach nach, ob ihn jemand gesehen hat.«

Manja steht auf, kommt zu mir an den Schreibtisch und öffnet das Mailprogramm. Ihr Körper schiebt mich beiseite, lässt mich schrumpfen. Unter den Achseln ist der Stoff ihres T-Shirts dunkel verfärbt. Ich fühle, wie sich meine Nase mit Manja füllt, wie mir davon übel wird. Sie wählt sämtliche Kontakte im Adressbuch aus.

»Schreib!«

Hallo,
ich heiße Jakob und bin ein Freund von Felix. Ihr wundert Euch vielleicht, dass ich Euch von seinem Account aus schreibe. Felix ist jetzt schon seit einigen Tagen unterwegs. Ich weiß aber leider nicht, wohin er wollte.
Ich habe eine wichtige Nachricht für ihn und wollte deshalb fragen, ob er jemanden von Euch in letzter Zeit kontaktiert oder besucht hat. Wenn er sich bei einem oder einer von Euch ge-

meldet hat, würde ich mich sehr freuen, wenn Ihr mich kurz kontaktiert. Gerne auch über meine eigene E-Mail-Adresse: jakoblettner@gmail.com

Vielen Dank und viele Grüße,
Jakob

Auf dem Bürgersteig vor seiner Haustür entfernt sich Manja von mir die Wrangelstraße hinunter. Ihre Schultern bilden eine saubere Linie, die sich langsam auf und ab bewegt. Ihr Nacken steht dazu im rechten Winkel. Sie geht in geraden, schnellen Schritten. Ich frage mich, wie sie für Felix ein Ruhekissen sein konnte, wenn sie in mir mit jeder Geste und jedem Wort Nervosität auslöst. Ihre Ruhe, die etwas Selbstgefälliges hat, erzeugt in mir den Zwang, mich zu rechtfertigen. Sie atmet, schwitzt Überlegenheit aus.

Ich biege nach rechts, laufe die Falckensteinstraße hinunter. Die Läden haben bereits geschlossen, ihre Türen sind vergittert und die Auslagen abgedunkelt. Ich erkenne die Kleider einer Schneiderei, auf altmodische Drahtpuppen gezogen, einige Schritte weiter Blüten, die im Eingang eines Blumenladens verstreut liegen. Vor einer Kneipe mit Schultheissreklame, weißen Deckchen und Vorhängen im Fenster haben die Gäste Stühle auf den Gehweg gestellt. Überall rote Gesichter, die sich lachend unterhalten.

Am türkischen Eisladen, unter der rot-weiß gestreiften Markise, drängen sich die Menschen vor den bunten Fotos der Eisbecher. Jemand hat eine Topfpalme vor den Laden gestellt, Luftballons am Stamm befestigt. Grelles Licht, in der Luft der Geruch der frischen Waffeln, in denen die Eiskugeln angeboten werden. Kinder rennen lachend zwischen den Erwachsenen umher, die auf den Bänken oder Pollern des kleinen Platzes sitzen. Auf dem Boden sammeln sich leere Flaschen. Hinter den Eisessenden, im Freiraum zwischen zwei Wohnhäusern, bewegen sich schattige Gestalten über einen vergitterten Sportplatz. Es scheppert in kurzen Abständen, wenn ein Ball gegen den Zaun schlägt. Die einbrechende Dunkelheit zieht einen Grauschleier über die Gesichter, Autos fahren im Schritttempo durch die langsam beiseitetretenden Gruppen. Hinter verdunkelten Autoscheiben dröhnen Bassläufe oder orientalische Klänge. Die erste Idee eines Sommerabends, denke ich, und der Gedanke hat eine Wachheit, die mich ergreift und eine Fröhlichkeit auslöst, die irgendwo in mir gewartet hat, eine lange Weile schon. Ich ziehe mein Handy aus der Hosentasche und rufe Sarah an.

»Hast du Lust auf ein nächtliches Bier?«

Der erste Sommer in Berlin. Maude, Felix' erste Freundin, feierte mit Freunden im Tiergarten ihren Geburtstag. Aus einem Gettoblaster dröhnte Hip-Hop. Über allem lag der Geruch nach Gras und Holzkohle. Ich saß neben einem polnischen Mädchen, voller Angst, dass ihr trotz der Dunkelheit mein Gesicht nicht gefallen könnte. Ich goss Rotwein in meinen ängstlichen Rauschkopf, direkt aus der Flasche. Um mich herum drehten sich Gelächter und Sprachen. Berlinertes Deutsch, schnelles Französisch. Felix und Maude lagen knutschend auf einer Decke, sie beugte sich über ihn. Ihre hellen Locken drehten sich ihr vom Kopf in den Nacken. »Medusenkopf« hatte ich gesagt, und sie hatte gelacht. Und das polnische Mädchen nahm meinen Arm und sagte, von Medusen müsse man sich fernhalten. Ihr breiter Mund, ihre Augen lachten mich an. Ich trank und redete, ohne nachzudenken, ich küsste das Mädchen. An viel mehr erinnere ich mich heute nicht mehr.

Später, und dieser Moment ist dann in meine Erinnerung eingebrannt, standen Felix und ich vor einem Gebüsch. Er drehte den Kopf über die Schulter, rief etwas oder lachte nur. Ich erschrak, pisste mir über die rechte Hand, drehte mich trotzdem. In unserem Rücken, über den Baumwipfeln, schwebte die goldene Statue. Felix strahlte mich an. In uns stieg dieses alberne Gefühl auf, irgendwo angekommen zu sein.

Sarah und ich sitzen am Ufer eines Flutgrabens an der Spree. Im unbewegten Wasser neben uns spiegeln sich die Lichter in unserem Rücken. Sarahs Gesicht liegt im Halbschatten. Auf ihrer erhellten Gesichtshälfte tanzt das unstete Licht einiger Fackeln, die am Steg befestigt sind. Sie sitzt vor mir, die Hände auf das Holz eines Pontons gestützt.

Der Club erinnert mich an die Gartenlaube meines Vaters. Ein zweistöckiges Backsteingebäude, die untere Ebene zum Wasser hin geöffnet, von hölzernen Baracken und Unterständen aus dunklem Holz umstellt.

Am Ufer stehen Bierbänke und vereinzelte Stühle. In der Öffnung des Hauptgebäudes haben die Besitzer eine Bar gezimmert, weiter den Kanal hinab führen Treppen zu Terrassen empor. Von dort weht der Geruch nach Pizza und gebratenem Fleisch über das Wasser. Die Stützpfeiler der Pontons, auf denen wir sitzen, sind abgeschliffene Baumstämme, die wie hölzerne Finger in den Nachthimmel ragen. Dazwischen sitzen kleine Menschengruppen auf dem Boden, Sprachengewirr, gestikulierende Gestalten, die versuchen, sich zu verständigen, zwischen Gelächter und dem Dröhnen aus Boxen, die ich nirgendwo erkennen kann. Wenn jemand aufsteht, schwankt der Untergrund, setzen sich Wellen in den Spiegel des Wassers.

Sarah schließt für einen Moment die Augen und lauscht auf die Musik. Als sie mich ansieht, ist ihr Blick aufgeweicht. Sie beugt sich vor, ganz dicht, um mit mir sprechen zu können. Sie riecht nach Alkohol und Gras.

»Warum macht die den Zerberus?«

Ich kann es ihr nicht beantworten. Der Gedanke an Manjas Gesicht erscheint in dieser Nacht am Kanal unpassend. Ihr schwerer Körper ist vielleicht nur wenige Hundert Meter entfernt, und trotzdem an einem anderen Ende der Stadt. Ihre Blicke, die jeden meiner Schritte überwacht haben, ihre Gedanken, die einen dünnen Film über jeden Gegenstand in Felix' Wohnung legen, sind in diesem Augenblick fern und kaum vorstellbar. Sarahs Stirn legt sich in Falten.

»Weiß die was?«

Ich zucke die Schultern.

»Wahrscheinlich. Aber es macht ihr Spaß, mich im Dunkeln tappen zu sehen. Fühlt sich wichtig.«

»Du musst sie …«

Sarah bricht ab, trinkt einen Schluck. Ihre Augen blitzen.

»Du musst sie aus der Reserve locken!«

Sie lacht, schüttelt den Kopf, wie um Müdigkeit abzuwerfen.

»Dieses Kraftpaket. Diese …«, sie verzieht den Mund, »… diese arrogante Kuh.«

Und in meine Überraschung über ihren Zorn rückt sie näher an mich heran.

Gegenüber, auf der anderen Seite des Kanals, reflektieren die Fenster eines Restaurants die Lichter der Bar. Meine Gedanken schwappen gleichmäßig, stoßen gegen unseren Ponton, gleiten darüber hinweg. Ich ziehe Sarah an mich. Ihre Lippen sind trocken, ihre Zunge ist rau.

»Jakob? Hallo Jakob?«

Seine Stimme erklingt aus der Erinnerung, seine Stimme in der rauschenden Leitung, im Winter vor zwei Jahren. Das Erste, was mir damals auffiel, war dieses leise Klicken, als ob seine Zähne aufeinanderschlügen.

»Jakob, bist du da? Jakob?«

Und ich antwortete ihm nur zögerlich, fragte, was er denn habe.

»Kannst du herkommen, Jakob? Jakob, kannst du das? Herkommen?«

»Warum denn?«

»Weiß nicht. Das ist so. Ist nicht einfach.«

»Nicht einfach?«

»Nein, also das ist so. Das zu sagen, meine ich.«

»Und warum?«

»Ich habe irgendwie …«

Sekundenlang hörte ich nur sein Atmen, dazu dieses Klicken, das nur seine Zähne sein konnten.

»Angst.«

»Angst?«

»Ja, also nicht das zu sagen. Das zu sagen auch, aber die hab ich. Also Angst. Das ist … ich kann mich gar nicht konzentrieren. Das ist so scheiße.«

»Was für eine Angst denn?«

»Ja, was für eine Angst denn. Oder? Das ist doch albern. Oder denkst du das nicht auch? Ich meine, ich liege im Bett, und das ist albern, oder?«

»Was denn, Felix?«

Die Härte meiner eigenen Stimme erschrak mich. Ich setzte mich auf, stellte die Beine auf den Boden, fühlte das kalte Laminat. Vor meinem Fenster brannten die Lichter des Innenhofs.

»Felix, was ist denn? Wovor hast du Angst?«

»Ja, wovor denn? Ich meine, man stirbt doch nicht einfach so im Bett. Da hast du recht. Also das zu sagen. Oder du denkst das ja, meinte ich. Man stirbt ja nicht einfach so. Das ist ja alles kein Alter, in dem man so einfach im Bett liegen bleibt und stirbt.«

»Du stirbst doch nicht.«

»Ja, ich sterbe doch nicht. Das ist richtig, dass du das denkst. Ich meine, und das sagst du ja auch. Das macht ja keinen Sinn. Einfach so. Und dann ruf ich an. Also, dass ich das einfach so mache. Das tut mir leid. Aber es geht. Das geht schon, Jakob. Deine Stimme, das war gut. Man kann ja auch einen Krankenwagen anrufen. Blödsinn, oder? Deine Stimme, das war gut, Jakob. Danke dafür.«

Und dann legte er auf. Und ich legte mich schlafen. Ich sprang nicht aus dem Bett und fuhr zu ihm. Ich besuchte ihn nicht am nächsten Tag. Ich rief nicht zurück und vergaß den Anruf, der erst Jahre später durch die Bewegungen des Pontons wieder nach oben geschwemmt wurde.

Nachts liege ich wach. Sarah, auf den Bauch gedreht, atmet leise. Ihr Kopf liegt an der Ecke der Matratze, vom Kissen halb verdeckt. Eine Hand hängt auf den Boden. Die Beine und ein Teil ihres nackten Hinterns sind unbedeckt. Ihr Geruch ist auf meinem Körper, stellt eine Nähe her, die langsam verfliegt, abgelöst von dem wachsenden Gefühl, weit von ihr entfernt zu liegen. Ich setze mich auf, ziehe die Knie an. Durch das gekippte Fenster weht der Lärm der Warschauer Straße: das Rumpeln der Tram, Autorauschen, Rufe, Stimmen, lautes Gelächter. Das Licht des Mondes schält die Konturen der Möbel aus der Nacht. Ich bilde mir ein, dass das

Bett, der massige Kleiderschrank am Fußende, auch der alte Sessel vor dem Fenster, in diesem Moment nicht mehr sind als eine feine, sichtbare Schicht Äußerlichkeit, die bei der Berührung mit dem Finger zerspringen würde.

Eine mir unbekannte Schlaflosigkeit kriecht mir in die Glieder, bringt flackernde Stunden, ein Wechseln zwischen Traum und Wachen, bis in die Morgenstunden.

Kneipenphilosophen. Manjas Wort ist mein Begleiter der nächsten Tage. Eine feine Nadel, die sich langsam in meinen Kopf, in meine Erinnerung an die gemeinsamen Abende mit Felix bohrt. Alle Gespräche werden zu eingeübten Phrasen zwischen Menschen, die sich außerhalb dieser Sprachroutinen nichts mehr zu sagen haben.

Unsere Vierergruppe ist dabei, sich aufzulösen, hat es vielleicht schon lange getan. Basti ist mir irgendwann in der Uni über den Weg gelaufen. Er wurde ein Teil der Runde, irgendwann, an einem dieser langen Abende, nach einem dieser Biere. Wie er immer am Tisch saß, die roten Locken von den eigenen Händen zerwühlt, wie er über sich selbst lachte, weil ihm die Griffe des Kickers fast am Brustkorb saßen und er die Ellenbogen abspreizen musste, als habe er Flügel. Und Finn. Finn, der Felix und mich schon seit der Schule kannte, der immer ein wenig außerhalb stand, aber trotzdem ein Teil des Ganzen war. Auch er hat sich in den letzten Monaten entzogen, hat sich entschuldigt, ist oft früher gegangen. Kneipenphilosophen, die dahinschwinden, jetzt auch Felix. Ich frage mich, warum ich weder Basti noch Finn bisher gefragt habe, ob sie was von ihm gehört haben. Ich muss das nachholen, habe zu lange versucht, Felix' Verschwinden zu einer Sache zu machen, die nur mich etwas angeht. Vielleicht wünsche ich mir, es wäre so.

Ich versuche mich auf die Arbeit zu konzentrieren, versuche Felix aus meinem Kopf zu halten. Er wird zurückkommen, wird sich melden. Ich telefoniere mit leerem Kopf. Der Termin für die Fertigstellung eines Spiels rückt näher, wird aber nicht eingehalten werden können. Mir rennt die Zeit davon, in jeglicher Hinsicht. Die eigenen Handlungen sind Routinen, sind die Suche nach Programmierfehlern, sind Praktikantenkoordination, ein sich immer wiederholendes Testen, Spielen, Notieren von Problemen. Der Bildschirm der Konsole ist klein, nicht einmal zehn Zentimeter in der Diagonale. Meine Augen flimmern. Bunte Avatare bewegen sich auf Knopfdruck, Welten sind in der Entstehung, sind noch fehlerhaft und müssen zur Perfektion gebracht werden. Die eigene Festplatte ist ein Chaos, ein Pixelurknall. Überall verstreute Punkte, die es zu ordnen gilt. Ich sollte mich defragmentieren, mich neu aufsetzen. Wir sind Kneipenphilosophen, unsere nächtlichen Gedanken über Dinge, die man anders machen sollte, nichts als Sprechblasen. Vielleicht war da irgendwann mehr, war da etwas, das mit den Jahren auf der Strecke geblieben ist.

Drei Tage habe ich gewartet, auf Beruhigung, auf Abkühlung. Das Gegenteil ist der Fall. Fahrigkeit und Nervosität setzen sich in meine Knochen und nagen an ihnen. Ich habe einen Termin beim Arzt vergessen, habe stundenlang auf den Rechner in meinem Büro gestarrt. In der Bahn verpasse ich Stationen auf Wegen, die ich sonst blind fahren könnte. Nachts liege ich wach, unter einer zerwühlten Decke. Immer wieder, wenn ich am Rand des Schlafes angekommen bin, schrecke ich hoch, schockartig, mit einem Zucken des gesamten Körpers. Am dritten Tag rufe ich Finn an, noch während der Arbeit, verabrede ein Treffen.

Wir treffen uns in einem Café unter den S-Bahn-Bögen. Alle paar Minuten dröhnen Züge über unseren Köpfen, die das Besteck zittern lassen. An den Wänden hängen Wagenräder und alte Blechschilder. Holzvertäfelung überall, ein Backsteinboden, blank poliert. Vor der Glasfront laufen Studenten vorbei, verlassen das nahe gelegene Gebäude für Germanistik, an dem ich Sarah früher regelmäßig abgeholt habe. Der Tag dunkelt aus, auf den Straßen gehen die ersten Lichter an. Mir gegenüber sitzt Finn mit all seiner Ruhe. Lange Gliedmaßen, große Hände, ein breiter Brustkorb, ein Gesicht mit markantem Kinn, von einem dunklen Bart bedeckt. Sein Körper bietet der Unruhe mehr Platz, um sich zu verteilen, denke ich, um sich zu verdünnen. Sein ernstes Gesicht, wenn er nachdenkt, dann einen gut überlegten Satz sagt: »Wenn er wirklich gegangen ist, ohne uns vorher etwas zu sagen, wird er nicht wollen, dass du ihn jetzt suchst. Dann wird er sich melden.«

Klare Gedanken, gerade Linien. Während der Schulzeit versuchte ich ständig, ihn aus der Ruhe zu bringen. Ich beleidigte ihn beim Sport und in der Klasse. Ich schubste und ärgerte ihn, ich lachte ihn aus. Und alles verpuffte, verschwand in diesem Körper, in diesen zwei Metern Staufläche. Als er aufsteht und zur Toilette geht, in seinen langen, ausgreifenden Schritten, sehe ich ihm nach. Er trägt eine dunkle, enge Jeans, hat das schwarze Hemd in die Hose gesteckt. An seinem Hinterkopf leuchtet helle Kopfhaut.

Finn ist seit fast einem Jahr im Referendariat. Sport und Englisch, an einer Oberschule in Schöneberg. Seit drei Jahren wohnt er mit seiner Freundin zusammen. Eine kleine Wohnung in Neukölln, in einer Seitenstraße. Er hat von einem nahe gelegenen Park erzählt, dass er darin jeden Morgen eine halbe Stunde läuft. Trotzdem denken sie an einen Umzug, näher an seine Schule, an der er bleiben können wird. Das hat man ihm signalisiert. Und sonst? Die Freundin sitzt im Labor, forscht für ihre Doktorarbeit über Zellkulturen, Pilze, über Dinge, von denen er ebenso wenig zu verstehen scheint wie ich. Wir bewegen uns, driften langsam auseinander, ohne etwas dagegen tun zu können.

Er kommt zurück, bestellt noch zwei Bier und sieht mich an, mustert mich konzentriert mit seinen warmen Augen. Eine lange Falte sitzt auf seiner Stirn. Sein Blick gleitet ab, auf das Holz der Tischplatte, den leeren Aschenbecher. Sein Gesicht entspannt sich. Er reibt sich über seinen Bart.

»Lass ihn doch verschwunden sein, wenn er möchte. Oder ruf die Polizei.«

»Wieso das denn?«

»Das tut man doch normalerweise, wenn jemand verschwindet. Wie lange ist er weg?«

»Ungefähr neun Tage.«

Er schüttelt den Kopf.

»Seltsam. Und seine Bewerbungen?«

»Welche Bewerbungen?«

Ich finde den schmalen Ordner in einem Fach seines Schreibtischs. Er hat *BEW* mit einem Filzstift darauf geschrieben. Folie, saubere Heftung, überall Fotos eines Fremden. Die langen, sonst oft strähnigen Haare sind nach hinten gekämmt. *Pomadenfrisur* hätte Felix sagen müssen, wenn er diesen anderen Felix jemals gesehen hat. Seine durchgezogene Augenbraue über der Nase ist rasiert. Alles ist Teilung, Ordnung. Ich lese ein Anschreiben.

BCG. Dircksenstraße 41, 10178 Berlin. Betreff: Bewerbung im Bereich Consulting. Belanglose Sätze, sein Leben in Tabellenform dahinter geheftet. Abitur in Hamburg,

Studium der Geschichtswissenschaft und Volkswirtschaftslehre. Praktika, ein paar Monate im Ausland. Gliederung, Spiegelstriche. Ich blättere, Manja schüttelt den Kopf. Ich genieße ihr Schweigen, in das sich der bittere Geschmack der eigenen Verwirrung mischt.

»Woher wusstest du das?«

»Von Finn.«

»Und der?«

»Felix hat ihn nach Anzügen gefragt, worauf man achten muss, wo man die kaufen könnte. Und nach Bewerbungsgesprächen.«

Manja deutet auf die Adressen der Firmen.

»Was wollte er da?«

Ich setze mich neben sie auf das Sofa. Unternehmensberater, persönlicher Referent, Consulting. Halbsätze wie *Optimierung der Personalstruktur* ziehen durch meinen Kopf, Wörter wie *Teambuilding, Human Resources* und *Burn-out.* Ich denke an Felix, der über die Volkswirtschaftler gelacht hat. Ein Studium für seine Eltern, hat er gesagt. Ein Spottstudium. Und jetzt das. Vielleicht schaue ich auf nichts als Realität. Trotzdem fühle ich mich auf sonderbare Weise verraten. Ich trinke Bier, Manja stiert auf die eigenen Füße. Ich habe sie morgens von der Arbeit aus angerufen, ihr gesagt, ich hätte etwas herausgefunden. Erst lachte sie, nannte mich einen Spürhund, verabredete sich aber trotzdem für den Abend mit mir in der Wohnung. Jetzt sitzt sie neben mir, wirkt zornig, fast verzweifelt. Ich bin mir nicht sicher, ob ihre Wut durch seine Entscheidungen oder meinen Wissensvorsprung ausgelöst worden ist.

»Scheiße.«

Sie steht auf, schlüpft in ihre Jacke und legt den Wohnungsschlüssel neben mich auf die Couch. Ihre Wangen sind rot, ihr Blick ist fahrig, ihre ganze Sicherheit auf einmal in diesen Folien abgeheftet und eingetütet.

»Morgen Abend will ich den Schlüssel wiederhaben.«

Sie sieht mich an.

»Bis dahin wühl dich von mir aus durch seinen Mist. Dir macht's ja Spaß. Ich hab für's Erste die Schnauze voll.«

Sie stürmt durch den Flur, schmeißt die Tür ins Schloss. Ihre schweren Schritte donnern durch das Treppenhaus. Dann ist es still. Ich lege den Kopf in den Nacken, habe das Gefühl, das erste Mal an diesem Tag richtig atmen zu können. Ich trinke das Bier aus, lege die Beine auf den kleinen Holztisch und schaue in den Raum, der endlich nur mir gehört. Zwischen meinen Fingern bewegen sich die Schlüssel für Haus- und Wohnungstür. Sie hat das Feld geräumt. Vorerst.

10.5.

Anzug-Ich sagt seltsame Dinge. Es startet Versuche der Kommunikation mit dem Fotografen. Dieser fordert das Anspannen der Lippen bis zur Blödigkeit. Presslächeln, Presselächeln. Er versichert mir: Auf den Fotos sieht es dann natürlich aus. Das Resultat auf CD sind Sekundenschritte in die Entstellung. Mein Gesicht ist verspannt, verbogen, ich bin ein anderer. Der Fokus verzerrt mich, den Mund, die Augen. Meine Zähne springen mich an, sind gigantisch, sind Raubtierzähne. Ich kann die Anspannung der Oberlippe sehen, kann sie nicht aus meinem Kopf, nicht aus den Bildern löschen. Ich mache die Feststellung, dass mein linkes Auge, zumindest gefühlt, einen Zentimeter höher sitzt als das rechte. Am Ende, als alles vorbei ist, bekomme ich eine CD samt Zettel in die Hand gedrückt: *Wählen Sie Ihre vier Lieblingsmotive!*

Was helfen könnte, ist ein imaginierter Dialog zwischen Ich und Anzug-Ich:

Ich: Du glaubst also, dass wir morgen wiederkommen sollen.
Anzug-Ich: Ja.
Ich: Aber dann nehmen wir einen Strick mit.
Anzug-Ich: Ja. *Schweigen*
Ich: Ich kann so nicht weitermachen.
Anzug-Ich: Das sagst du nur so.

P.S. Die Krawatte zerdrückt mir den Spaß am Worteklauen.

Ich sitze am Schreibtisch, blättere ziellos vor und zurück, habe diesen Eintrag kurz vor Schluss gefunden, der auf die Bewerbungen hindeutet. Danach folgen nur noch wenige Sätze, am Ende der *Lesestopp,* anschließend leere Seiten. Ich spüre Müdigkeit aus seinen Sätzen strömen. Ich öffne sein E-Mail-Programm. Einige Nachrichten blinken auf, verlorene Erbschaften, heiratswillige Frauen aus Russland, Penispillen. Überall Spam, in den E-Mails, im Kopf, überall. Ich bin voll von Monty-Python-Gedanken, stelle mir vor, wie ich an einem Faden aus seiner Wohnung gezogen werde, dabei mit den Beinen strampel und pausenlos »Spam, Spam, Spam« brülle.

Ich werde von seinen Sätzen beeinflusst. Vielleicht bekomme ich so ein Gefühl für seine Situation. Vielleicht verliere ich so den Verstand.

Ich treffe die Entscheidung, weiteres Suchen auf einen anderen Tag zu verschieben. Das Nachmachen des Schlüssels ist wichtiger. Ich werde mich von Manja lösen können, nicht mehr von ihr abhängig sein. Mein eigener Schlüssel wird meinen eigenen Zugriff, meine eigene Freiheit bedeuten.

Ich rufe Sarah an: »Ich bleibe heute hier.«

»In seiner Wohnung?«

»Ja, ich möchte noch lesen, ein paar Dinge untersuchen.«

»Und Zerberus?«

»Ist verschwunden und beleidigt.«

»Alle drei Köpfe?«

»Wegen der Bewerbungen. Der Ehemalige hat sich als potenzieller Unternehmensberater entpuppt. Das Grausen tritt nachträglich ein.«

»Und was denkst du?«

»Ich denke nicht, ich stöbere.«

»Und du hast den Schlüssel.«

»Ja. Wird morgen nachgemacht.«

Sie lacht und wünscht mir eine unterhaltsame Nacht. Ihre Stimme klingt fremd, fast kalt. Ich bin sicher, dass sie ebenfalls suchen will, spionieren, dass sie sich ärgert, weil ich sie nicht eingeladen habe.

»Frau Volontärin«, sage ich leise, und die Worte bekommen einen bitteren Nachgeschmack. Sie wäre ein Eindringling, wäre ein Störfaktor, wie es Manja ist, anders, aber ein Störfaktor, den es fernzuhalten gilt.

Der Abend in seiner Wohnung. Meine Hand liegt auf der Lehne des Sofas. Bei jeder Bewegung spüre ich das leichte Kratzen des rauen Stoffs. Es ist ein angenehmes, bekanntes, aus der Vergessenheit zurückkehrendes Gefühl. Ich schalte den Fernseher ein. Nachrichten aus aller Welt ziehen an mir vorbei, ein Flugzeugabsturz, Massenproteste, Koalitionsspekulationen, Sportergebnisse. Ich fühle mich abgenabelt von den Dingen, die in der Welt passieren. Ich schalte aus, hole sein Tagebuch, setze mich damit auf das Sofa zurück. Ich schlage den Anfang auf, lese seinen ersten Eintrag von vor vier Jahren:

17.4.

Hier sind wir. Ein Tagebuch sollst du werden, ein Gedankenbuch. Eigentlich ist es albern, ist es das Terrain eines Jugendlichen. Liebes Tagebuch, heute habe ich blablabla. Oder ich versuche, Thomas Mann zu imitieren, mich für mich selbst zu inszenieren, als ein Zauberer. Aber es gibt eine Möglichkeit, die sinnvoller erscheint. Ich werde meine Nachtgedanken sammeln, werde den eigenen Kopf aufklären, aufklaren, Schriftruhe in die Gedanken bringen. Man wird sehen, liebes Tagebuch, was aus diesem Vorsatz wird.

In jedem Fall bleibt festzuhalten, dass ich eine neue Bleibe habe. Ein neuer Anfang ist gemacht, kann festgehalten werden. Für diesen Ort ist Wrangelstraße der einzig passende Name. Überall sehe ich ausgewrungene Menschen, sehe Lebenswelt wie ein eingedrehtes Handtuch, aus dem es an den Rändern tropft, sehe Härte und Spannung. Wir werden sehen, liebes Tagebuch.

19.4.

Schon nach einem Tag lasse ich die Regelmäßigkeit vermissen. Das Chaos aus den Kisten lichtet sich. Überall stehen Bücherstapel, an denen ich hängen, regelrecht kleben bleibe.

Ich blättere durch alte Schmöker, durch Fantasyschrott, den ich längst auf einem Flohmarkt hätte loswerden sollen. Damals las ich mich durch Drachenwelten, Ogerköpfe, Tolkienabklatsch. Es war ein Lesen ohne den ganzen Kopf, was vielleicht den Reiz ausmachte oder es immer noch tun würde. In einer Kiste wartet eine alte *Winnetou*-Ausgabe, olivgrüner Einband, Blumenmuster, schwarze altdeutsche Druckbuchstaben auf goldenem Grund. Ich lese zwanzig Seiten, erleide körperlichen Schaden, Schmerzen, die in den Kopf ziehen. Wie man das damals ausgehalten hat.

Ich erinnere mich an folgendes Bild: Meine Mutter sitzt am Bett, eine Strickjacke hängt über ihren Schultern. Ihre warmen, langen Haare hat sie zu einem lockeren Zopf gebunden, in dem erste graue Strähnen glänzen. Ihre Lippen sind gesprungen, die Nase gerötet. Ihre Augen, die immer ein wenig wässrig waren, wechseln zwischen Buch und meinem Kopf. Und sie liest, liest langsam und leise, liest die Geschichten aus der Prärie. Es sei das Lieblingsbuch meines Vaters, sagte sie.

Felix und ich sind Mütterkinder. Sein Vater ist krank, hat Alzheimer, seit einigen Jahren schon. Die Krankheit bedeutet das Abdriften eines Vaters, der schon vorher selten anwesend war, stattdessen in einem weißen Opel als Vertreter für Pharmafirmen durch die norddeutsche Tiefebene raste.

»Mein Vater, der Drogenkurier.«

Felix lachte dazu. Aber es gab auch die anderen Geschichten. Dass er eine zweite Frau hatte, in Flensburg, eine Dänin. Dass beide eine gemeinsame Tochter hatten. Und seine Mutter ignorierte es und lächelte, bis an die Schmerzgrenze.

»Und ich habe eine Schwester, irgendwie. Es gibt dort oben jemanden, der eine Verbindung mit mir hat, ohne für diese ganze Scheiße etwas zu können. Und er schweigt dazu, er sagt mir nichts, ob ich ihn frage oder ihn anschreie. Manchmal denke ich daran, sie zu suchen, ohne den Mut dazu aufbringen zu können. Es bleibt seine Geschichte, ich bleibe außen vor, ohne vergessen zu können, wie meine Mutter.«

Er erzählte davon in unserem ersten Jahr in Berlin. Er tippte sich mit Mittel- und Zeigefinger gegen die Schläfe.

»Sie hat ein Loch in der Birne. Alles weg. Sie schiebt es da rein, in einen Stauraum, der Erinnerungen auflöst. Sie macht einfach weiter, erzählt von seinen Ausflügen, von seinen Ruhetagen nach der Arbeit. Und das Schlimmste ...«

Er schlug mit der flachen Hand auf den Tisch. Die Flamme der Kerze zwischen uns flackerte.

»... das Schlimmste ist, dass ich nicht sicher bin, ob sie es nicht tatsächlich vergisst.«

Vielleicht ist es Ironie des Zufalls, dass es nun seinen Vater erwischt hat, das Vergessen, das Verschwinden der Erinnerung, bis hin zum Auflösen des Gehirns. Ich frage mich, ob er die andere Frau, ob er seine Tochter vielleicht schon vergessen hat. Ich würde Felix gerne fragen, was er davon weiß. Ich starre auf das Buch, auf seine Schrift. Dann habe ich einen Gedankenblitz: Seine Mutter könnte eine Kontaktstelle sein, jemand, der mehr weiß als ich. Ich lese erneut seine Beschreibung, das Bild ihrer wässrigen Augen, die ich nicht kenne von ihr, obwohl ich Tage und Wochen bei ihm verbracht habe. Was ich kenne, ist ihr distanzierter Blick, abgetrennt von allem. Und trotzdem kann sie etwas wissen, kann sie mir vielleicht helfen. Ich wundere mich, dass ich sie nicht schon vorher angerufen habe. Ich ziehe mein Handy aus der Hosentasche und wähle die Nummer seiner Eltern.

Das Freizeichen klopft an meinem Ohr. Dann ein Knacken, ihre Stimme, sonderbar entfernt. Ich begrüße sie, sie lacht.

»Jakob, das ist aber eine Überraschung. Was gibt es denn?«

Ich frage nach Felix, ob sie etwas von ihm gehört hat. Ein

Anruf, einen Brief vielleicht. Sie schweigt eine Weile, hustet kurz und entschuldigt sich.

»Ach, Felix, ja. Mein Felix. Also der hat sich lange nicht mehr gemeldet. Der Junge hat ja immer so viel zu tun, nich.«

Ich brumme in die Leitung, ignoriere, wie sie das letzte Wort in die Länge zieht, beinahe eine Frage daraus macht. Stattdessen will ich wissen, wann er zuletzt angerufen hat.

»Ja, das war wohl vor drei Wochen. Da hatte Walter Geburtstag, das is Felix' Papa. Also mein Mann. Aber das weißt du ja.«

Erneut lacht sie.

»Der versteht ja nicht mehr viel. Felix, ja, hat er gesagt. Aber wie kommt das Kind denn an ein Telefon, wie macht der Kleine das? Löcher, weißt du.«

Sie räuspert sich. Ich habe den Eindruck, dass ihre Stimme jeden Moment kippen kann, dass jedes Wort ein Ringen um Fassung bedeutet.

»Ich hab das ja deiner Mutter schon erzählt. Du weißt das ja sicher, das mit diesen Löchern im Gehirn. Richtige Löcher, haben die Ärzte gesagt. Jetzt noch nicht, aber vielleicht in ein paar Jahren, vielleicht früher. Trotzdem vergisst er schon Namen, Geburtstage, Orte, an denen wir gemeinsam waren. An schlimmen Tagen – es gibt schlimme und gute Tage, weißt du –, an schlimmen Tagen geht alles Neue verloren. An Felix erinnert er sich noch, aber nicht, wie er heute ist. An Felix als Kind, daran erinnert er sich.«

Sie stößt Luft aus, entschuldigt sich. Sie habe mich nicht belasten wollen damit. Ich wüsste sicher schon alles.

»Du wolltest doch etwas von Felix wissen, darum hast du ja angerufen.«

Ich sage, dass es nicht so wichtig sei, dass er sich melden solle. Ich hinterlasse ihr meine Nummer.

»Aber es ist doch alles gut?«

Eine Pause.

»Seht ihr euch nicht mehr oft?«

»Doch, doch.«

Ich sei längere Zeit im Ausland gewesen, hätte ihn jetzt nicht erreicht. Aber sicher sei er arbeiten oder unterwegs, bei Freunden vielleicht.

»Ja, Felix hat ja viele Freunde, überall verstreut. Ich habe mich schon immer gewundert, wie einer so viele Freunde haben kann. Da wird er sich sicher bald melden. Und ich sag ihm Bescheid, wenn ich von ihm höre. Und du grüß ihn auch. Und deine Eltern.«

Ich lege das Handy neben mich auf das Sofa. Es ist seltsam, mit ihr gesprochen zu haben, in seiner Wohnung. Es ist seltsam, mit einer alten Frau gesprochen zu haben. Gleichzeitig bin ich verwirrt, weil er sich auch bei ihr nicht gemeldet hat. Ich denke an seine Sätze über sie, das Hinausdrängen schlechter Gedanken. Jetzt sind sie sich ähnlich, sein Vater und seine Mutter.

Das Notizbuch liegt neben mir. Ich greife danach, streiche mit der Hand darüber. Ein Antwortenbuch für Fragen, die noch zu finden sind. Ich schlage eine Seite auf, einen Eintrag, etwas mehr als ein Jahr alt.

15.5.

Die alte Türglocke weckte mich. Ich fuhr auf, erschrocken, saß aufrecht im Bett. Aus dem Flur drang das Kreischen einer Frau in die Wohnung. »Mein Freund, mein Freund.« Ich schaute durch den Spion. Durch die gewölbte Linse sah ich ein Fischgesicht, strähnige, blonde Haare, schulterlang. »Hallo, hallo. Ist da jemand?« Sie

rannte zur gegenüberliegenden Tür. »Hallo, Hilfe!«
Ich öffnete, sie machte kehrt, stürzte auf mich zu, legte ihre schwitzigen Hände auf meine Arme. Ihr Atem stank nach Alkohol und Galle. Sie deutete die Treppe hinauf. »Mein Freund, der stirbt, mein Freund.«
Ich folgte ihr, trat in die kleine Wohnung, die meiner eigenen vom Schnitt exakt gleicht. Ein kleiner Flur, von dem rechts das Badezimmer abgeht. Auf der linken Seite Jacken, der Boden voller Schuhe. Dahinter der große Wohn- und Schlafraum.
Ich wusste, rechts würde die Küche anschließen. An der Decke im Wohnzimmer hing eine Lampe mit Wollschirm, bunt bestickt, fast altmütterlich. Der Raum darunter war eine Halde. Überall lag Kleidung, in Bergen verteilt. Ein Wäschekorb stand inmitten dieser Explosion, als wachse daraus Polyester und Baumwolle, immerzu, unermüdlich. Dazwischen mischten sich offene Pappkartons, in denen Pizzareste lagen, Chipstüten, Teller, darauf grüne Schlieren von Essensresten. Überall standen und lagen Tetrapaks Rotwein, voll oder leer und zerdrückt. Ein säuerlicher Geruch stieg in meine Nase, gemischt mit dem Duft nach altem Fett. Zu alldem fiel mir ein einziges Wort ein: klebrig. Eine klebrige Wohnung, in der ich Angst hatte, im Fußboden zu versinken.
An der linken Wand, die an den Flur anschließt, hing ein großer Flatscreen-Fernseher, in meiner Wahrnehmung das größte Möbelstück im Raum. Davor stand ein Tisch, auf den die Nachbarin zustürzte. Ein dunkler Haufen bewegte sich daneben. Aus der Schärfung meines Blicks schälten sich Gliedmaßen, Arme und Beine, in wilder Bewegung.

Es war ihr Freund, auf die Seite gefallen, zuckend. Sie rutschte auf Knien vor ihm, begann ihn zu schütteln. Ich konnte den Schaum sehen, der aus seinem Mund trat, die weißen Augen, die weggedrehten Pupillen. Ich trat dazu, versuchte die Frau zur Seite zu drängen. Sie wischte ihm immer wieder über das Gesicht, fuhr hektisch mit der flachen Hand darüber. Ihr Mund stand offen, Speichel tropfte heraus, begleitet von einem Wimmern. Ein Hund, dachte ich, eine Hündin. Ich packte seine Arme, versuchte sie zu bewegen. Er war gespannt, alle Muskeln verkrampft. Ich konnte ihn würgen hören.

Als ich versuchte, in seinen Mund zu greifen, brüllte sie auf, stieß mich zur Seite. »Was machst du da? Was machst du?« Ihre Augen waren gerötet, von geplatzten Adern durchzogen. Das Weiß war trübe und gelbstichig. Ihre Schminke war bis über die Wangen verschmiert. Im offenen Mund fehlten Zähne, waren braune, faulige Stümpfe zu sehen. Mein Schlag kam ganz leicht, eine Bewegung des Arms aus der Schulter heraus. Obwohl ich kniete, reichte die Kraft aus, um sie nach hinten fallen zu lassen. Sie stieß mit dem Rücken gegen den Fernseher. Ihr Kopf klappte zurück, schnellte sofort wieder vor. Sie kam erneut auf mich zu, brüllend – und ich boxte, boxte ihr in den Magen, dass sie sich krümmte, vornüber auf den Teppich sank, zwischen Plastikmüll und Flaschen. Ich glaube, ich schrie etwas. Danach war beinahe Stille um mich, als seien die Geräusche der Außenwelt durch einen Filter gedämpft.

Ich hörte sie leise den Inhalt ihres Magens hinaufwürgen, so leise, als knie sie in einem anderen Zimmer, einer anderen Wohnung. Ich drehte mich, starrte ihren Freund an. Ein Gefühl der Ruhe breitete sich aus, eine

Verlangsamung des eigenen Denkens oder der Welt um mich herum. Meine Hände tasteten nach dem Mund des Mannes. Ich griff hinein, presste ihn auseinander. Ich griff seine Zunge, einen pelzigen Fetzen Schleimhaut, ich zog daran, zog sie aus dem Mund, hielt ihn geöffnet. Schaum lief mir über die Finger. Seine Zähne drückten, die Muskeln seiner Kiefer arbeiteten, ich hielt dagegen. Und seine Freundin hockte neben mir, glotzte zu Boden. Ich sagte ihr, sie solle einen Krankenwagen rufen. Stattdessen stützte sie sich auf ihre Arme, betrachtete das Erbrochene unter sich. Ich sagte ihr noch mal, sie solle anrufen. Und als sie zu weinen begann: »Ruf an, dumme Schlampe! Ruf an!« Sie zog ihr Handy, wählte.
Nach einigen Minuten ließ der Krampf in seinen Muskeln nach. Ich spürte, wie er sich entspannte. Die Pupillen kehrten zwischen die Lider zurück, dann kam der Mageninhalt, lief mir über die Hände, tropfte auf den dunklen Teppich. Beißender Geruch nach Gallenflüssigkeit breitete sich aus. Vor mir lagen Pizzabrocken, halb verdaute Erdnussflips, wie kleine Maden in einem klebrigen Brei. Ich spürte die eigene Übelkeit aufkommen, kämpfte sie nieder und wartete, seinen Kopf in meinen Händen.
Irgendwann kamen Sanitäter, die mich ablösten. Jemand klopfte mir auf die Schulter. Es folgten Wortwechsel, die aus meinem Kopf gelöscht waren, schon nach wenigen Sekunden. Als ich ging, sah ich die Gestalten im Hausflur, die sich versammelt hatten, auf den Stufen, in den geöffneten Türen. Ich verspürte Lust, seine Essensreste in ihren Gesichtern abzuwischen, meine Faust hinterherzuschlagen. Stattdessen floh ich unter das Rauschen der Dusche, unter der eine langsame Rückkehr ein-

setzte, sich die Verbindung zwischen Kopf und Körper wieder herstellte. Ich ging ins Wohnzimmer, schaltete den Fernseher an. Die einzige Spur, die von der Nacht bis in diesen Moment geblieben war, waren die Abdrücke seiner Zähne, die tiefe Rillen an der Innenseite meiner Finger hinterlassen hatten.

Er hat fast fünf Seiten vollgeschrieben mit dieser Geschichte. Die Stelle, an der er die Frau schlägt, lese ich zweimal. Ich versuche mir vorzustellen, wie der lachende Felix seine Faust in das Gesicht dieser Frau schleudert. Während ich lese, spüre ich eine sonderbare Nähe zur Wohnung, spüre, wie die Wände heranrücken, sich anschmiegen. Ein Eintrag, zwei Tage später:

17.5.
Sie stand vor der Tür, mit einem Blumenstrauß und einer Schachtel Pralinen. Ihre Wangen waren rougegerötet, überfärbt, darunter ein verlegenes Lächeln ins Gesicht gepresst. Sie wolle Danke schön sagen, für die Hilfe und alles. Die Haare waren mit Gel oder Wasser nach hinten gekämmt. Ihrem Freund ginge es besser. »Epileptischer Anfall«, sagte sie. Und dass er jetzt Medizin bekäme. Ich bedankte mich, starrte dabei auf ihre knittrige Bluse, von der mich eine weiße Rüsche ansprang. Ich hob den Blick, sagte ihr, dass all das nicht nötig sei. Und dann, erst nach langen Sekunden, bemerkte ich die Verfärbung um das Auge, bläulich, mit einem Stich ins Gelbe. Ich sagte einige Sätze, an die ich mich nicht erinnern kann, und schloss die Tür. Die Blumen und Pralinen schmiss ich in den Müll. In meinem Kopf blieb dieses Bild mit den Spuren meiner Faust in ihrem

Gesicht. Ich musste darüber lachen, was mich irritierte. Etwas hatte sich verschoben.

Ich blättere nach weiteren Hinweisen auf die Nachbarn, ohne Erfolg. Ich stochere im berühmten Heuhaufen. Der Gedanke: Ein Suchprogramm durch das Buch laufen zu lassen. Es wäre eine Frage der Parameter. Die einzige wirkliche Alternative zum Herumstochern bleibt das chronologische Lesen. Ich klappe das Buch zu, lege es auf den Rand des Schreibtischs. Ich frage mich, ob dieselben Nachbarn wohl noch immer hier wohnen. In den Leitungen rauscht das Abwasser, ohne etwas zu verraten von den Menschen in diesem Haus. Ich kippe das Fenster in der Küche. Musik dringt herein, ich höre arabischen Gesang, lang gezogen, traurig und von irgendwo mischen sich schnelle Bassschläge und das Quäken von Synthesizern dazu. Die meisten Fenster im Hof sind erleuchtet, in einer Küche gegenüber essen ein Mann und eine Frau. Teller, Kerzen und Weingläser. Mein eigener Magen fühlt sich erinnert.

Draußen, auf der Straße, begrüßt mich kaltes Laternenlicht, dazu die Neonreklame eines arabischen Imbisses. Auf der anderen Straßenecke leuchtet der rote Schriftzug eines Supermarkts. Die Außenwand ist besprüht und beklebt, voller Plakatfetzen, Resten von Werbezetteln. Eine fransige Haut, vor der Jugendliche mit Bierflaschen stehen. Schreie, springende Körper, die sich schubsen und schlagen.

Einige Mädchen kreischen, Glas splittert. Die Tür des Imbisses schwingt auf, der Besitzer kommt auf die Straße gestürmt. An seiner Schürze kleben Soßenspritzer, in der Hand hält er ein Dönermesser. Er ruft einige Sätze über die Straße, das Messer dabei erhoben. Die Jugendlichen gehen auseinander. Nur einer, klein und schmal, bleibt stehen. Sein Cap liegt hoch auf dem Kopf, um ein paar fehlende Zentimeter zu gewinnen. Er federt in seinen klobigen Turnschuhen. Eine erstaunlich dunkle Stimme erklingt aus seinem bartflaumigen Grinsen: »Schnauze, Mann!«

Der Imbissbesitzer tritt an die Kante des Bürgersteigs. Sein schnelles Arabisch hallt durch die Straße, die Sätze zu einem einzigen Wort zusammengezogen. Der Junge duckt den Kopf, weicht zurück, in den Schutz seiner Freunde. Sie wechseln noch einige Worte, schleichen dann in Richtung Park davon.

Ich warte einen Moment, gehe dann in den Imbiss. Der Besitzer kommt zurück, bleibt an der Eingangstür noch einmal stehen und schaut auf die Straße. Er schüttelt den Kopf.

»So eine Scheiße hier. Jeden Tag das Gleiche.«

Ich bestelle Falafel. Er presst die Kichererbsenmasse in kleine Formen und lässt sie in die Fritteuse fallen. Sein Blick prüft mich.

»Wohnst du neu hier?«

Ich nicke, deute die Straße herunter. Er lacht.

»Is manchmal scheiße hier, wie überall. Aber gute Gegend, eigentlich.«

Ich sitze an der Scheibe, schaue auf die Straße. Vor einer Kneipe stehen einige Leute. Hinter mir klagt eine Sängerin aus einem Fernseher an der Wand. Es riecht nach fettigem Fleisch. Der Wirt unterhält sich mit einem neuen Kunden. Er lacht laut, sein Schnauzer hüpft. Ich stelle mir vor, wie Felix in diesen Imbiss kommt, sich an dasselbe Fenster setzt, wie sich sein Gesicht darin spiegelt. Die Spielautomaten neben der Theke werfen Lichtreflexe gegen die Scheibe. Ich stelle mir vor, mich hier mit ihm zu unterhalten.

»Ich haue ab.«

»Wie, du haust ab?«

»Aus Berlin.«

»Nach Hamburg?«

»Nein, weiß nicht. Irgendwohin. Nach …«

Es funktioniert nicht. Es ist, als habe ich schon seit Monaten nicht mehr mit ihm gesprochen. Ich zähle die Tage zurück: Neun. Die Polizei anrufen. Manja hat gelacht. Was ich der Polizei denn erzählen wolle. Ich frage mich, ob ich am Ende der nächsten Woche anrufen werde. Oder in der Woche darauf.

hallo jakob,
danke für deine mail. entschuldige, dass ich mich nicht schon früher gemeldet habe, aber deine nachricht lag erst beim spam. leider hat felix mich nicht erneut kontaktiert. er hatte sich vor ein paar wochen gemeldet und gefragt, ob er evtl. bei mir übernachten könnte. seitdem hat er sich aber nicht mehr gemeldet. hast du inzwischen von ihm gehört?

viele grüße aus paris,
hanna

Der flackernde Bildschirm im Dunkel des Zimmers. Ihre Nachricht wartet auf mich, als ich aus dem Imbiss zurückkomme. Worte aus Paris, das mehr ein Name ist als etwas Greifbares. Auch von dort ein Schreiben ohne Antworten. Die Spuren verlieren sich, fransen an den Enden aus. Ich überlege, ob ich eine Antwort schreiben soll, entscheide mich dagegen und für das Abschneiden dieser Franse, bevor sich meine Gedanken anpassen, abdriften können.

Ich kehre zum Tagebuch zurück, suche nach Hannas Namen, finde nichts, nur immer mehr seiner verwirrenden Gedanken.

18.11.
Die Stadt ist von Herbstgrau gedeckelt, nichts kann entweichen. Ich suchte eine Freifläche, um dem Druck der Häuserwände zu entgehen, fuhr mit dem Fahrrad in den Treptower Park. Das Spreeufer war vollgestopft mit Ausflugsdampfern, die sich an den Kai drängten. Fischgeruch stieg in meine Nase, oder ich bildete es mir ein, dachte an Matjesbrötchen auf dem Hamburger Fischmarkt. Ich lief ein Stück, setzte mich auf den Betonrand am Wasser, ließ die Beine baumeln. Ich stützte die Hände nach hinten ab, spürte den Druck kleiner Stein- und Glassplitter in der Innenfläche, bis die Hände ein wenig taub wurden.
Dieser Himmel. Alle sagen, dass der Hamburger Himmel voller Grau ist, voller Regen und Schmuddelwetter. Aber das nahe Meer lässt Bewegung zu, man kann Wolken erkennen. Berlin schließt sich ein, stülpt eine gleichförmige Glocke über sich, aus der nicht einmal Regen fällt, nicht sonderlich viel jedenfalls. Es bleibt das Gefühl, dass einem das Grau auf den Kopf drückt, jede Woche ein wenig mehr. Dagegen hilft nicht einmal Johanniskraut. Anfang Februar wird es schlimm, kaum auszuhalten. Immerhin ist noch Zeit. Oder leider.

Ich rufe Sarah an. Ihre Stimme klingt aufgeweicht, schläfrig. Sie gähnt. Ich erzähle ihr von Hannas Antwort und dass sich alle Spuren verlieren.

»Soll ich vorbeikommen?«

»Jetzt?«

»Warum nicht. Die Wohnung ist leer.«

»Ich glaube nicht, nein. Ich muss früh zur Arbeit. Aber morgen Abend vielleicht?«

Sie seufzt.

»Dann morgen Abend. Ich bin gespannt.«

Als die Leitung schweigt, bin ich erleichtert. Ich weiche ihr aus, habe Angst, von ihrer Neugier aus dieser Geschichte gedrängt zu werden. Ich kenne sie, wenn sie arbeitet, kenne dieses konzentrierte Notieren, Aufnehmen, Umschreiben. Ein halbes Jahr Journalistenschule hat Einfluss auf ihre Gedanken gehabt, hat sie professioneller werden lassen.

Und Felix? Seine Abwesenheit ist für mich spürbar gewesen, vom ersten Abend an. Vielleicht ist es der letzte Rest einer Verbindung, die sich dehnt, oder der bewusste Schmerz über das Reißen der letzten Fäden. In seinem Tagebuch spricht etwas Unbenennbares zwischen den Zeilen, ein Flackern, das Irrlichter oder Leuchtspuren sein können. Eine Vorstellung: Wie er mit einem Freund mit der Bahn aus der Stadt verschwindet, Rucksack an Rucksack in einen Zug steigt, langsam davonrollt. Ich wünsche mir, dieser Freund zu sein. Ich stehe auf, gehe zum Kleiderschrank. Die Folie der Wäscherei knistert, spannt an den Fingerkuppen, kurz bevor der Kunststoff nachgibt. Darunter fühle ich weichen Stoff. Ich hole die beiden dunklen Jacketts hervor, lese die Etiketten. Ich setze mich an seinen Schreibtisch, auf den Knien diese Geldanlagen, darauf die Ellenbogen gestützt.

Ich versuche erneut, ihn mir vorzustellen: Seine Haare geglättet, gerade Haltung, vor einer Gruppe aus Damen und Herren, die seine Teamfähigkeit einschätzen, seine *troubleshooting competence.* Ich hole den Bewerbungsordner vom Wohnzimmertisch und blättere. Hinter *Boston Consulting* folgt *Pricewaterhouse,* danach ein langes Schreiben an *McKinsey,* an die Pressestellen größerer Firmen. Aber ich finde auch die Namen von Kleinstädten, von unbekannten Firmen, an die er sich gewandt hat.

Die Jacketts sind auf den Boden gerutscht. Ich hebe sie auf, hänge sie in den Schrank zurück, an dessen Boden sich Kisten und Plastiktüten drängen. Ich beuge mich vor, wühle blind nach Gegenständen, die mir etwas von ihm erzählen werden. Ich finde Socken, geknitterte Hemden, muffige T-Shirts. Dann, als ich schon aufgeben will, eine kleine Kiste mit Fotos. Am Schreibtisch lege ich einige der Bilder aus. Teilweise sind Kleberreste auf den Rückseiten zu spüren, als hätten die Bilder früher Wände oder zumindest Fotoalben geschmückt, bevor er sie in einer Kiste in seinem Schrank vergraben hat. Ich entdecke ein Bild von mir, wie ich in Frankreich in einem türkisblauen Bergsee schwimme. Ich sehe gebräunte Gesichter, vom Blitz überbelichtete Köpfe vor Zelten oder Ferienhäusern in Skandinavien. Plötzlich ist da dieses Frauengesicht, das ich nicht einordnen kann und trotzdem erkenne. Dunkle Haare, hinter dem Kopf zu einem kurzen Zopf gebunden. Eine glatte Stirn. Als ich die Narbe an der Braue erkenne, greife ich das Tagebuch, blättere zur Zeichnung. Ich lege das Foto ins Buch, lasse sie sich selbst anlächeln. Ihre großen, eisblauen Augen, ihr Mund, alles wirkt identisch, bis auf ein Muttermal auf der linken Wange, das er in der Zeichnung vergessen hat. Auf der Rückseite des Fotos stehen einige Worte in geschwungener Schrift:

J'étais si bien sans toi. Es ging mir so gut ohne dich.

Ich betrachte das Foto. Im Hintergrund erkenne ich einige Hauseingänge, den gläsernen Eingang eines Geschäfts. Ich glaube, *Disques* lesen zu können, nähere das Bild meinen Augen, ohne die Schärfe der Buchstaben verändern zu können. Frankreich, vielleicht. Vielleicht eine Straße in Berlin. Ich lasse das Foto liegen, blättere im Tagebuch mehrere Seiten nach vorne.

15.5.

Anderswo könnte es anders sein. Ich plane Aufenthalte in anderen Möglichkeiten. Ich werde aus diesem Land abgestoßen, in dem alles einen Plan hat, sogar Planlosigkeit. Aber was, mischt sich die Rationalität ein, sind die Alternativen?

Si tu regarde dans ton cerveau
Pas besoin d'enlever ton chapeau
Tu trouveras quelques photos
De l'océan

Ich höre das Lied und denke, dass ich in meinem Gehirn ebenfalls Fotos des Ozeans finden würde, könnte ich dort hineinschauen. Weglaufen ist das. Das Selbstgespräch kommt zu dem Ergebnis, dass du die Neigung zum Fantasten hast. Oder ist es Faulheit? Ein paar Wochen, Monate – und du hast doch gar nichts kennengelernt. Alles kann sich bessern. Was unsicher ist, ist die Frage, ob ich mich bessern kann, in diesem Punkt.

Ich räume den kleinen Tisch zur Seite, ziehe das Sofa aus. Ich lege ein Laken auf, eine dünne Decke darüber, prüfe ein letztes Mal seine Mails, klappe den Rechner zu und lege mich schlafen.

Ich liege auf dem Rücken, verspüre einen Druck. Ich drehe mich, fühle mit der Hand über die Matratze, ertaste die Spuren des Bettgestells und seine hölzernen Kanten. Ich frage mich, wie er auf diesem Sofa hat schlafen können, all diese Jahre, wie sein Rücken das ausgehalten hat. Ich habe Angst vor dem nächsten Arbeitstag, vor schmerzenden Muskeln und Knochen. Aber ich produziere Spiele, die Kinder dazu zwingen, ihren Nacken über Bildschirme zu beugen, bis sie kleine Schildkrötenhälse bekommen. Ich werde es aushalten.

Nachdem ich das Licht gelöscht habe, deckt mich das Dunkel des Zimmers zu. Ich schließe die Augen und lausche. Wasserleitungen, knackendes Holz, über mir Schritte, Musik, ein leises Singen des Hauses. Ich glaube Stimmen aus dem Hof zu hören, die sich leise unterhalten. Das Fehlen von Licht löscht alle Vertrautheit. Der Kühlschrank in der Küche beginnt ein leises Nachtlied zu brummen. Es sind die nervösen Geräusche einer Wohnung, die einen Eindringling spürt. Ich drehe mich unruhig, suche nach einer Schlafposition, immer wieder, bis ich schließlich auf dem Bauch liegen bleibe. Die Wohnung beruhigt sich langsam. Oder mein Kopf tut es. Im Hof immer noch Stimmen. Gedanken an den kommenden Tag. Ich schaue eine Weile auf die dunklen Konturen des Kleiderschranks. Ich habe erwartet zu träumen, tue es aber nicht, erinnere mich stattdessen, noch im Halbschlaf.

»Verlogenes Arschloch!« Felix saß in der Küche einer meiner WGs, vor einigen Jahren, und schimpfte auf seinen Vater. Seine mangelnde Anwesenheit, die Geschichte der Zweitfamilie, die ich zum ersten Mal aus seinem Mund hörte. Die Arbeit, hatte er als Kind gedacht, Papas Arbeit. Und dann flog alles auf, weil die Frau aus Flensburg ihn für sich haben wollte. Auf der A1 gab es eine Verfolgungsjagd, von der Felix' Vater nichts wusste.

»Es klingelt, und sie steht vor der Tür. Groß, weißblond natürlich.«

Er leerte ein halbes Glas Wodka, bevor er weitererzählte. Seine Mutter erlitt einen Schock, hörte nicht mehr auf zu lachen. Sie wurde hysterisch, stieß ein Kichern hervor, das sich in Schluchzen wandelte. Felix sagte, er hätte noch nie jemanden so weinen hören. Als ob der ganze Körper mit diesen Lauten etwas abstoße. Und er schämte sich.

Ich kannte die Gerüchte, kannte das Stadtteilgespräch, das Schulhofflüstern. Ein Junge aus der Parallelklasse rief etwas vom Doppelficker, und alle lachten. Felix rannte damals auf den Jungen zu, sprang ihn an, drückte ihn mit den Knien zu Boden und boxte ihm ins Gesicht. Ich erinnere mich an die geschwollene Nase, an das Blut, das daraus hervorgeschossen kam. Ich hielt ihn zurück, als er weiter auf den liegenden Jungen einschlagen wollte. Ich zog ihn hoch, schob mich vor ihn, umarmte ihn, schloss hinter seinem Rücken meine Hände. Er brüllte und zuckte, versuchte sich zu befreien. Wir führten einen Tanz auf, mehrere Sekunden lang, dann trennte uns ein Lehrer. Der andere Junge wurde vom Krankenwagen abgeholt. Den Rest des Tages ignorierte Felix mich. Er musste zum Direktor, der lange Gespräche mit ihm führte. Es gab Verwarnungen, die nur sein Vater zu hören bekam, weil seine Mutter noch in Behandlung war.

Am Nachmittag, nach dem Unterricht, wartete er mit dem Fahrrad an einer Ampel. Er stand dort und fuhr einfach neben mir her, als ich vorbeikam. Zwei Straßen lang schwieg er. An der dritten Ampel sagte er: »Danke.«

Und dann noch: »Sei froh, dass du keinen Vater mehr hast.«

Meine eigene Vatergeschichte besteht aus mangelhaften Erinnerungen, aus Bildfetzen, Fotos und Geschichten meiner Mutter. Der Mann über den Wolken, mit Pilotenmütze und goldenen Streifen an der blauen Jacke. Der Kranich, der sie beide verband.

Er flog Langstrecke, hatte drei Tage Aufenthalt in Las Vegas, Hongkong, New York. Die Herren der Lüfte waren sie, zumindest damals. In Gedanken höre ich das Seufzen meiner Mutter.

»Damals hatten wir noch Zeit. Da war es etwas Besonderes. Aber heute – alles Fließband.«

Es gab diese Fliegerromantik, die sich für mich als Junge um meinen Vater legte, und der ich bis heute nicht entkommen kann. Eine Idee von Gefahr und Abenteuer, obwohl er in all den Jahren nur ein einziges Mal notlanden musste. Meine Mutter, die mit brennenden Turbinen geflogen war, mit dunklem Passagierraum, schreienden Gästen, konnte darüber nur lachen. Sie blieb immer ruhig, sie blieb am Boden, als ich kam. Und er blieb auch.

Ein Fiepen reißt mich im Morgengrauen aus dem Schlaf. Um mich ein fremder Raum, Verwirrung, aufsteigende Panik. Vor meinen Augen tanzen Bildfetzen, ich richte mich, ordne, sehe zum Fenster, vor dem erste Schlieren Licht auszumachen sind. Im Zimmer: das Leuchten des Handys, ein kleines Briefsymbol und eine Nachricht von Sarah.

seltsam, dich nach langer zeit einmal wieder nicht bei mir zu wissen, gerade weil du so nah bist, fast noch greifbar. insomnisch, sarah

Der Rest meines Morgens bleibt schlaflos. Die Gedanken an den eigenen Vater sickern mit dem Licht des anbrechenden Tages in die Wohnung. Ich denke an seinen dunklen Vollbart, der leichte Ansatz zum Bauch, seine weißen Hemden, oft bis zur haarigen Brust aufgeknöpft, darüber ein rosiges Gesicht, große Zähne, ein breites Lächeln.

Ich erinnere mich an die Fotos an den Wohnungswänden meiner Mutter, im Flur, in ihrem Schlaf- und Wohnzimmer. Mein Vater, mit einem Freund Sirtaki tanzend vor einer alten Mühle auf Kos. Er und meine Mutter, in einer Steinwanne sitzend, vielleicht in Pompeji. Wenn man zur Tür hereinkommt, gleich rechts, kann man sehen, wie er in kurzen, weißen Hosen, mit Stirnband über den langen Haaren, einen Tennispokal in die Höhe reckt, darunter ein Schriftzug: *Vereinsmeisterschaften TC Eimsbüttel 1972.*

Dazu gesellt sich eine Erinnerung, die sich deutlich von Fotos und ihren Geschichten ablöst. Das Bild, wie meine Mutter im Wohnzimmer ans Telefon geht. Ihre leise Telefonstimme erklingt, ein wenig tiefer als sonst, gleitet ihr nach wenigen Sekunden ab in ein Schreien. Sie sitzt auf dem Boden des Wohnzimmers und brüllt lange, dunkle Vokallaute, die abebben und sich wieder steigern, eine Sinuskurve der Verzweiflung. Ihre Fäuste schlagen auf den Teppich. Als ich zu ihr komme, verstummt sie. In ihrem Blick liegt erst Fremdheit, dann Erkennen, ohne dass ich sicher sein kann, dass ich selbst gemeint bin.

Nach einigen Minuten kommen einzelne Wörter, die sich bis heute eingeprägt haben: »Der Papa ist … Das Auto vom Papa hat man … Im Harz … Im Harz, eine Böschung hinab …« Und zuletzt: »Eisregen.«

Als es hell ist, beginnt mein erster Morgen in Felix' Wohnung. Vor dem Fenster klappern Fahrräder, die aus dem Hof gefahren werden. Der Glockenschlag einer Kirche weht herein. Ich nehme mir ein Handtuch, gehe ins Bad. Die roten Kacheln dort essen das Licht und erzeugen ein Beklemmungsgefühl. Toilette, Dusche, Waschmaschine, davor wenige Fußbreit Platz zum Stehen. Als ich nackt in die Dusche steige, fühlt es sich an wie das Durchschreiten einer weiteren unsichtbaren Grenze. Eiskaltes Wasser schlägt mir prickelnd auf die Kopfhaut, dann kommt die Hitze und Wasserdampf, der den Duschvorhang in Bewegung setzt, ihn an mein Bein klebt. Und etwas ändert sich. Die Fugen zwischen den Kacheln, die Aufdrucke auf zurückgelassenen Shampoo-

Flaschen, die Falten des Vorhangs: Alles tritt in ungekannter Schärfe vor meine Augen, die Ränder aller Dinge um mich herum sind nachgezeichnet.

Ich ziehe getragene Kleidung an, rieche den eigenen Schweiß des Vortages. Ich muss auch hierfür eine Lösung finden. Ich trete zurück zum Tisch, nehme das Tagebuch in die Hand und lese.

> *30.7.*
> Diese nicht enden wollende Sommerhitze. Ich liege im Bett, schwitze trotzdem pausenlos. Mein Körper ist überdreht und angespannt. Er ist ein Kleinwagen, in den man einen übertourigen Motor gesteckt hat. Ich höre hinein, lausche, forsche, zunehmend panisch. Ich presse den rechten Zeigefinger auf die Ader am Handgelenk, die pumpt, hektisch, bis sie fast platzt. Ich spüre den hüpfenden Rhythmus. Mein Herz versucht eine andauernde Beschleunigung, die ich mit kleinen Pillen unterdrücke, die sich mit einem knackenden Geräusch in vier Teile brechen lassen. Meine Vorgabe lautet: Ruhe und Abwarten. Ruhe und Abwarten. Ruhe und Abwarten.

Ich stocke und blättere einige Seiten zurück.

> *15.7.*
> Die Gedanken hämmern durch den Körper. Ich wünsche mir Stressresistenz. Schaff das, schaff das. Der Kopf rennt dem Körper davon, was dazu führt, dass die Gedanken stolpern, sich drehen, überschlagen. Ich habe Schweißausbrüche auf der Treppe, zwischen zweitem und drittem Stock. Ich lerne Latein und vergesse alle Vokabeln und Regeln, kaum dass die abschließenden

Prüfungen geschrieben sind. In meinen Träumen höre ich das hässlich quäkende Schwäbisch der Dozentin. Vor mir ihr Gesicht, große, grüne Augen, die spitze Nase und ein gigantischer, sich immer weiter vergrößernder Mund, aus dem es schallt: Schdudede lidderä laddinä. Und ich laufe vor ihr im Kreis, kann nicht still stehen, als ob die Beine auch im Liegen weiterstrampeln.

17.7.
Ich mache Arzttermine, weil es ja so nicht geht. Versuche es mit altbackener Musik, finde eine Enya-CD, die mich umsphärt, echot, abstößt. Ich lese langsame Bücher, laufe mit Tonio durch Lübeck und fühle mich selbst dabei getrieben. Ich hüpfe vom Deich in einem weiten Satz auf das Kopfsteinpflaster und zurück, ziehe mich an Flaschenzügen empor und springe auf Kutschböcke. Ich möchte Hans Hansen in die Schnauze hauen. Man müsste sich aus sich selbst herausbrechen.

Der nächste Eintrag setzt sich von den anderen ab. Er ist in zittriger Handschrift, trotzdem winzig, über eine Doppelseite geschrieben.

Einige Wörter sind durchgestrichen, einzelne Buchstaben verschmiert, als habe Felix auf das Papier gespuckt oder mit feuchten Fingern darübergewischt. Am Rand, rund um den Text, hat er kleine, dicht gedrängte Symbole, Augen, geometrische Figuren gemalt.

22.7.
Ein paar Stunden zuhause. Ich bitte sie zu warten. Ein paar Stunden für eine Blutwertanalyse. In meinem Kopf ist das picklige Gesicht der kleinen Arzthelferin

verankert. Und die Alte. Die Alte mit Glasauge, tatsächlich mit einem Glasauge. Ein Arztkabinett, durch das ich im kleinen Wagen auf Schienen fuhr, während überall Gestalten hervorbrachen. Frau Doktor Skuld bittet zur Sprechstunde. Und ich denke noch, denke, dass es meine verdammte Birne ist, mein Angstschädel. Die Picklige setzt mir die Saugknöpfe an, alles Routine. Piep-piep-piep Routine. Und wie sie guckt, wie sie guckt und dann sagt: »Ich muss Frau Doktor holen.« Raus ist sie. Die Saugknöpfe, Schröpfköpfe bleiben auf meinem Körper, malen rote Ringe auf die Haut. Ich muss, ich muss. Ich muss meinen Schädel vom Platzen abhalten. Ich starrte an die hohe Decke der Praxis, hörte das Parkettknirschen der Gesundheitslatschen, Stimmen aus dem Wartezimmer und den Nachbarkabinen, in denen behandelt wurde. Die Skuldige kommt im weißen Kittel herein, glotzt mit ihrem einen Auge auf das Papier, auf die Kurven, Zacken, Kanten. Ich denke, dass das Glasauge mich währenddessen im Blick behält. Die Alte nickt, verzieht den faltigen Mund. Dann: »Das sieht aber nicht gut aus.« Ja. Das sieht nicht gut aus. Das ist eine glasäugige Alte in Weiß. »Das sieht nicht gut aus, Ihre Werte, das EKG. Da stimmt etwas mit dem Herz nicht.« Und ich schreie oder schreie zumindest im Kopf, dass ich es mir denken kann, dass ich es langsam begreife. Oder doch nicht greife. Aber es sickert ein, es sickert. Und sie nehmen mir Blut ab – und alles wird schwarz – alles ist verschwunden. Der Gedanke, zu sterben, dieser dumme Gedanke nistet sich ein, nagt an meinen Wurzeln. Aber die Alte schickt mich nach Hause. Man müsse die Blutwertanalyse abwarten. Weil es ja Bakterien sein könnten oder nur ein Virus. Und ich sitze im

Taxi und versuche zu denken: Du verreckst ja gar nicht, sie haben dich ausgetrickst, angeschmiert. Aber es klappt nicht. Das ist der Panikschädel, der sogar dann wummert, wenn es mir gut geht. Und jetzt heißt es liegen und warten, auf Blutwertanalysen oder Wasauchimmer. Ich bitte sie zu …

22.7.
Nachtrag: Kein Bazillus. Der Bazillus hätte es dann gewesen sein können. Aber der Virus ist gnädiger. Oder auch nicht. Es wird sich zeigen. Ich schlurfe heraus aus meinen vier Wänden. Mir wird heiß, nach ein paar Schritten die Treppe hinunter, ich wackle zur Ecke, zur Apotheke. Der Blick des Apothekers ist ernst, fast ein wenig mitleidig. Er schiebt die dicke Pillenpackung über den Tresen. »Sie nehmen nach Anweisungen Ihres Arztes?« Nein, ich fresse aus Gewohnheit. Und jetzt liegen und warten. Wenn nur der Kopf nicht wäre.

Schon während ich lese, versuche ich mich zu erinnern. Sein Aufenthalt im Bett damals, wochenlang, in diesem heißen Sommer, als er nur kurze Wege gehen konnte. Herzmuskel, sagte er. Alles sei ausgestanden, ausgeheilt, er habe Glück gehabt. Eine Herzklappe war ein wenig in Mitleidenschaft gezogen worden, aber noch funktional. »Wird schon.«

Er lag im Bett und lachte darüber, dass ihn diese alberne Grippe fast erledigt hätte. Ich bin sicher, dass es genau dieses Wort war, das er damals sagte: Erledigt.

Ich schaue auf die Uhr: Es ist Arbeitszeit. Mein Alltag wird an den Rand gedrückt. Ich ärgere mich über Manjas Anwesenheit in den letzten Tagen, die mich daran gehindert hat, in Ruhe in diesem Buch zu lesen. Und jetzt wird die Zeit knapp. Polygonfiguren warten auf mich, Skripte für Spiele. Immer wieder dieselben Korrekturen. Und der Schlüssel. Ich habe den Schlüssel vergessen.

»Bescheinigung?«

Das Babygesicht verformt sich innerhalb eines Augenblicks. Die kleine Nase wittert ein Geschäft, der kleine Körper wächst in seinem Blaumann, der schmale Haarstreifen in der Mitte des Schädels stellt sich auf.

Der Schlüsselwächter. Ich versuche, diesen Gedanken abzuschütteln. Felix' Worte verschmelzen in meinem Kopf mit den eigenen.

»Und der Perso? Reicht der nicht?«

»Ohne Bescheinjung der Hausverwaltung kann ick nüscht machen.«

»Nicht mal den Wohnungsschlüssel?«

»Auch nich die Wohnung. Da könnte …«

»Was?«

»Da könnte ja jeder kommen.«

Er hebt meinen Ausweis unter die Nase, als müsse er auf eine Fälschung prüfen.

»Ich brauche den Schlüssel dringend.«

»Zweihundert.«

»Was?

»Zweihundert, für beede. Haus und Wohnung. In zwee Stunden.«

»Das macht mir jeder andere billiger.«

»Na denn jehn Se mal …«

Dieses Gangsterlächeln. Dieser Hanswurst Capone, der mir die Hektik aus dem Gesicht schaut, meine ganze Selbstsicherheit mit seiner ausdruckslosen Fresse auflöst. Und ich gebe auf. Die Arbeit wartet, die Angst vor Manja, ihrer

Überwachung, die mich von Felix trennen wird. Ich habe einen Ansatz, habe das Gefühl, an einem Objektiv zu drehen, langsam, aber immerhin gewinne ich Schärfe, Kontur. Ich muss lesen. Also renne ich zur nächsten Bank, hebe einen gelben Schein ab, den er bei meiner Rückkehr genüsslich prüft. Er stellt mir eine Quittung aus, in sauberer Kinderhandschrift. *20 Euro – dankend erhalten.* Ich verspüre Lust, einfach über den Tresen zu schlagen, ein Schwindelgefühl, als ich auf die Straße torkle. Die Türglocke klingelt mir im Nacken. Zwei Stunden warten.

Zur Arbeit komme ich über eine Stunde zu spät. Mehrere Programmierer haben Nachrichten hinterlassen, der Posteingang ist von neuen E-Mails geflutet. Im Büro steht bereits eine Hitze, die sich im Laufe des Tages weiter stauen und steigern wird. Einige Ventilatoren surren dagegen an. Dazu brummen Rechner, Kopierer, Faxgeräte. In meinem Kopf mischt sich alles zu einem elektronischen Bienenschwarm, wird zu einem Druck im Hinterkopf. In mir ist ein Verrücktsein aus dieser Arbeitswelt, gegen das ich mich stemmen muss. Ich fülle Excel-Tabellen und reihe Dialog an Dialog. Daneben setze ich Spalten für die Übersetzungen in Englisch und Französisch.

Willst du das Spiel jetzt beginnen, drücke den A-Knopf.

Um das Spiel zu pausieren, drücke die Start-Taste.

Ich erzeuge Abenteuer für Kinder, Fantasiewelten, deren Geschichten haarsträubend sind. Es gibt logische Fehler. Ich betreibe billigsten Mythenklau.

Ich muss an Felix denken und wie er sich aufgeregt hätte. Während ich Mails auf Englisch verfasse, an Programmierer in Ungarn gerichtet, schießen mir Spielideen durch den Kopf, die ich irgendwann mit Felix fantasiert hatte, an einem Abend, in einer Kneipe, vor einem guten Jahr. Ich hatte den

Job gerade angetreten. Ich schlug ein Odysseus-Spiel vor, aber er lachte, schüttelte entschieden den Kopf.

»Scheiße – Odysseus. Die Spießer-Sage. Die Argonauten für Kinder, das hätte was. Oder eine Reise durch die ganze Sagenwelt.«

»Ohne Zusammenhang?«

Er lachte.

»Egal. Gustav Schwab, das Spiel.«

Ich muss an dieses alte Buch denken, das bei ihm zuhause neben der Toilette lag. *Die Sagen des klassischen Altertums* als Klolektüre. Ein Buch, in das der Schulstempel seiner Mutter gesetzt war. *1960, Oberschule für Mädchen, Hamburg Eppendorf.*

Über den Server rauschen Datenmassen, neue Spielversionen, die aus der Ferne übertragen werden. Die Programmierungen sind noch fehlerhaft. Es gibt Streifen, die über den kleinen Bildschirm der Konsole laufen wie Wellen. Passend, denke ich, in der Geschichte einer Bergwelt, mit beflügelten Bewohnern, die von einer großen Flut bedroht wird. Man spielt einen Jungen, der ohne Flügel geboren ist, einen Außenseiter, der gerade aufgrund seiner Besonderheiten dazu bestimmt ist, seine Heimat zu retten. Aber noch verschwinden Gegenstände, wenn man sie bewegen will. Es gibt Abstürze, Bugs. Ich setze Einträge in Online-Datenbanken, führe Telefonate. Sprachaufnahmen wollen organisiert werden, Sprecher eingekauft, günstig und gut, eine immer wiederkehrende Unmöglichkeit. Ich bekomme eine SMS von Sarah:

alles ein kinderspiel? neuigkeiten vom verschollenen? bin auf deinen bericht gespannt.

Ich will zurückschreiben, zögere. Wie soll ich diesen Abend, das Lesen in Felix' Tagebuch und das Übernachten in wenige Buchstaben fassen? Ich lege das Handy beiseite, starre auf den

Bildschirm. Die Zeit wird eine Blase, die sich zusammenzieht und ausdehnt. Eine Stunde ist ein Linksklick, dann vergeht eine Minute nach endlosen Anschlägen auf der Tastatur. Die Augen schmerzen, als seien sie das Starren auf den Bildschirm nicht mehr gewohnt. Ich sehne die Mittagspause herbei, habe Mühe, mich zu konzentrieren. Um halb eins stürze ich aus dem Büro, in den Aufzug, in schnellen Schritten auf die Straße. Ich nehme mir ein Taxi, fahre zum Schlüsseldienst. Neben mir auf der Rückbank sitzt die Panik, dass Manja mir dazwischenfunken, ihr Revier zurückerobern und mich aussperren könnte.

Im Laden wartet jetzt ein dicker Mann mit grauem Vollbart, der mir wortlos die Schlüssel aushändigt. Ich lasse sie in die Hosentasche fallen, verlasse den Laden und kehre ins Büro zurück. Den Rest des Arbeitstages befühle ich immer wieder die kleinen Metallplättchen, zeichne die Bartformen mit den Fingern nach. Genau sie bedeuten das Ende der Abhängigkeit von Manja, deren SMS kurz vor Feierabend kommt:

heute abend um acht an der wohnung.

Ich rufe Sarah an, sage ihr, dass ich Zerberus seinen Knochen zuwerfen muss. Eine Stunde wird es vielleicht dauern. Ich habe jetzt den Schlüssel. Sie lacht.

»Wurde auch Zeit. Wann nimmst du mich mit?«

»Heute Nacht vielleicht?«

»Gerne.«

»Lass uns vorher essen gehen, irgendwo in der Nähe.«

»Ja, das gefällt mir. Ich warte auf dich. Um neun, Ecke Schlesische Straße. Und halt den Wachhund auf Abstand!«

Wie immer ist da diese Giftigkeit in Sarahs Stimme, wenn Manja zur Sprache kommt. Ich versuche mich an die beiden in einem Raum zu erinnern, an Abende, die wir gemeinsam mit Felix verbracht haben müssen. Mein Kopf sperrt sich, will beide Gesichter nicht zusammenbringen. Ich freue mich auf Sarah, auf das Treffen mit ihr, auch in Felix' Wohnung. Ich werde ihr alles zeigen, die Anzüge, vielleicht ein paar Fotos in seinem Rechner. Ich kann ihr Passagen aus dem Tagebuch vorlesen.

Ein Gedanke schiebt sich dazwischen: Manjas nackter Körper. Wie sie im Bett liegt und auf Felix wartet. Ich habe sie im Badeanzug gesehen, meine Erinnerung zieht Konturen nach, bricht dann ab. Unmöglich, er und sie. Einfach unmöglich, es mir vorzustellen.

Sie lehnt an der Tür, einen Fuß angewinkelt und gegen die Mauer gestellt, stößt sich ab, als ich mich nähere. Sie trägt einen schwarzen Rock, der ihr bis über die Knie reicht, darunter Stiefel. Sie grinst, hält die Hand vorgestreckt.

»Schlüssel, bitte.«

Ich ziehe den Metallring aus der Tasche, werfe ihn in ihre Richtung. Sie fängt, sieht mich verärgert an, dreht sich zur Tür. Sie schließt auf, verschwindet im Schatten des Eingangs.

In der Wohnung sind die Spuren meiner Übernachtung beseitigt. Sie geht zum Rechner, legt die Hand darauf, als prüfe sie seine Atmung. Sie schnaubt, als sie das geöffnete Tagebuch sieht. Sie beugt sich vor, liest ein paar Zeilen. Ich stehe an der Tür, warte. Sie setzt sich, ohne mich zu beachten. Ihr Kopf beugt sich tief über das Buch. Ein spitzer Nackenwirbel starrt mich an.

»Unser Herzchen.«

Sie lacht, dreht sich um, das Tagebuch auf ihrem Schoß.

»Dass er wirklich gedacht hat, er müsse sterben. Hat's nie so ganz aus dem Kopf bekommen, schätze ich.«

»Was?«

»Na, das Sterben. Oder die Angst davor.«

Sie blättert ein paar Seiten. Auf ihrer Stirn stehen zwei lange Falten, die schräg von einer Seite zur anderen laufen. Sie hebt das Buch an, als wolle sie es an ihren Busen drücken. Für einen Moment scheint sie mich zu vergessen. Ihre großen, ein wenig vorstehenden Augen bewegen sich langsam. Sie lächelt, strahlt Ruhe aus, auch in ihrer Stimme.

»Damals kannte ich ihn nicht. Noch nicht richtig.«

Sie hebt den Blick.

»Panik hat er gehabt, immerzu. Diese Ärztin. Scheißdreck so was, ihn ins Taxi zu setzen. Und ihr …«

Ihre breiten Lippen spannen sich.

»Ihr wart auch nicht gerade hilfreich.«

»Weil er nichts gesagt hat.«

»Weil ihr nen Scheiß nachgefragt habt. Weil ihr rumgesessen und 's Maul nicht aufbekommen habt.«

Sie hebt eine Hand, als ich ihr antworten will, bricht die Sätze in meiner Kehle wie Zweige ab.

»Der ist fast durchgedreht damals. Oder hat es geglaubt. Was vielleicht das Gleiche ist, oder schlimmer. Angst zu haben, selbst wenn man weiß, wenn man absolut und völlig sicher weiß, dass alles okay ist. Kannst du dir das vorstellen? Geht das in deinen Kopf?«

Sie steht auf, legt das Buch auf den Schreibtisch zurück und bleibt vor mir stehen, das Gesicht wieder festgezurrt, hart. Sie streicht die Seiten ihres Rocks glatt.

»Zeit zu gehen, würde ich sagen.«

Ich entdecke Sarah aus der Entfernung, ihre gerade, beinahe gestreckt wirkende Erscheinung an der Straßenecke. Ihre Tänzerinnenbeine stecken in engen Jeans, dazu trägt sie einen kurzen, roten Mantel. Von schräg hinter ihr wirft die Reklame einer Sandwichkette ein grünes Schimmern auf Rücken und Haare. Ihr Blick ist die Schlesische Straße hinunter gerichtet, zu den dicht gedrängten Imbissbaracken und darüber hinweg, auf das Viadukt der U-Bahn. Ich stelle mir vor, dass sie genau beobachtet, in einem Blick, den sie trainieren will, täglich. Ich stehe an der Ampel gegenüber, verpasse die halbe Grünphase, werde angerempelt, stolpere vorwärts. Sie bemerkt mich, dreht den Oberkörper. Ihre Füße bleiben weiter auf die entfernte U-Bahn gerichtet. Ihr Körper wartet ab, nur in ihrem Gesicht verändert sich etwas. Ihre linke Braue hebt sich, zieht den Mundwinkel mit, bis sich die Lippen öffnen, ich ihre Zähne sehen kann, immer ein wenig zu groß für ihren kleinen Mund. Sie lacht und dreht sich ganz zu mir, lässt aber die Hände versteckt. Ich trete zu ihr, greife in ihre Taschen, schiebe meine eigenen Finger zwischen ihre. Ich spüre das Reiben der Knöchel, ziehe ihre Hände langsam hervor. Dieses Ritual der Kontaktaufnahme hat sich seit Jahren nicht verändert.

Stimmenbrandung im Restaurant, einem Italiener an der Ecke Cuvrystraße. Die trockene Hitze eines Steinofens, die den ganzen Raum auflädt, schlägt uns entgegen. Wir setzen uns an einen einfachen Holztisch am Fenster. Mein Blick geht auf die graue Konzerthalle gegenüber und deren gesprungene Fassade. Über dem Eingang ist eine weiße Neonleuchtfläche angebracht, darauf schwarze Buchstaben: *At the Soul Inn.* An der Außenwand hängen Plakate vergangener Konzerte, zerfetzt, überklebt. Ein Flaschensammler mit leerem Einkaufswagen wartet auf erste Besucher. Kurze Hose und Stiefel, auf dem Kopf einen Schlapphut, der sich gerade dem Boden nähert. Seine Hände tasten, um eine Bierflasche von der Hauswand zu heben.

»Jakob?«

Sarahs Gesicht kommt mir unter der tiefen Tischlampe entgegen. Ich mache einen Wahrnehmungssprung, zurück ins Restaurant, zurück zu ihr. Ich greife nach der Karte.

»Bist du bei mir?«

Ich reibe die Finger über meine Augen, senke den Kopf.

»Das war … Das ist ein langer Tag, glaube ich. In seiner Wohnung zu schlafen. Oder es zu versuchen. Und die Schlüssel.«

Ich lege die beiden kleinen Metallplättchen vor uns auf den Tisch. Der Kellner, der gerade an den Tisch kommt, sagt, ich solle vorsichtig sein. Wenn man die Frauen einmal in seine Wohnung lasse, würden sie alles in Beschlag nehmen. Er zwinkert Sarah zu. Sie lächelt, legt eine Hand auf die Schlüssel, zieht sie zu sich. Mein Körper spannt sich. Ich unterdrücke den Wunsch, über den Tisch zu langen, ihre Hand zu heben und zuzugreifen.

Vor etwa einem Jahr waren wir zusammen auf Wohnungssuche. Die Makler drehten sich um Sarah, um ihre kleinen, gezielten Nachfragen. Ihr Blick förderte jeden Mangel einer Wohnung zutage. Kratzer im Parkett, ein einzelnes, schlecht isoliertes Fenster, fehlerhafte Bodenleisten. Und an dem Abend, als sie neben mir aus dem Haus an der Revaler Straße trat, sagte sie nur: »Das ist sie, oder?«

Und ich sagte: »Ja«, obwohl sich jedes weitere Wort von mir überflüssig anfühlte. Und die Wohnung war schön, wurde noch schöner, als wir dort einzogen. Und trotzdem. Ein bleibendes, wachsendes Trotzdem, nicht entschieden zu haben, ihr wieder einmal nur gefolgt zu sein.

Das Essen kommt, dampfende Pasta, dazu eine Karaffe Rotwein. Mein Kopf kann abgleiten, wird schwer von Halbsätzen, einzelnen Worten, einer rauchigen Stimme aus der Musikanlage. Die eigenen Sätze werden auf Gabeln gedreht und heruntergeschluckt. Das pausenlose Nachdenken der letzten Tage löst sich auf. Ich schaue Sarah an, in deren Gesicht das Blut geschossen ist: Ihre Wangen sind rot, die Ohrläppchen leuchten beinah. Einige Haare, die sich aus der Klammer des Zopfes gelöst haben, locken sich glänzend. Als wir gegessen haben, den Geschmack noch auf der Zunge, greift sie über den Tisch, legt die Schlüssel zurück in meine Hände.

»Lass uns gehen.«

Die Wohnungstür knackt. Im Treppenhaus steht gelbliches Halblicht, das graue Kanten in Felix' Wohnung zeichnet. Ich gehe vor, spüre Sarahs Atem im Rücken. Sie hält meine Hand, lässt sich in den Flur ziehen. Wir bleiben stehen, schließen die Tür. Einen Moment lang ist Dunkelheit, alles Licht verschluckt. Ich spüre Sarahs Körper neben mir, ihren Geruch, süß, dahinter bitter, der meinen Körper zu sich zieht.

Ich drücke den Lichtschalter an der Garderobe, sehe sie in aller Härte vor mir stehen. Sie kneift die Augen zusammen, blinzelt mich an. Vor uns warten die verschlossene Tür zum Wohnzimmer und die Angst, dass Manja auf dem Sofa liegen könnte, so wie ich es gestern getan habe. Der Türgriff ist kalt. Ich drücke ihn hinunter. Dahinter liegt still das Zimmer, das eingeklappte Sofa, der leere Schreibtischstuhl. Durch das Fenster fallen einige Lichtfetzen aus dem Hof auf den Schreibtisch. Sein Tagebuch liegt im Dunkeln. Die Lampe im Flur malt einen Lichtrahmen, in den ich mich hineinbewege. Die beruhigende Erkenntnis: alles unverändert. Ich bilde mir ein, dass ich Manjas Anwesenheit hätte spüren können. Sarah tritt hinter mir in den Raum, schaltet auch hier das Licht an. Sie lächelt.

»Das ist sie also.«

Sie tritt an den Kleiderschrank, fährt mit der Hand darüber. Vor dem Bücherregal bleibt sie in einigem Abstand stehen, lässt einen Luftstrom aus ihrem Mund entweichen, als wolle sie damit die Einbände begrüßen.

»Eine ganze Menge.«

Sie greift ein Buch, zieht es heraus, blättert darin. Auch sie entdeckt Anstreichungen, Kommentare an den Rändern. Sie lacht lautlos. Die Seiten fliegen über ihre Finger. Ganz am Ende macht sie halt, lässt den Daumen über das Papier gleiten. Dann liest sie laut, in ihrer weichen, etwas überbetonten Vorlesestimme: »I'm going to stop typing now, move my chair, and rest my eyes. In half an hour, Lazlo is coming to read to me.«

Sie klappt das Buch geräuschvoll zu, schaut mich an, als warte sie auf eine Reaktion. »Ende«, sagt sie schließlich und stellt das Buch zurück ins Regal. Während sie an mir vorbei zum Schreibtisch geht, folge ich ihrem Blick, der über den Boden, die Wände und Möbel streicht. Ich fühle mich ebenso beobachtet, bewertet. Ich bin nicht mehr als ein Glaskörper. Sie bleibt vor dem Tagebuch stehen, blättert darin, mit geradem Rücken, nur den Kopf vorgebeugt. An ihrem Nacken ist ein spitzer Knochen, der die Haut dehnt. Sie schweigt, liest die aufgeschlagene Seite im Buch, streicht sie mit den Innenflächen ihrer Hände glatt. Schließlich blättert sie, wortlos, als sei ich ganz aus dem Raum verschwunden.

Als ich hinter sie trete, zittern meine Hände. Die Muskeln in Beinen und Rücken sind verhärtet. Ich habe den Wunsch, sinnvolle Geräusche gegen die Stille zu setzen, die nur vom leisen Schaben gebrochen wird, wenn sie umblättert. Schließlich hebe ich meine Hände, lege sie auf ihre Schultern, während sie weiterliest.

Ich schiebe meinen Körper an sie heran, drücke ihr Becken mit meinem eigenen gegen den Tisch. Die Hände gleiten über den Rücken, schließlich nach vorne, zu Bauch und Brüsten. Ich höre sie Luft durch die Nase ausstoßen, ohne dass sie dabei den Kopf vom Buch hebt. Ich taste mich nach unten, suche den Knopf ihrer Jeans. Sie packt meine Hände, reißt sie sich vom Bauch. Ich stütze mich links und rechts von ihr auf den Tisch, rahme sie ein. Ihre linke Hand greift nach meiner, drückt ihre Finger dazwischen, die rechte öffnet den Knopf, den ich erst nicht habe finden können. Ihr Hintern stößt mich zurück, für einen Moment verliere ich den Kontakt. Ihre Hose gleitet zu Boden. Ich packe mit beiden Händen ihre Unterhose, ziehe sie herunter. Sie krümmt den Rücken, beugt sich über den Tisch. Ich ziehe den Reißverschluss auf, schiebe meine Jeans bis kurz unter den Hintern. Dann reibe ich, presse, obwohl ich Schmerzen spüre, bis ich in ihr bin. Ich bewege mich vorsichtig, anfangs, gegen ein Brennen. Irgendwann entspannt sie sich, ich bewege mich schneller. Ich beiße in ihre Schulter, beiße mich fest gegen den Eindruck, dass sie weiterliest, auch als ich komme, nach wenigen Minuten schon, und mich stöhnend aus ihr zurückziehe. Ich schiebe die Hose hoch, spüre klebrige Flüssigkeit zwischen den Beinen. In meinem Kopf pocht eine schmerzende Wut bei dem Gedanken daran, dass sie bei alldem weiter in seinem Buch gelesen hat. Doch diese Wut überdeckt nur schwach das Gefühl, ihr etwas angetan zu haben.

Der Weg nach Hause ist ein Spaziergang zweier schweigender Körper. Die nächtlichen Fassaden der Häuser drücken mir ins Genick, schieben mich über die Spree. Vor einigen Clubs an der Oberbaumbrücke bilden sich erste Schlangen. In der Luft bewegen sich fremde Gedanken, die an Sarah und mir abprallen. Wir tauchen unter das Dach der zweigeschossigen

Brücke, über uns rumpelt die U-Bahn, neben uns krümmen sich gotisch wirkende Bögen aus Backstein. Sarah bleibt stehen, sieht mich an. Einige Sekunden passiert nichts. Schließlich tritt sie in einen der Balkone auf der rechten Seite. Hier wartet die große Weltkugel mit dem Schriftzug, in dem das *N* ausgefallen ist. *U iversal* steht auf dem alten Spreespeicher, an dessen Uferfront die Lichter einer Bar brennen. Der Rest der Gebäude am Fluss liegt im Dunkeln, nur vereinzelt leuchten Fenster.

Ich gehe zu Sarah, lehne mich ihr gegenüber an einen Pfeiler. Ihr Gesicht ist schattig, wie schraffiert, nur ihre Nase ist hervorstechend und klar. Sie blickt auf den Fluss.

»Das war …«

Sie schweigt. Eine lärmende Gruppe zieht in unserem Rücken vorbei, lange Haare, dreitagebärtige Männer, bunte Kleidung, Tücher, Röcke, Klangfetzen in Italienisch oder Spanisch, Gelächter. Sarah räuspert sich.

»Ich weiß nicht, was es war. Du warst es oder wir beide, was wir daraus gemacht haben. Nicht mal ficken war das. Das will ich nie wieder.«

Sie verzieht das Gesicht, als habe sie in einen mehligen Apfel gebissen. Ich suche Begriffe. Am Ende bleibt nur zu schweigen, weil das Vorgefallene jenseits meiner Sprache liegt.

»Diese Wohnung, das Tagebuch, alles ist Felix gerade, alles immerzu Felix. Das verstehe ich nicht.«

»Ich auch nicht«, sage ich.

»Ich bin mir nicht sicher. Bin ich wirklich nicht. Ob du nicht doch eine Ahnung hast.«

»Ich kann …«

Ich bin Autorauschen, mein Kopf eine Kamera ohne Fokus. Ich suche nach meinen Worten.

»Mir fehlt was. Ich … Mir fehlt etwas.«

»Was fehlt dir? Felix? Wenn ich wenigstens das Gefühl hätte, dass *er* dir fehlt. Aber das glaube ich nicht.«

Sie schüttelt den Kopf, energisch, kommt auf mich zu. Ihr Zeigefinger tippt mir gegen die Stirn. Ich bin eingefroren. Ihr Gesicht ist zweigeteilt, in die Bewegungen der Scheinwerfer von der Straße und das grüne Leuchten der Reklame vom Fluss.

»Finde es raus. Was dir fehlt oder du finden möchtest. Und dann lass ihn weg sein, gefahren, lass ihn wiederkommen. Denn um ihn geht es doch gar nicht, wenn du mich fragst.«

Das Zucken meines Körpers reißt mich aus dem Schlaf, holt mich von den Rändern des Traums oder der Erinnerung ins Zimmer zurück. Das T-Shirt klebt mir am Körper. Ich bilde mir ein, Felix säße im Zimmer, auf dem Stuhl vor dem Fenster. Kleidungsstücke stapeln sich dort, können ein Kopf sein oder ein Arm. Sarah atmet ruhig und regelmäßig neben mir. Sie hat sich nach unserer Rückkehr wortlos unter der Decke verkrochen. Ihre Neugier ist aufgelöst, umgewandelt, zumindest für ein paar Tage. Ihre Fragen und Vorwürfe kreisen in meinem Kopf. *Um ihn geht es doch gar nicht.* Es muss Eifersucht sein, auf diese Geschichte, in der ich mich unabhängig von ihr bewegen kann.

Die Arbeit des nächsten Tages besteht aus dem Beantworten einiger E-Mails, dann einer Fahrt im Taxi, in ein kleines Tonstudio in Neukölln. Ich durchquere einen dreckigen Hinterhof, in dem ein alter Lieferwagen steht, ein Peugeot, der bei jedem Besuch rostiger scheint. Daneben stehen Fahrräder, zertreten und verbeult, es fehlen Sättel und Räder. Ein nackter Rahmen hängt, noch von einer Kette gehalten, am Geländer eines Kellereingangs.

Das Tonstudio ist modern, hell erleuchtet. Spotlights treffen auf Kunstdrucke an den unverputzten Wänden. Ledersofas stehen unter hohen Decken, die von Stahlträgern gehalten werden. Aus einer Glastür kommt ein Mann mit Pferdeschwanz, enger Jeans und teuren Sneakers, den ich noch nie gesehen habe. Er gibt mir die Hand.

»Moin, ich bin Janis. Von uns aus kann's losgehn.«

Der Sprecher hat gewartet, geht mit ernstem Gesicht seine Texte durch. Ich würde gerne in seinen Kopf blicken.

»Echt schöne Texte«, sagt er. »Und ne interessante Story. Diese Spiele haben ja auch ihre ganz eigene Berechtigung.«

Und dahinter? Vielleicht Ärger über dieses Zubrot, diese zusammengezimmerten Welten, diese Sätze, die wie das Kratzen von Fingern auf einer Schiefertafel klingen. In meinem Kopf sitzt ein Filter, der übersetzt, andere Sätze einfügt. Mein ganz persönliches Spiel.

Alles ist Felix gerade, alles immerzu Felix.

Lass ihn weg sein, gefahren, lass ihn wiederkommen.

Du hast keine Ahnung, wie der tickt, wenn der ausrastet.

Der Schlag kam ganz leicht, eine Bewegung des Armes aus der Schulter heraus.

Die Sätze für das Spiel werden eingesprochen, sauber und gut artikuliert. Janis, der Tonmann, reckt den Daumen. Ein kurzer Dank, dann Händeschütteln. Nach drei Stunden stehe ich wieder im Hof. Die Texte sind in Datenformate komprimiert, auf der Festplatte abgelegt und bereits in der Übertragung von Server zu Server. Alles ist körperlos in dieser Welt, in der ich mein Geld verdiene. In seine Wohnung, denke ich, endlich wieder in seine Wohnung.

Beim Gemüsehändler gegenüber kaufe ich Zucchini, Auberginen und Pilze, im Supermarkt Reis und eine Flasche Wein.

Ich werde in seiner Wohnung kochen. Das erscheint mir logisch, ein weiterer Schritt. Trotzdem kribbeln meine Hände. Die Neonröhren im Supermarkt flackern, in meinem Sichtfeld tanzen kleine Blitze, von denen ich nicht sagen kann, ob sie tatsächlich da sind oder ich sie mir einbilde. In der Schlange an der Kasse steht vor mir eine Frau mit blondem Pferdeschwanz, und für einen Moment bin ich mir sicher, dass es Sarah sein muss. Ich erschrecke, beruhige mich erst, als sie sich dreht und ich in ein fremdes Gesicht sehe.

Morgens, als ich aufgestanden bin, noch im Grau der Dämmerung, hat Sarah sich auf den Bauch gedreht, den Kopf ins Kissen gedrückt. Sie versuchte Schlaf vorzutäuschen. Als ich aus dem Bad kam, einige Kleidungsstücke aus Schubladen riss und in einen Rucksack stopfte, beobachtete mich dabei ein einzelnes geöffnetes Auge aus dem Kissen heraus. Tagsüber hatte ich mehrmals den Wunsch, sie anzurufen, das Handy schon in der Hand. Aber da war eine Sprachlosigkeit zwischen uns, die ich über Kilometer Entfernung zu spüren glaubte. Auf dem Kassenzettel, zwischen einigen Ziffern, steht die Frage gedruckt, ob dieses Schweigen neu ist.

Beim Betreten seiner Wohnung zögere ich einen kurzen Moment, lausche auf Geräusche von Manja, aber alles bleibt still. Ich schlüpfe aus meinen Schuhen, gebe ihnen einen leichten Schwung in Richtung Garderobe, wo sie polternd gegen den Rahmen der Tür schlagen. Ich spüre die Zufriedenheit in mein Gesicht kriechen. Alles in dieser Wohnung ist mein Lärm, sind meine Geräusche. Ich stelle die Einkaufstüten in der Küche auf den kleinen Kühlschrank, ziehe Holzbretter aus einem der Schränke darüber, öffne eine Schublade, finde Schneidemesser. Ich wasche eine Zucchini ab, beginne einige Scheiben zu schneiden. Weißes Fruchtfleisch, dunkel umrandet, kippt geräuschlos auf das Brett. Nach einigen Schnitten verlangsamen sich meine Bewegungen. Meine Gedanken werden zum Schreibtisch im Nebenzimmer gezogen. Ich stecke das Messer in das Gemüse, hole den Wein aus der rot leuchtenden Tüte, stelle ihn auf den Küchentisch und gehe in den Nebenraum.

Am Schreibtisch kann ich meine Gedanken auf die Arbeitsfläche legen, zwischen Laptop und Tagebuch, sie umherschieben wie Puzzlestücke. Felix, der gegangen ist. Sarah, die noch bleibt. Manja, die nicht verschwindet. Seine Mutter, die nichts weiß. Finn, der mehr zu verstehen scheint als ich, obwohl es ihn nicht interessiert. Ich werde die Nähe zu ihm, dessen bin ich mir mittlerweile sicher, aus seinen Worten herauslesen müssen. Mein Weg ist sein Buch, diesmal systematisch, vom Anfang zum Ende.

Ich blättere aus der Mitte hin zu den ersten Seiten, über eine Flut von Einträgen, obwohl er unregelmäßig schrieb, Tage, ganze Wochen ausließ. Entschuldigungen an das Buch, in seltsame Sätze verpackt, gleich zu Beginn:

> *15.6.*
> Ich bitte mich zu entschuldigen, wertes Papier, Stift, auch die Gemeinschaft der Seiten als solche, den Einband nicht vergessen! Liederlich, geradezu. Ich weiche aus, vor meinem Kopf oder eher meinem Körper, dem Zwischenspiel, Nachdenken genannt. Man fragt sich, ja man fragt sich, wo das enden soll.

Meine Finger liegen auf dem Papier, einer zweiten Haut, fühlen seinen Gedanken nach, spüren die feinen Gravuren der Schrift. Mein Handy klingelt. Ich ignoriere den Ton, der erst nach langen Sekunden verstummt.

Ich klappe seinen Laptop auf, lasse die Lüftung summen. Ich versuche mein Glück: *You have entered the wrong password.*

Ich denke an Manjas Rücken, der meinen Blick auf den Bildschirm verdeckt hat, an die wenigen Anschläge ihrer Finger, mit denen sie das Passwort eingab. Und plötzlich dreht sie den Kopf, lächelt mich an.

»Du findest ja doch nichts heraus, ob mit Schlüssel oder ohne.«

Ich schalte den Rechner aus, klappe ihn zu und starre auf das Fenster, in dem mein Gesicht durchscheinend ist wie eine Folie. Dahinter leuchten die Fenster des Innenhofs. Ich spüre Hunger, ein Ziehen im Magen, das ich zu ignorieren versuche. Ich ziehe das Buch vor mich, blättere, lese.

10.7.

Universitas. Universal. Unisono nicht das Meinige. Oder doch? Ich sitze in den Sälen, Seminarräumen, mische immer noch Geschichte mit Volkswirtschaft, pansche, rühre. Ein Hexentopf. Tabellarisches, Zahlenreihen, Kolonnen, Diagramme, Quellenanalysen, Aufsatzsammlungen, Zeitschriften, Monografien, Biografien. Und am Ende bleibt ein Brei, den mein Gehirn löffelt. Ich lege die Gesichter aus den Seminaren übereinander, wie Folien auf einen Overheadprojektor. Die Zentren vermischen sich zu schwarzen Flecken, an den Rändern stehen Ohren, Haarspitzen hervor, die deutlich zu unterscheiden sind. Andere Gesichter schießen als Powerpoint durch meine Gedanken. Gesicht-Klick-Gesicht-Klick. Dazu drehen sich Animationen, Schriftzüge blenden sich ein und aus. Ich bemerke von Tag zu Tag mehr, wie mein Kopf den Körper beschleunigt, Tempo aufnimmt, ihn vorwärtsstößt, einen Abhang hinab. Schussfahrt im Schnee oder das Hinabjagen von einem Berg auf einem Rennrad, den Körper weit über den Lenker gebeugt. Das gesamte Rad zittert, wenn der Wind von der Seite aufschlägt. Ich muss mich verlangsamen. Ordnung ist das Halbe. Womit alles gesagt wäre.

16.7.
Ich bilde mir ein, krank zu sein. Ein Gehirntumor sitzt unter meiner Schädeldecke, führt zu stetigen Kopfschmerzen, einem Reflexhämmern auf einzelne Synapsen, die schmerzend anspringen.

17.7. (morgengrauens)
Das Trinken, das Trinken hilft, schaltet das Denken aus, deckt eine Daunendecke darüber, unter der sich eine Wärme ausbreitet, die in den Schlaf trägt. Ich streiche meine Verwirrung mit den Händen glatt, schaue aus dem Fenster, vor dem sich die Gegenseite des Innenhofs daranmacht, sich aus der Nacht zu schälen. Die rote Digitalanzeige erzählt mir, dass es Morgen ist; was immer das heißen mag. Einen Schluck noch. Einen Satz noch. Aus.

Ich klappe das Buch zu, habe das Gefühl, dass seine Wörter in mir wachsen und aufquellen. Ich versuche mich zu erinnern, was ich zu dieser Zeit getan habe, kann es anfangs nicht. Studium, Mathevorlesungen, technische Informatik, von der ich Albträume bekam. Ich klemmte mich selbst auf Platinen, musste aus mir einen funktionierenden Rechner bauen, was niemals gelang. Dann erste Programmiererjobs, ein Praktikum in Hamburg, bei dem ich Webauftritte von Firmen aufzubauen half. Ich wohnte vier Wochen in einer gammeligen WG in Altona. Tagsüber zimmerte ich Animationen für Duschbäder und Deos. Ich kehrte unzufrieden nach Berlin zurück, mit einer Wut im Bauch, die ich nicht von mir kannte. Ich trennte mich von Maria, dem polnischen Mädchen, das ich damals im Tiergarten das erste Mal geküsst hatte. Andere Frauen kreuzten meinen Weg und verschwanden wieder. Ein Sommer in Berlin flog vorbei, den ich in Parks und blitzendem Stroboskoplicht verbrachte. Es gab diesen Morgen, an dem ich sitzend auf einer Parkbank am Maybachufer aufwachte. Vor mir lag der Kanal, erste Jogger zogen vorbei. Eine leere Bierflasche lag neben mir, ebenso das eigene Erbrochene auf Boden und Schuhen. Ich versuchte mich zu erinnern, an das Ende der Nacht, fand Taxifahrten, die Gesichter von Bekannten. Danach nichts. Die Sonne hob sich im Osten über die Dächer, blendete mich. Damals spürte ich eine sonderbare, kränkliche Leichtigkeit, die mich auch jetzt, an Felix' Schreibtisch, wieder erfasst. Ich lese.

30.7.
Ich habe mich an Urlaub versucht, in der eigenen Stadt. Deshalb mache ich Experimente, Fahrten an den Müggelsee, wo ich mich gegen ein Kleinstadtgefühl nicht wehren kann. Breite Berlingesichter, Einheimische überall, deren Blicke mich abwehren. Mir gelingt es nicht, eine tiefere Verbindung zu dieser Stadt aufzubauen; ich weiß bei diesen Gesichtern nicht einmal, ob ich es tatsächlich möchte. Man trinkt Berliner Weiße, ich bin vielleicht an die falschen Orte ausgewichen. Aber ich kann dieses Bedürfnis nach Bäumen und Wasser nicht abschalten. Ich eskapiere, brauche doch die Stadt, bin ein Betonkind. Oder vielleicht ist gerade das die große Selbsttäuschung.

Ich verbringe Abende mit Jakob, sitze mit ihm in Kneipen, die sich verstecken vor den Massen, sich unsichtbar machen durch Muff, Tischdeckchen und Stammtischschilder. Kneipen, wo all diese aufgeweichten Gesichter, diese schwimmenden Augen warten; dort werden Gedanken verflüssigt, die tagsüber krustig und hart im Körper sitzen. Und wir hocken dort, zwischen den Trinkern, und machen heimlich Witze. Wir glauben, nicht dazuzugehören, glauben, unsere Zukunftspläne schotten uns ab. Was mich traurig macht, ist, dass ich es weiß, aber nicht sagen kann, und dass ich Jakob beobachte, wie er diese Geschichten von eigenen Firmen, von kreativen Ideen, von Werbepartnern ausbreitet, seine Biere an allen Ecken daran aufstellt, um sie zu halten. Und alles rollt sich ein, wenn die Biere verschwunden sind. Ich denke: Du bist nicht anders, wenn du es nicht verstehst, nicht anders als diese Trinker, nur dass sie das Reden über diese Pläne schon aufgegeben haben. Da haben sie, denke ich, aber sage es nicht, da haben sie dir schon etwas voraus. Und mir auch, weil ich danebensitze, weil ich meine Hände auf meine Hose presse, diese Sätze durch meine Ohren ziehen lasse und den Mund halte.

Anders, alles anders, das ist es, was wir denken. Und wir wiederholen nur, käuen wieder. Ich habe Angst, davon verrückt zu werden und noch schlimmer: Ich habe Angst, nie davon verrückt zu werden, nicht einmal ein kleines bisschen.

Ich sitze an seinem Tisch, still und unbeweglich, nur mein Zeigefinger tippt auf die aufgeschlagene Buchseite. Ein Schaumschläger, Träumer, Versager, das war ich für Felix.

Ich spüre eine Taubheit in meinen Fingern, die sich langsam im gesamten Körper ausbreitet, als sei er eingeschlafen, wie sonst ein einzelner Arm. Ich stehe auf, taumle, verspüre den Drang, dem Schreibtisch ein Bein wegzutreten. Stattdessen schiebe ich mich in die Küche, öffne den Wein. Recht soll er haben oder recht soll ich ihm geben. Meine Pläne vergangener Jahre, meine Ideen, waren von vornherein zum Ertrinken verurteilt.

Ich trinke, trinke aus der Flasche. Der Wein schmeckt sauer, brennt auf der Zunge. Ein gepanschtes Gesöff, an diesem Abend genau das Richtige. Ich setze die Flasche auf den kleinen Tisch vor dem Fernseher, trete an sein Regal, knie mich nieder. Ich ziehe einzelne Exemplare seiner Platten hervor, lege sie neben mich. Am Ende entscheide ich mich für eine unbekannte Band, auf deren Cover nichts zu sehen ist als verschachtelte Quader in bunten Farben.

Die Nadel knistert, schickt ein leichtes Rauschen in die Boxen. Dann setzt ein Keyboard ein, der Bass schlägt dazu gegen meinen Kopf. Überdrehte Stimmen und elektronische Impulse mischen sich. Ich stehe auf, nehme einen Schluck.

Sein Schrank ist ein Tresor voller Goldbarren aus Stoff, auf die ich freien Zugriff habe. Ich klappe beide Türen auf, greife in das Dunkel aus Seide und Baumwolle, lasse meine Finger über einzelne Ärmel, über Hosenbeine, Knöpfe und die Kanten von Kragen gleiten.

Ich ziehe meinen Pullover über den Kopf, werfe ihn in Richtung Schreibtisch, nehme ein weißes Hemd, das ich über meinem T-Shirt zuknöpfe, danach ein Sakko in dunklem Blau. Der Stoff ist hart und weich zugleich. Ich stelle mich vor das Fenster, trippele, kreise die Schultern zum Rhythmus der Musik. Ich schlucke mehr Wein. Meine Konturen werden schärfer. Ich will tanzen und mich breitmachen, alles ausfüllen. Ich kann tun, was ich will. Ich habe einen Job als Projektmanager, ich dirigiere, leite an. Und das ist ein Anfang, der Anfang erst. Felix konnte nicht darüber lachen, nicht vor Jahren, nicht heute.

Ich hätte ihm gerne ins Gesicht gelacht, heute Abend, den Wein im Schädel, seine Kleidung, seine Wohnung um mich herum.

»Warum haust du ab? Warum so feige, der Herr?«

20.8.
Ich erkenne die unbegrenzten Möglichkeiten, keine Wahl zu haben.

27.8.
Jedes Buch, jeder darüber gedachte Gedanke schiebt mich ein paar weitere Millimeter aus dem Rahmen. Ver-rückt. Es war einmal eine Zeit, da hatten Götter in der Stadt gewohnt. Aber alles verschließt sich oder ist offen wie immer. Aber dieses ewige Wenn-es-doch-könnte-es-nicht nistet sich ein.

Plötzlich taucht, zu meiner Überraschung, Manjas Name auf, schon in diesem Herbst, dazu Andeutungen, die seine Gesundheit betreffen. *Krank* ist das Wort, das ich in mein Weinglas lache. Krank.

28.9.
Manja. Eine russische Maria, die Zigaretten an den Zittrigen verteilt. Sie stand vor dem Krankenhaus, in ihrem weißen Kittel, und rollte Tabak ein. Der Rauch setzte sich auf ihren Haaren ab wie eine Krone, konnte sich nicht von ihr trennen.

»Altenstation«, sagte sie. »Altenstation, da musst du Arme für haben.«
Und was für welche. Ich hätte gerne meine Hände darum geschlossen.
»Und du?«
Ich schüttelte oder zitterte den Kopf. Ist nicht alles ordentlich, liebes Tagebuch? Habe ich nicht fein notiert, was ich gemacht habe, liebes Tagebuch? Aber, liebes Tagebuch, und das musste wohl einmal gesagt werden: Da habe ich mir selbst und dir wohl einen Bären aufgeschrieben. Ich ordne mich textlich, wo ich fleischlich zerfleddere, alles auseinandergeht. Ich zittere mich durch, zittere tatsächlich. Manja rollt mich ein, dreht mich fest in dünnes Papier, leckt über meine Seite, krümelt meine Oberkante ab, die ein wenig übersteht. Und dann rauche ich mich selbst, asche mich ab. Ich bin ein wenig Glut auf dem Asphalt vor dem Krankenhaus, und Manja pflegt das Zittern weg, das die Ärzte nicht unter Kontrolle bekommen. Man teilt mir mit: Das vegetative Nervensystem sei überempfindlich und überlastet. Aber was heißt das, was macht das, was tut das, am Ende des Nervenstranges? Spritzen und Pillen, das ist das Angebot. Dann kommt diese Krankenschwester und knotet den Strang, zündet ihn an und raucht ihn. »Mach's gut«, sagt sie. Und ich denke, dass ich's versuchen werde.

4.10.

Ruhetage. Ich verlangsame mich, bis jede Bewegung, jedes Heben der Hand, jede Drehung des Kopfes bewusst geschieht. Ich mache Spaziergänge durch den eigenen Lebensmittelpunkt. Nur einige Hundert Meter, dann schlüpfe ich in den Görlitzer Park, laufe durch die

Säulengalerie am Seiteneingang. Der Sommer verflüchtigt sich, dieses satte Blau verschwindet aus dem Himmel über der Stadt. Die Nächte kühlen aus. Die Wiesen beginnen sich zurückzuziehen, hinterlassen trockene Erde, schwarze, verbrannte Flecken, der erste Regen weicht auf, hinterlässt Kuhlen. Heute ist es, als sei der Sommer noch einmal gekommen, um sich zu verabschieden. Aus den Senken des Parks steigt Grillrauch, der Görlitzer Nebel. Menschen werfen Bälle, spielen Federball. Ich höre das Meckern einer Ziege, der Streichelzoo versteckt sich im Gebüsch, lässt sich riechen, ganz deutlich, als trete man in einen unbedachten Stall. Ich biege nach links, Richtung Kanal, Richtung Treptow, passiere einen Fußballplatz, auf dem gebrüllt und gepfiffen wird. Schussdonnern, der Ball prallt gegen den Zaun. Es gibt Applaus, wofür auch immer. Je näher ich dem Kanal komme, desto ruhiger wird es, die Menschen dünnen aus, nur noch eine Idee von verbranntem Holz in der Nase, nur noch ein verwehtes Flüstern von Stimmen. Links von mir, hinter ein paar Bäumen versteckt, breitet sich der Teich aus, lässt Enten schnattern. Ich trete näher, lehne mich an einen Stamm. Ein kleiner Junge, kaum einen Meter groß, rennt schreiend und klatschend hinter den watschelnden Tieren her, die ihn näher kommen lassen, sich dann mit ein paar Flügelschlägen in Sicherheit bringen. Die Mutter hat eine dieser insektenäugigen Sonnenbrillen in die kurzen Haare geschoben, die Beine von sich gestreckt und übergeschlagen. Auf ihrem Schoß liegt ein aufgeschlagenes Buch. Sie scheint eingeschlafen. Dann aber, als der Junge sich dem Wasser nähert, fährt sie hoch, nimmt die Brille vom Kopf.

»Jonas!«

Der Junge stolpert, dreht sich, strahlt in die Richtung seiner Mutter, stürmt Sekunden später erneut den Vögeln nach. Und seine Mutter wartet einige Augenblicke, lehnt sich zurück, hakt den Bügel der Brille im Kragen ihres T-Shirts ein und schließt die Augen.

Den Rückweg verkürze ich, folge der Straße am Ufer entlang, biege links in die Taborstraße. An einer Schulwand ein großes Graffiti: Zwei Astronauten mit weißen Helmen, die vor den Augen geschlossen sind, nur eine Öffnung vor den Mündern haben. Blaue Köpfe, dahinter Schwärze, mit einzelnen Sternen durchsetzt, und wieder in Blau ein gigantischer Schriftzug: *Mehr Licht!* Die Stadt ist ein Spruchband, eine Zitatmaschine, überall. An der roten Frontseite der Taborkirche, unterhalb der goldumleuchteten Heilandsfigur, sind vier Wörter über den Backstein gesprüht: *Jesus was a jew.* Und ich muss lachen, zum ersten Mal seit Tagen, mein Körper schüttelt sich, lässt das Zwerchfell springen. Ein Mann mit Hund bleibt stehen, schaut mich an, schüttelt den Kopf. Ein Verrückter, ja, ein Verrückter. Endlich.

Das Klingeln meines Handys. Das Display zeigt an: Sarah. Ich drücke auf das grüne Hörer-Symbol.

»Der Herr spricht wieder.«

»Hör bitte auf, das bringt nichts!«

»Ja, vielleicht hast du recht. Aber ich nehme an, du bist wieder in der Wohnung.«

Ohne meine Antwort abzuwarten, spricht sie weiter.

»Du willst mich da raushalten, nehme ich an. Damit muss es etwas zu tun haben. Du hast daraus eine persönliche Sache gemacht oder bist dabei, es zu tun. Vielleicht ahne ich warum, vielleicht liege ich aber auch falsch. Ist auch egal. Nur vergiss nicht, dass deine eigentliche Wohnung ein paar Kilometer weiter nördlich liegt.«

»Natürlich …«

»Vergiss das einfach nicht. Und …«

Sie zögert.

»Ich würde mich freuen, dich heute zu sehen.«

Ich schaue an mir herunter. Das Hemd zerknittert, die Ärmel des Sakkos zu lang. Eine Vogelscheuche, eine Witzfigur. Mir schwindelt, ich fühle mich unsicher auf den Beinen. Ich hänge die Jacke in den Schrank zurück, lege sein Hemd auf das Sofa. Die Musik ist schon lange verstummt. Das Knistern der Nadel füllt den Raum aus, sie stößt gegen den inneren Kreis der Platte. Ich drücke den Stopp-Knopf, gehe zum Schreibtisch, nehme noch einen Schluck Wein, blättere im Tagebuch. Ein Abend mit Sarah, eine Versöhnung vielleicht. Ich könnte lesen, weitere Seiten des Buches, weitere Seiten von Felix finden. Ich fühle eine Verstimmung, gleichzeitig die Verpflichtung, mich mit Sarah zu treffen. Einen letzten Eintrag, denke ich, einen letzten noch.

15.10.

Der Herbst hat sich eingerichtet. Der erste Frost hatte die Fenster der Autos bedeckt, als ich heute Morgen zur Uni fuhr. Ich finde Handschuhe, in den Tiefen meines Schranks verborgen. Darunter, unter altem Sportgerät, entdecke ich Kisten mit Fotos. Meine Eltern sind auf rechteckigem Papier mit dickem, weißem Rand eingefroren. Polare Kälte zwischen den beiden. Sie lachen vor einem Hafenbecken, das zu Marseille gehören könnte. Und ich frage mich manchmal, ob damals, kurz vor meiner Geburt, noch etwas zu ändern gewesen wäre.

Ob überhaupt etwas zu ändern ist. Mein Vater lächelt, er ist ein hochgewachsener Nordeuropäer, mit blonden Locken auf dem Kopf, ein selbstbewusster Mann, der weiß, dass er auf Frauen wirkt und der es dabei nicht belassen kann. Und meine Mutter? Klein, dunkle Haare, buschige Augenbrauen. Hübsch, auf ihre Art, hübsch auf eine Art, die ihm nicht gefährlich werden konnte. Ich versuche mich an die Dänin zu erinnern, wie sie vor unserem Haus stand, wie meine Mutter nicht zu lachen aufhören konnte und ich dachte: Jetzt wird sie irre, jetzt dreht sie durch. Was ich noch weiß, von dieser Frau: Dass sie weißblonde Haare hatte, und einen grimmigen, tödlich entschlossenen Gesichtsausdruck. Und ich erinnere auch, dass ich sie schlagen wollte, von der Treppe unseres Hauses stoßen. Aber mein Vater schob mich zur Seite wie einen Statisten, er drückte die Tür ins Schloss. Aus dem Fenster konnte ich sehen, wie er der Fremden den Arm um die Schultern legte und sie zum Auto führte. Erst nach einigen Minuten kam er zurück und kümmerte sich um seine Frau, die auf der Treppe zum Obergeschoss saß und sich mit den Fäusten auf die eigenen Oberschenkel boxte.

Ich bin auf dem Rückweg zu Sarah, versuche mich aus Felix' Gedankenwelt zu entfernen, passiere die alte Grenzbrücke, ohne dass sich etwas verändert. Über mir spielen zwei Leuchtstoffhände Stein-Schere-Papier. Sarahs Hand habe ich zum ersten Mal gefasst, als sie in der Tür vor meiner WG stand. Ihre Haare waren damals noch kaum länger als mein Zeigefinger. Sie sagte Hallo, drückte meine Hand, und ich wunderte mich über die Kraft, die von ihren kleinen Fingern ausging. Sie marschierte, rannte beinahe durch alle Zimmer, setzte sich dann in die Küche. Sie trank Kaffee mit uns, lachte laut und schüttelte dabei den Kopf, so als könne sie nicht glauben, wo sie da gelandet war. Tiefstes Moabit, Knaststadtteil, graue Häusersuppe, an der wir seit Jahren löffelten, immer mit diesem Gedanken, dass wir die Energie zum Auszug, zum Wechsel des Wohnortes endlich aufbringen könnten. Vor den Fenstern blinkte die Werbung eines arabischen Supermarktes, jeder zweite Balkon war mit einer Satellitenschüssel versehen, einer Armada von Ohren, die in den Äther lauschten. Und Sarah lächelte in der Küche, als sitze sie in einer schicken Altbauwohnung mit abgezogenen Dielen. Das Laminat sei doch top, die niedrigen Decken schon okay.

»Irgendwie musste ich dich da ja rausbekommen«, sagte sie Jahre später, als ich sie fragte, warum sie sich jemals dazu entschieden hatte, in diese schmutzige WG junger Männer zu ziehen. Sie lachte dazu, schüttelte ihre Haare, die inzwischen bis über ihre Schultern hingen. Und ich wusste nicht, ob ich ihr diese Märchengeschichte von der Liebe auf den ersten Händedruck wirklich glauben sollte.

An der Mauer am Ende der S-Bahn-Brücke Warschauer Straße begrüßt mich ein blaues Schild mit weißem Schriftzug: *Welcome to Hartz IV-World Berlin.* Ich grinse, denke gleichzeitig an die neuen Lofts in den Stalinbauten am Frankfurter Tor, Cocktailpartys gegenüber in den Glastürmen, die doch das Tor sein sollten, für eine Prachtallee des Sozialismus bis nach Moskau. Und jetzt? Betrunkene Teenager, die aus dem *McDonald's* torkeln. Secondhandramsch und erste Designerläden, stachelfrisurige Randberliner, die sich in getunten Kleinwagen in die Stadt kippen, um in sandigen Bars im Boden zu versinken. Was Felix dazu wohl gesagt hätte, hätte ich ihn jemals darauf angesprochen.

In der Wohnung wartet Sarah mit einem Glas Wein in der Hand. Sie sitzt auf dem Boden des Flurs, hat die Beine nach vorne gereckt, hält den Rücken gerade, wie eine Säule. Ihre Füße stecken in großen Stulpensocken, die über eine Strumpfhose und bis knapp unter die Knie gezogen sind. Darüber ein weinroter Rock, den ich nicht kenne. Als sie mich sieht, springt sie auf, federt auf den Fußballen, nimmt einen Schluck. Ich drücke die Tür ins Schloss, stehe unschlüssig vor ihr. Ihr Lächeln berührt mich, fährt mir von den Fußspitzen aus durch den Körper. Sie tritt auf mich zu, umarmt mich mit einem Arm, die Hand mit dem Weinglas weit vom Körper gestreckt.

»Stehen bleiben!«

Ihre Zähne leuchten.

»Ich hab was vor mit dir.«

Sie zieht mich an der Hand aus der Haustür, in den Lärm der Straße hinein. Ich halte ihre Weinflache, den Korken wieder in den Hals gedrückt, eine zweite Flasche unter den Arm geklemmt. An der Straßenecke hält sie vor einem dunklen Kleinwagen und fischt einen Schlüssel aus ihrer Manteltasche. Sie läuft zur Fahrertür und schließt auf.

»Persönlicher Leihwagen.«

Im Wagen wartet ein süßlicher Geruch, nach Bananen oder Kiwis. Sie schüttelt ihre Haare und korrigiert mit der rechten Hand den Rückspiegel. Auf ihrer Stirn, zwischen den Augen, sehe ich ihre strenge Falte. Sie konzentriert sich, folgt dem Verkehr in nördlicher Richtung. Wir passieren rote Lichter. Es ist ein stetiges Abbremsen und hektisches Ausweichen, sobald die Warnblinker der Wagen vor uns anspringen. Der linke der beiden Türme am Frankfurter Tor leuchtet lila, winzige Figuren bewegen sich die Galerie entlang. Ich stelle mir Klaviermusik vor, ein monotones Murmeln, Gläserklirren.

Auf der Straße vor uns, vor der Windschutzscheibe, jongliert ein Artist mit Fackeln. Seine Freundin, mit schwarzem Irokesen-Haarschnitt, eine verwüstete Netzstrumpfhose unter einer Hotpants, läuft zwischen den Wagen umher und hält den Fahrern einen umgekehrten Hut entgegen. Sarah kurbelt das Fenster herunter, fummelt an ihrer Hosentasche und lässt einige Münzen hineinfallen. Als die Ampel auf Grün springt, lässt sie das Fenster offen. Sie schaltet, die Umdrehungsnadel schießt nach rechts, der Motor heult auf. Einen Augenblick bin ich sicher, dass wir dem Wagen vor uns auffahren werden, dann wechselt sie ruckartig die Spur. Im Seitenspiegel blitzt eine wütende Lichthupe. Sarah dreht mir den Kopf zu. Ihr Gesicht ist gelöst, die Anspannung der letzten Tage ist verschwunden. Ihre Augen leuchten.

»Heute Nacht die A10«, sagt sie. »Wir machen eine Kreisfahrt um die Stadt. Du und ich, Wein und Musik.«

Der Wagen rollt über die Ausfallstraßen an den Rand der Stadt. Wohnblöcke wie schmutzige Zahnreihen begleiten uns, Heinersdorf, Pankow, in der Ferne Hohenschönhausen, weitere Platten, Einkaufscenter, Multiplexe. Die krustige Außenhaut der Stadt, aus der breite Straßen hervorbrechen, die erste Autobahnauffahrt. Ich entkorke die Flasche, trinke einen Schluck. Im Rückspiegel spannt sich eine nächtliche Lichtglocke über die Spitze des Fernsehturms, die bereits nach ein paar Minuten verschwindet, nur noch einen Schimmer über dem Horizont bildet. Der Wind knattert, schlägt uns in kurzen Schlägen ins Gesicht und durch die Haare. Sarah greift mit der rechten Hand die Weinflasche, nimmt einen Schluck, dann einen zweiten.

Wir folgen der Autobahn Richtung Nordwesten. Ich öffne das Fenster auf meiner Seite, lasse mir die Euphorie von beiden Seiten ins Gesicht fahren, alle Gedanken, alle anderen

Gefühle aus dem Körper wehen. Sarah schaut auf die Straße, wirft mir nur ab und an kurze Blicke zu. Sie bittet mich, eine CD aus ihrem Mantel zu holen. In der Tasche spüre ich eine Pappkarte und einen unbeschrifteten Rohling, den ich hervorziehe und in die Anlage schiebe. Sarah dreht die Musik auf. *You said you'd like to see me again and then it all unravelled.* Der Verkehr verdichtet sich. Laster und Kleintransporter verlangsamen die Bewegung, in die sich zahlreiche Wagen mit Hamburger Kennzeichen mischen. Heimfahrt, denke ich, und das Wort schmeckt abgestanden auf der Zunge. Ich spüle es mit Wein hinunter. Hinter dem Dreieck Havelland leeren sich die Spuren. Ich lege die Hand auf das Dach, spüre den Winddruck auf meinem Arm. Die Musik wird leiser, ein langer Akkord des Keyboards erklingt, dazu waberndes Gitarrenrauschen, über das sich eine ruhige Stimme legt, die ihre Sätze nicht singt, sondern spricht. *My foot nearly brushes your leg, I can't draw it away, I can't push it forward.*

Ich bin die Figur in einer Inszenierung von Sarah, ein Darsteller. *Losing all my balance, falling from a wire meant for you.* Mein Blick geht hoch zum aufgehenden Mond, der fahlen Beleuchtung der Autobahnraststätten. Sarah trinkt, und ich weiß, dass sie nie beim Autofahren trinken würde. Schauspielerin, denke ich. Der Wagen jagt dahin, Sarah beschleunigt. Die Nadel kratzt an der Hundertsechzig. Der Lärm wird ohrenbetäubend, die Unebenheiten der Straße lassen das Auto vibrieren.

Ich drehe die Musik leise, schließe mein Fenster. Die Weinflasche klemmt zwischen meinen Beinen. Sarah lässt ihr Fenster geöffnet, starrt auf die Fahrbahn. Als Potsdam schon hinter uns liegt, wir dem Ring in östlicher Richtung folgen, kurbelt auch sie das Fenster hoch und lehnt sich in ihrem Sitz zurück.

Wir sitzen im faradayschen Käfig, einer Haut aus Aluminium und Stahl, hinter der die Welt ein dunkles Dröhnen bildet. Alle Worte werden verschluckt, in den Luftfilter gezogen, danach von der Klimaanlage umgewälzt.

»Es funktioniert nicht«, sagt Sarah. Sie wechselt auf die rechte Spur, drosselt die Geschwindigkeit. Der Lärm lässt nach, die Musik wird wieder hörbar. Sarah greift die Flasche, nimmt noch einen Schluck. »Ich habe wirklich gedacht, dass es klappen könnte. Diese …«

Sie wedelt mit der Hand vor der Windschutzscheibe, an der ihre Worte kleben bleiben und Schlieren ziehen.

»… diese ganze Show. Nachtfahrt, ungebremst. So eine Scheiße.«

Ich betrachte ihr Profil, ihre kleine Nase, die an der Spitze ein wenig nach oben schwingt, das runde Kinn darunter. Schön, denke ich. Zu schön. Ihre Brauen senken sich über die Augen. Ich glaube, ihren Zorn greifen zu können, spüre ihn auf meiner Haut kratzen.

»Du bist unzufrieden.«

Sie wartet, trommelt mit den Fingern auf das Lenkrad.

»Du bist angekotzt, angewidert. Vielleicht von mir. Von was auch immer. Es steht dir ins Gesicht geschrieben, es glotzt aus deinen Augen heraus. Jeden Tag. Du merkst gar nicht, wie mich diese Unzufriedenheit jeden Tag anstarrt. Und was machst du? Vergräbst dich in seiner Wohnung, einer fremden Wohnung. Liest dieses Buch, deine kleine Bibel, diese blöden Sätze. Niemand wird daraus schlau. Du erst recht nicht.«

Sie zieht die Pappkarte aus ihrer Manteltasche hervor, die ich neben der CD gespürt habe. Sie wirft sie auf meinen Schoß, tritt auf das Gaspedal. Es ist eine Postkarte. Sie zeigt einen dunklen Himmel, unter dem sich ein von Promenaden eingefasster Kanal erstreckt. Am linken und rechten Bildrand

Platanen, davor ein Säulengeländer. Im Wasser kleine Boote. Und darüber spannt sich eine kleine Metallbrücke, die rundherum von einem Gitter eingefasst ist, in das man Lichterketten geflochten hat. Über dem Leuchten der winzigen Glühbirnen steht in leicht gebogener Schrift: *Salut de Narbonne.*

Ich drehe die Karte. Seine Schrift, unverkennbar. Eng gesetzte Wörter, rechts oben eine Briefmarke, darunter meine Adresse. Und links dieser Block aus Schrift, den ich nur langsam entziffern kann.

> Stimmen wehen aus dem elektronischen Wald. Doch wie man hineinruft, schallt es nicht zurück. Es wird weitergeleitet. Das Objekt des Interesses möchte Subjekt bleiben, solange es »ich« sagen kann. Rührend könnte sie sein, die Sorge, formulierte sie sich nicht aus dem eigenen sowie dem elektronischen Wohnzimmer. Da forscht einer, da ist und wird bewegt. Aber eben auch überschritten. So bleibt zu sagen: Bisschen viel, nicht wahr? Und zuletzt: Bisschen spät, nicht wahr?

Mein gesamter Körper fühlt sich elektrisiert an. Ich bin mir sicher, mir mit jeglicher Berührung innerhalb des Wagens einen Stromschlag versetzen zu können. Die Haare im Nacken stellen sich auf. Ich wende die Karte vor und zurück, starre darauf. Eine wachsende Enttäuschung kriecht in diese wenigen Sätze, seine Beschwerde, vielleicht sogar Wut über meine Einmischung.

»Und wann wolltest du mir das sagen?«

Ich erzeuge meine Stimme in einem fremden Resonanzkörper, kann den folgenden Dialog trotzdem oder gerade deshalb noch Tage später immer wieder wie einen Film in den eigenen Kopf projizieren.

»Oder vielleicht gar nicht? Einfach behalten und wegschmeißen. Ist ja nicht so wichtig. Ich hab mir ja kaum Gedanken gemacht.«

»Wegschmeißen. Was soll man da wegschmeißen?«

»Ich suche ihn seit Tagen, seit Wochen.«

»Und da kommt es auf Stunden an.«

»Es kommt darauf an, dass du mir die Karte gar nicht geben wolltest.«

»Darum hatte ich sie in der Tasche.«

»Weil das der größte Spaß gewesen wäre. Dass ich die CD nehme, statt der Karte. Das hätte dir gefallen. Oder? Knapp daneben. Pech gehabt. Das hättest du gedacht.«

»Hast du das gelesen? Hast du? Kapierst du das wirklich? Diesen Schwachsinn. Und überhaupt. Wer sagt dir, dass die Karte von ihm ist. Wer sagt dir das?«

»Seine Schrift. Und von wem sollte sie sonst sein?«

»Das ist mir doch egal. Und selbst wenn. Was jetzt? Willst du nach Frankreich fliegen? Mal die Post in Narbonne besuchen? Bonjour, je cherche un ami?«

»Darum geht es nicht.«

»Doch, genau darum. Genau darum geht es.«

Auf der Rückfahrt in die Stadt begleiten uns kaum noch andere Wagen. Die Autobahn spuckt uns in dunkle Vororte, der S-Bahn-Damm rückt uns links zur Seite, geleitet uns in die Stadt. Am S-Bahnhof Treptower Park setzt Sarah den Blinker, um über die Elsenbrücke zurück nach Friedrichshain zu fahren.

»Stopp!«

Ich sehe sie an, ganz kurz nur. Ihr Profil, die Kanten ihrer Wangenknochen starren zurück. Sie bleibt regungslos. Der Wagen steht. Ich ziehe am Plastikgriff, öffne die Tür. Der Gurt spannt, hält mich im Sitz. Ich presse meinen Daumen neben den Sitz, die Halterung gibt nach. Ich komme auf die Beine, Weinflasche und Postkarte in der Hand, trete auf den Kantstein, drehe mich. In diesem Augenblick beugt sich Sarah zur Seite, packt die Tür und zieht sie hinter mir ins Schloss. Ein dumpfer Knall, wie eine Implosion. Im Fenster spiegelt sich meine eigene Gestalt, durch die Krümmung des Glases gestreckt und verdünnt.

Die Ampel springt auf Grün, der Wagen fährt an, ganz ruhig, als beschleunige sie kaum. Ich laufe bis zur Fußgängerampel an der Ecke, schaue ihr nach, bis sie hinter der Krümmung der Brücke verschwunden ist.

Sommernacht, die dabei ist, in den Morgen zu kippen. Der gemeinsame Abend mit Sarah scheint eine Ewigkeit zurückzuliegen. Eine große Ruhe liegt in meinen Armen und Beinen. Ich muss einfach laufen. Die Füße kennen den Weg. Vor dem türkischen Eisladen liegen einige Plastiklöffel und Pappbecher, die Rollos sind heruntergelassen, die weiße Fläche mit unleserlichen Buchstaben zugetagged. Vor dem Gemüseladen in der Wrangelstraße steht wieder der Laster, diesmal mit laufendem Motor. Einige Männer laden Kisten mit Obst und Gemüse von der Ladefläche, tragen sie durch die geöffnete Tür ins Geschäft. Der Besitzer steht daneben, an die Wand gelehnt, und raucht. Von Zeit zu Zeit gibt er Anweisungen. Als er mich sieht, hebt er eine Hand, nickt mir zu. Ich erwidere seinen Gruß, wechsele die Straßenseite und krame in meiner Tasche. Der Schlüssel passt. Der Rest wird sich finden.

Ich wache auf, kämpfe mich langsam aus einem Zwischenzustand heraus. Ein zittriges Gefühl nistet sich ein, als ob ich meine Konsistenz verliere, das erste Licht des Tages durch mich hindurchdringen könnte, auf ein leeres Kissen. Dann träume ich, wie ich durch den Görlitzer Park laufe und aus dem Streichelzoo gigantische Ziegen und Kaninchen ausbrechen, über die Wiese auf die Straße und das Viadukt der U-Bahn zuströmen.

Zurück im Zimmer, den Kopf zur Bücherwand gedreht, schleicht sich mit dem Licht das Gefühl in den Raum, nicht alleine zu sein. Ich drehe mich, taste über die Matratze, lausche. Plötzlich bin ich sicher, ein Ausatmen zu hören. Ich schrecke hoch, setze mich auf. Mein rechter Arm ist unter meinem Körper eingeschlafen, hängt wie ein lebloses Stück Fleisch an der Schulter. Ich reibe mit der linken Hand über die Haut, schlage darauf, bis ich ein Kribbeln spüre. Ich schiebe die Füße aus dem Bett, stoße dabei gegen die leere Weinflasche.

Die Wohnung scheint unverändert. Als ich aufstehe, sehe ich die Postkarte auf der Platte des Schreibtischs, daneben sein Tagebuch. Ich drehe die Pappe, lese erneut die wenigen Zeilen, die er geschrieben hat. *Da forscht einer.* Anklagende Worte vielleicht, eine Bitte ihn in Ruhe zu lassen. Andererseits: warum dann diese verschrobenen Wörter? Warum nicht einfach: *Hör auf damit!*

Ich erinnere mich an Felix und mich, auf dem Teppich im Wohnzimmer seiner Eltern, vor den Fernseher gekniet. Auf der Bildröhre wuchsen zahllose gezeichnete Löwenzähne aus dem Boden einer Straße, anfangs aus dem Asphalt, dann aus Autos, Laternen, überall, bis sich die Stadt in eine Wiese verwandelte. Felix' Mutter brachte uns Tee und Kekse. Sie lächelte.

»Aber nur eine halbe Stunde Fernsehen. Dann geht's nach draußen.«

Und Felix rollte die Augen, wartete, bis sie wieder im Obergeschoss verschwunden war. Dann streckte er die Zunge aus dem Mund, blies die Backen auf und machte ein Furzgeräusch. Ich lachte, fühlte mich dabei aber traurig.

Ich setze mich mit einer Tasse Tee an den Schreibtisch. Meine Finger streichen über die Tastatur des Rechners. Ich werde das Passwort benötigen. Die Karte schiebe ich an den Rand des Tischs, schlage das Buch auf.

20.10.
Ich schaue meinem eigenen Körper zu. Ich beobachte meine Hände, die in ständiger Bewegung sind, geschüttelt von den Armen, die sich mit Haut und Knochen darangehängt haben. Und die Arme selbst? Werden von den Schultern in Bewegung gesetzt oder aus sich selbst heraus. Meine Gliedmaßen haben ein Eigenleben, ich bin keine Einheit mehr. Ich kann nichts mehr zusammenhalten, weder mit Händen noch Gedanken. Ich sitze in Seminarräumen, bis mir die Decke auf den Brustkorb drückt, bis der Gestank der anderen mir in der Nase klebt, unausstehlich, widerlich. Billige Deos, Knoblauch im Magen, Fleischfetzen zwischen den Zähnen. Und ich muss aufstehen, hinausgehen, durch den Flur taumeln. In den Toiletten, eingeklemmt zwischen mintgrünen Kacheln und Aufklebern für Demos und Fußballvereine, kann ich mich mit kaltem Wasser unter Kontrolle kämpfen. Im Spiegel schaut mich jemand an, der mir bekannt vorkommt. Ich muss die Arme auf das Becken pressen, um nicht auch hier zu zittern, um die Spannung im Körper zu halten.

27.10.
Ich beschimpfe einen alten Mann auf der Straße, der ein paar Jungen zurechtweist. Er steht dort, vor dem Spielplatz, eine graue Schiebermütze auf grauen Haarresten, stützt sich auf einen Stock, gestikuliert mit der freien Hand in Richtung der Kinder, die einen Fußball gegen eine Hauswand schießen, und als ich vorbeigehe, höre ich, wie er »Türkenbengel« sagt. Ich bleibe stehen, schreie ihn so an, dass sogar die Kinder davonlaufen. Dass er eine dreckige Nazisau sei, ein altes, verbittertes Schwein. Dass er sich verpissen soll, weil ich ihm sonst mit dem Krückstock seinen Rücken breche. Was ich nicht vergessen werde, ist die Angst in seinen Augen, diese große, glotzende Angst. Wie er zurückstolperte, beinahe fiel. Er hob den Stock zur Abwehr quer vor seinen Körper. Und ich lachte, ich lachte ihn an, als habe er gerade den besten Witz seit Wochen erzählt. Einige Passanten blieben stehen, aus einem Wettbüro kamen einige Männer heraus und beobachteten uns. Ich zog den Augenblick in die Länge, versuchte ihn zu genießen. Schließlich drehte ich mich um und lief die Straße hinunter. In der U-Bahn und der Uni war ich so ruhig wie schon lange nicht mehr.

Als ich aufgegessen habe, wische ich die Krümel mit der Hand vom Tisch. Dann rufe ich bei der Arbeit an, melde mich krank. Ich verstelle die Stimme, schniefe überdeutlich und komme mir lächerlich dabei vor.

»Du klingst aber auch schlimm.«

»Jaja. Sommergrippe.«

Ich lege auf. Nach zwei Tagen werde ich eine ärztliche Bescheinigung vorlegen oder wieder arbeiten müssen, was meine Zeit in Felix' Wohnung reduziert. Ich lege seinen Bewerbungsordner auf den Tisch, blättere durch die sauber gehefteten Folien. Er schaut mich daraus an, mit diesem zurechtgebogenen Blick. Und dahinter warten seine Sätze, seine Fremdheit. Ich prüfe die Daten oben rechts auf einigen der Deckblätter. Ende April, Anfang Mai. Wenige Wochen sind vergangen, in denen dieses Gesicht verschwunden ist. Ich versuche ihn mir vorzustellen, jetzt, in diesem Moment, in dem ich an seinem Schreibtisch sitze.

Er kann die Haare wüst und länger tragen, vielleicht einen Vollbart. Ich ziehe das Handy, rufe Basti an, frage ihn, ob wir uns treffen können. Er lacht. Im Hintergrund branden Stimmen, Schreie. Das Schrillen einer Trillerpfeife schießt mir ins Ohr.

»Ich bin bei meinen Jungs, heute ist Fußballturnier. Weg kann ich hier nicht. Aber du könntest herkommen.«

Vor der Tür des Haupteingangs steht ein bulliger Kerl in einer schwarzen Jacke mit roter Aufschrift. *Securitas.* Sein Kopf ist kahl rasiert, nur ein schmales Viereck schwarzer Haare hebt sich über dem Stiernacken. Ich frage nach dem Fußballturnier. Der Mann grinst.

»Rechtsrum, hinterm Gebäude.«

Basti hat vor etwa einem Jahr angefangen, an der Schule unweit der Sonnenallee zu arbeiten. Ein bisschen zusätzliches Geld für das Leiten einer Fußball-AG. Er steht in der Halle, kreuzt die Arme vor der Brust, wie ein Nationaltrainer, während ein kleiner Lockenkopf den Ball über die Bande an seinem Gegenspieler vorbeischiebt, auf dem Weg zum Tor aber von einem bulligen Jungen umgerempelt wird. Basti trillert mit seiner Pfeife, rennt auf das Spielfeld, stellt sich zwischen Gefoulten und Abwehrspieler.

»He, Mesut, reicht jetzt. War'n Foul, und gut is. Cengiz, entschuldige dich.«

Die beiden Spieler geben sich die Hand. Basti klopft dem Lockenkopf auf die Schulter und wartet an der Seitenlinie die Ausführung des Freistoßes ab. Als der Ball kurz darauf im Tor einschlägt, erklingt Jubel und Geschrei, die Jungs führen dazu Posen auf, die sie sich im Fernsehen abgeschaut haben. Basti kommt zu mir zurück. Seine roten Haare wippen auf dem Kopf. Die Augen bleiben konzentriert auf das Feld gerichtet. Aber der Mund, ich kann nicht aufhören, seinen Mund zu beobachten, der so gelöst und entspannt unter seiner Nase liegt, als könne ihn nichts erschüttern.

In der Halle ist es warm. Auf der Fensterfront, die vom Boden bis unter die Decke reicht, steht die Sonne und macht graue Schlieren und Handabdrücke sichtbar. Basti sieht meinen Blick, schüttelt den Kopf.

»Muss man sich mal vorstellen. Da bauen die ne neue Halle, Mitte der Achtziger, und richten die Fenster genau nach Süden aus. Was meinst du, was hier im Hochsommer los ist.«

Nach einigen Minuten schaut er auf seine Stoppuhr, die ihm wie bei einem dieser alten Sportlehrer um den Hals hängt, und beendet das Spiel. Er kündigt eine kurze Pause an.

Wir überqueren das Spielfeld, lehnen uns an die Fensterfront. Ich drücke die Handfläche gegen das Glas in meinem Rücken, spüre die Wärme in den Fingern. Ich schaue zu den Jungen hinüber, die jetzt ruhig zusammensitzen, aus Plastikflaschen trinken oder einfach nur die Beine strecken.

»Wegen Felix.«

Er dreht den Kopf, sieht mich an.

»Was gehört?«

»Nein, nicht wirklich. Eine Postkarte, aber die kannst du vergessen. Ich hab ein Tagebuch gefunden.«

»Tagebuch? Wundert mich eigentlich gar nicht.«

Er lacht.

»Bei alldem, was ihm immer im Kopf rumspukte. Konnte man sehen, finde ich. Wenn er wieder weg war. Dieses Starren, auf den Tisch, an die Wand. Weißt du, was ich meine?«

»Hm.«

Ich nicke, auch wenn mir die Erinnerungen fehlen. Und wieder hat es andere gegeben, die genauer hingeschaut und zugehört haben. Ich schließe die Augen, sehe Felix vor mir, in seinem Zimmer am Schreibtisch, sehe ihn aus seinen geschriebenen Worten heraus, seinen eigenen Beschreibungen. Basti konnte es sehen. Er erzählt, dass er Felix eine Zeit lang, vor ein paar Jahren, in eine seiner Bremen-Kneipen geschleppt hat. Zur Ablenkung oder einfach nur, weil Felix nach irgendeinem Spiel gefragt hatte. Und für einige Monate, ein halbes Jahr vielleicht, ist Felix tatsächlich mit in diese Bar gekommen, hat sich Spiele angeschaut, in einer Menge grünweiß gekleideter Verrückter. Basti schüttelt den Kopf.

»War aber nie ganz dabei, nie so richtig. Nur einmal, als an der Bar ein anderer Fan stand, Frankfurt oder Leverkusen, da wär er dem fast an die Kehle gegangen. Für nix. Dummer Spruch oder so, völlig harmlos. Und Felix rastete aus. Ich hab ihn an der Schulter gepackt, und für einen Moment dachte ich, jetzt haut er mir eine rein.«

Das andere in Felix. Eine Seite, die ich nicht kenne, nicht kannte. Ich sitze in der U-Bahn, starre ins Fenster. Dieses Gefühl, überfordert zu sein, von mir selbst, von den Dingen um mich herum. Ich denke an Sarah, das erste Mal an diesem Tag, wie sie in unserer Wohnung sitzt, wie sie sich für die Arbeit vorbereitet. Ich versuche, eine Gemeinsamkeit zu denken, eine Situation, in der ich uns zusammenbringen kann.

Ich steige die Treppen im alten Backsteinbau am Schlesischen Tor hinunter, hinein in einen anbrechenden Abend. Am Kiosk gegenüber lehnen Männer und trinken Bier, einige halten Pappschalen mit Currywurst in ihren Händen. Für einen Moment glaube ich, Felix unter ihnen zu sehen, über den Tresen gebeugt. Als der Mann sich dreht, schaue ich in ein fremdes Gesicht, alt, aufgedunsen und rot.

Vor Felix' Haustür fische ich den Schlüssel hervor. Vor der Tür zum Innenhof hängen die zerbeulten Reihen der Briefkästen. Ich laufe darauf zu, ungläubig über meine eigene Nachlässigkeit, diesen Weg nicht schon vorher gegangen zu sein. Ein kleines Pappschild, seine Handschrift darauf: *F. Carsten.*

Ich schiebe eine Hand durch den Briefschlitz, spüre sofort Papier, das sich unter meiner Berührung verbiegt. Ich versuche zu greifen, einen Umschlag zwischen zwei Finger zu klemmen. Ein Schlüssel im Haustürschloss lässt mich zurückschrecken. Eine ältere Frau kommt in den Flur, wirft mir einen kurzen Blick zu. Ich krame in meinen Hosentaschen und wünsche einen schönen Abend. Sie verzieht das Gesicht und macht sich an den Aufstieg. Als sie weg ist, trete ich nah an die Briefkästen und drücke meine Schulter gegen das kalte Metall, während ich versuche, einige Briefe mit den Fingern an der inneren Wand der kleinen Tür emporzuschieben. Hätte ich nur alle Schlüssel, denke ich. Und trotzdem, irgendwann, nach ein paar Minuten, kann ich die ersten Briefe hervorangeln, dann weitere. Am Ende wartet der größte Fang, ein brauner Umschlag mit Fenster. Im ersten Moment will ich ihn sofort aufreißen. Dann denke ich an die Nachbarn, daran, dass ich mich beruhigen, die Kontrolle behalten muss. Ich gehe in die Wohnung.

Sehr geehrter Herr Carsten,
Wir freuen uns, Ihnen mitteilen zu können, dass wir Sie aus einer Vielzahl von Mitbewerbern ausgewählt haben, um Ihre Qualifikationen für die angebotene Stelle in einem persönlichen Gespräch weiter zu prüfen und natürlich auch, um uns einen ganz persönlichen Eindruck von Ihnen machen zu können.
Das Gespräch findet am 6. Juni dieses Jahres in unserer Firmenzentrale in Berlin statt. Ihr Gesprächstermin ist für circa 10.30 Uhr vorgesehen. Melden Sie sich bitte eine halbe Stunde vor Beginn des Gesprächs beim Pförtner.
Bitte bestätigen Sie zudem Ihr Kommen kurz per E-Mail. Wir freuen uns darauf, Sie kennenzulernen!
Mit freundlichen Grüßen,

Der Brief stammt von einem Pressedienst in Berlin. Der Name sagt mir etwas, ohne dass ich direkt zuordnen kann, was genau das für ein Job ist, um den Felix sich hier beworben hat. Der Brief ist vor knapp zwei Wochen abgeschickt worden. Der Gesprächstermin ist also schon nächste Woche. Ich lege den Brief auf den Schreibtisch, trommele mit den Fingern darauf. Er kann eine Möglichkeit sein, die Chance auf ein kleines Spiel. Der Gedanke daran, es wirklich zu spielen, kitzelt mich bis in die Fingerspitzen.

15.11.
Ich probiere mich an Liegestützen, Sit-ups. Ich stemme eine Hantel, die ich mir gekauft habe. Ich versuche mir einzureden, dass ich diesen Körper mit Muskeln beruhigen kann, dass ich das Denken abzuschalten in der Lage bin. Nachts lese ich wahllos Bücher an, ohne mich ganz darauf konzentrieren zu können. Irgendwann blieb ich bei den Berrys, in ihren Hotels, bei den Hirngespinsten

eines versagenden Vaters. Und all diese Verrückten, diese Zwerge, Inzestuösen und Traumtänzer, waren mir so lebendig wie lange kein Buch mehr. The summer my father bought the bear, none of us was born. Ich las, las von diesen irrwitzigen Plänen, diesem närrischen Familienoberhaupt, das alle um sich herum ins Unglück bringt. Ich musste an meine Mutter denken, die in ihrem Kopf diesen Stauraum hat, diese gigantische Halle für schlechte Erinnerungen, in der sie alles einschließt und versteckt. Ich bin der Einzige, der Forderungen an mich selbst stellt. Und vielleicht ist es dieses Fordern von Dingen, das ich nicht will, das mich verrückt macht. Und nachdem meine Gedanken für Minuten gekreist sind, nachdem ich das Gefühl habe, sie würden von innen gegen den Schädel pressen, sage ich mir am Ende, dass es vielleicht doch mein Körper ist, der mich um den Verstand bringt. Also mache ich Liegestütze und stemme ein paar Hanteln. Sicher ist sicher.

Im Halbschlaf glaube ich seine Stimme zu hören. Ich schrecke hoch, starre in den Raum. Im Hof flackert ein Fernseher, erzeugt eine Erinnerung an Felix, der mich am Abend vor der letzten Abi-Klausur anrief und fragte, ob wir nicht gemeinsam nach Berlin gehen wollten.

»Du und ich, Finn vielleicht noch, und all diese hanseatische Scheiße hinter uns lassen. All die weißen Villen und Eigentumswohnungen, die Krämerköpfe, Pfeffersäcke.«

Dazu lachte er. Er sagte, er fühle sich störtebekerisch. Gehen, in eine größere Stadt, in eine dreckigere Stadt. Etwas Neues probieren.

»Auch nur eine große Bulette«, sagte er, »aber egal. Zumindest egal, und nicht überall das Altbekannte.«

Und im Halbschlaf, Jahre später in seiner Wohnung, wird mir bewusst, dass er schon damals geflohen ist, nur mit dem Unterschied, dass er mich einlud, mit sich zu kommen. Und heute? Eine Postkarte, mehr nicht. Ich brauche das Passwort für seinen Rechner.

Morgens rufe ich Manja an, frage sie, ob wir uns abends wieder in der Wohnung treffen können. Es gibt einige Dinge, die ich gerne noch lesen, noch in seinem Rechner prüfen möchte. Ihre Stimme klingt gedämpft, im Hintergrund Wortfetzen. Ich stelle mir ein Schwesternzimmer vor, graues Linoleum, weiße Vorhänge, einige Schränke, Arbeitspläne. Auf Manjas Schoß eine schwere Klappakte mit Metalldeckel, in die sie gerade die Werte eines Patienten eintragen will. *Gewicht, Blutdruck, Puls, besondere Vorkommnisse: keine.*

»Von wo aus rufst du an?«

Ich erschrecke mich. Ich habe nicht nachgedacht, bin nachlässig geworden.

»Zuhause.«

Meine Stimme zittert. Sie muss es merken, muss aus dem Raumklang meiner Worte erkennen, dass ich an Felix' Schreibtisch sitze. Aber sie grummelt nur, ob ich denn nicht arbeiten müsse.

»Hab Urlaub«, sage ich.

Sobald sie aufgelegt hat, gehe ich ins Bad, lasse mir kaltes Wasser über die Handgelenke laufen. Mein Gesicht wirkt im Spiegel gerötet, die Augen noch kleiner, noch tiefer in den Höhlen als sonst. Ich bilde mir ein, Geheimratsecken zu bekommen, ganz plötzlich bin ich sicher, dass mir in ein paar Jahren die Haare ausgehen werden. Ich fahre mir mit der nassen Hand über den Kopf, spanne die Haare zurück. Einige rote Stellen werden am Haaransatz sichtbar, der ansonsten eine gerade Linie oberhalb der Augenbrauen bildet. Es gibt

Trugbilder, die in dieser Wohnung sitzen, aus den Dielen kriechen, aus dem Ochsenblut. Ich muss mich beruhigen, muss lesen, nachforschen. Das ist meine Aufgabe.

20.11.

Ich gehe vor das Krankenhaus, werde davon angezogen. Ich bin schlaflos, seit Tagen schon, habe tagsüber dieses seltsame Gefühl, schlafzuwandeln, mir dabei zuzuschauen, wie ich durch die Stadt laufe, Dinge erledige, in die Uni fahre. Und dann merke ich, wie es mich zum Krankenhaus zieht, wie ich in der S-Bahn einschlafe und plötzlich an einer Station aufwache und denke: Jetzt müsstest du umsteigen, jetzt noch ein paar Stationen mit der U-Bahn. Das Zittern ist zurück, nachts, wenn ich schlafen will, ist es am schlimmsten, wird unkontrollierbar. Ich versuche mich zu verlangsamen, versuche meinen Puls zu messen, mir zu sagen, dass alles gut ist. Ich nehme das Telefon in die Hand, ich wähle Nummern und führe Gespräche, an die ich mich Minuten später kaum noch erinnere. Manchmal, wenn ich schweißgebadet auf dem Bett liege, bin ich unsicher, ob ich für Stunden geschlafen habe oder nur für Augenblicke. Ich stelle mich nackt ins Bad, betrachte meinen Körper. Weiße Arme, ein weißer Bauch, unter dem Bauchnabel krause Haare, die sich ausbreiten, den Raum zwischen den Beinen zuwuchern, ein Gestrüpp bilden, aus dem ein trauriges Würstchen hängt. Ich bilde mir ein, dass man erste Muskeln sehen müsste. Aber mein Bauch ist lebloses Fleisch, ich fühle mich dicklich, aufgedunsen. Weitere Untersuchungen wären vonnöten. Ich müsste ins Krankenhaus, seit Jahren. Endlich Gewissheit haben, ob es der Kopf ist oder der Körper. Oder beide.

24.11.
Sie kam heraus, gegen Mittag, nachdem ich mich immer wieder zu den Rauchergruppen gestellt hatte, die sich alle halbe Stunde dort versammelten. Männer und Frauen, trotz der ersten Kälte in bunten, längs gestreiften Bademänteln. Ich musste an diesen Satz meiner Mutter denken, wenn ich dünn bekleidet im Freien spielte: *Du holst dir noch den Tod.* Ich lachte, fing an zu husten, und ein Mann, ein stoppeliger Graubart, unter dessen beigem Mantel ein blauer Pyjama schimmerte, sah mich an, nickte mir zu, wie einem Leidensgenossen. Um uns herum versuchten sich gepflegte Parkanlagen in einer Imitation von Natur. Kantig gestutzte Sträucher, blumenlose Wiesen geteilt von Sandwegen, über die ältere Damen mit Gehhilfen knirschten. Krankenwagen fuhren vorbei, mit stummen Blaulichtern. Erste Besucher erschienen, mit eingepackten Blumensträußen und ernsten Gesichtern. Ich spielte mein Spiel, ging rauchen, ging zurück und las, auf meiner Bank am Ententeich sitzend. *»I love you«, I whispered at the locked door. But – over the sound of the healing water – it is unlikely that Franny ever heard me.*

Gegen Mittag endlich kam Manja, eine Strickjacke über die weiße Schwesternkluft geworfen. Ihre Haare waren ein wenig länger geworden, die Augen dunkler geschminkt als beim letzten Mal. Ihr Gang war derselbe, war ein sicheres, festes Ausgreifen, das ich schon erkannte, als sie noch unklar, nur als Kontur durch die Glastüren des Eingangs zu sehen war. Die Türen öffneten sich, sie trat heraus. Ich konnte sehen, wie sich ihre Brauen hoben, ganz kurz nur. Aber ich war mir sicher, dass diese Bewegung mir galt. Trotzdem wechselten wir nur ein paar Sätze. Sie fragte, ob ich jetzt wieder öfter hier sei. Ich zuckte die Schultern, sagte: »Vielleicht.« Und sie nickte.

Ich starre aus dem Fenster, starre durch meine eigene Spiegelung. In meinem Kopf tanzt Felix seinen Balztanz um Manja. Und ich denke an ihr Gesicht, ihre dicken, satten Lippen, die sich zur Seite verziehen, sobald ich etwas sage, was ihr nicht gefällt.

Die breite Nase, deren Seitenflügel sich jedes Mal kräftig heben und senken, nachdem sie die Treppe zu Felix' Wohnung hinaufgestiegen ist. Kein Drache, ein Pferd, ein kräftiges Zugpferd. Dazu ihr stetiger Spott, ihre Arroganz.

»Eine arrogante Stute.«

Ich sage den Satz laut in den stillen Raum, erschrecke, lache darüber. Meine Worte machen sich selbstständig, nehmen mein Denken vorweg.

Ich gehe zum Schrank und beginne seine Ordner zu durchsuchen. Krankenhaus, Arztbesuche. Ich begreife immer noch nicht, was sich tatsächlich in seinem Körper bewegt, was sich verändert hat. Vielleicht kann ich vom Körper eine Verbindung zum Kopf herstellen, vielleicht eine Grundlage bilden, vor der aus sich ein feineres Bild zeichnen lässt.

Irgendwann bleibe ich in einem Hefter voller offizieller Post hängen. Ich lese Anschreiben der Krankenkasse, Abrechnungen über Besuche bei einer chinesischen Heilmedizinerin. Sechs Sitzungen Akupunktur, Kostenpunkt: 120 Euro. Schließlich halte ich einen Brief in den Händen, dessen Kopf die Silhouette eines eleganten Renaissance-Baus zeigt, eines Schlosses beinahe.

Herzzentrum Berlin, Körperschaft des öffentlichen Rechts. Übergabe des Patienten in die hausärztliche Behandlung. Beschwerden, Untersuchungen, Diagnose: Verdacht auf ausgeheilte Myocarditis oder bakterielle Infektion des Herzmuskels. Signifikante Vergrößerung des linken Ventrikels bei leicht eingeschränkter Pumpfunktion des Herzens. Mitralklappenprolaps bei leichter Fluktuation der Systole. Empfohlene Behandlung: Betablocker Metoprolol 50mg. Erneute Vorstellung nach sechsmonatiger Rekonvaleszenz wird dringend empfohlen.

Ich starre auf den Rechner, wünsche mir, die Begriffe nachschlagen zu können. So bleiben Leerstellen, die ich mit seinen eigenen Erklärungen in Zusammenhang bringen will. Der Herzmuskel, das muss es sein. Aber was es letztlich bedeutet, verschlucken die langen Wörter der Mediziner.

26.11.
Wir stehen ein wenig abseits und rauchen. Sie hat eine dicke Regenjacke übergezogen, aus der ihre weiße Hose schmal und leuchtend heraushängt. Sie trägt Gesundheitslatschen, und als sie meinen Blick bemerkt, muss sie lachen, ein sonderbar helles, klingelndes Lachen. »Es ist wirklich am besten«, sagt sie und wackelt mit dem linken Fuß. Ich schaue sie an, frage mich, ob sie nicht schon lange weiß, dass ich gar kein Patient bin.
Wir wenden unsere Rücken gegen den Regen, den der Wind durch die Luft trägt. Sie bildet mit ihren Händen einen Hohlraum, führt ihn an den Mund und pustet hinein. »Winter«, sagt sie, mehr nicht. Ich denke die gelesenen Sätze: *I had no illusions of making a move on her, as*

she would say. Ich zerlese meine Chancen, kann wenige Sätze wechseln und fühle mich wie ein Schuljunge. Allein dieses Wort: Schuljunge.

Ich lasse das Buch zurück, gehe einkaufen, um die Zeit bis zum Treffen mit Manja zu überbrücken. Erst auf dem Rückweg, eine volle Tüte in der rechten Hand, fällt mir ein, dass ich keine Einkäufe in seiner Wohnung deponieren oder stehen lassen kann, wenn Manja sich dort später bewegen wird. Sie würde jede Scheibe Brot, jedes Stück Käse bemerken.

Im Hausflur stehe ich unschlüssig. Ich denke an die Mülltonnen im Hof, daran, alles wegzuschmeißen. Am Ende steige ich die Treppe hoch, hole alle Reste meiner vorherigen Einkäufe aus der Wohnung, stopfe sie in meine Tüte und gehe weiter bis unter das Dach. Oben wartet eine graue Stahltür, daneben, an der Wand, eine Metallleiter, die man ausziehen und verlängern kann, um auf das Dach zu steigen. Ich setze meine Tüte daneben.

»Da bist du ja endlich.«

Manja bewegt sich, als wolle sie die Nackenwirbel knacken lassen. Ich habe sie beobachtet, aus einiger Entfernung, habe in einem Café in der Straße süßen Tee getrunken, bin anschließend langsam die Wrangelstraße hinuntergelaufen. Aus dem türkischen Süßwarenladen roch es nach Zucker, nach Mandeln, nach Rosen, Blumen. Ich blieb stehen, sah Manja aus der Entfernung einiger Hundert Meter, sah sie den Drehständer vor dem kleinen Laden neben dem Eingang drehen. Manja griff nach Sandalen, billigen Plastiklatschen, während ich näher kam. Sie bemerkte mich, steckte alles zurück und verschränkte die Arme vor der Brust. Zur Begrüßung kam dieser Satz, dazu ihr spöttisches Grinsen, das mir zum ersten Mal traurig und aufgesetzt vorkommt.

Ihr Hintern schwebt vor mir auf der Treppe, wie vor wenigen Tagen, als sie mich das erste Mal in die Wohnung geführt hat. Das Ruhekissen. Und jetzt habe ich eine Ahnung, eine Idee davon bekommen. Felix und seine Sätze. Ich glaube zu verstehen, ganz langsam. Was in ihm vorging, wie er sich verändert hat, warum es für ihn denkbar wurde zu gehen.

Ich bleibe hinter ihr, als sie ins Wohnzimmer tritt, lasse meine Augen durch den Raum gleiten. Der Schrank ist verschlossen, das Sofa geordnet und eingeklappt, das Tagebuch an seinem Platz. Nirgendwo Spuren, keine Stolperstellen für ihre Augen.

Sie klappt den Rechner auf, drückt kurz auf den Knopf. Das Rauschen der Lüftung ist ein vertrauter Klang. Ich lächle. Sie geht in die Küche, lässt das Teewasser kochen. Alles gleich und alles anders, denke ich.

»Was willst du gucken?«

Sie kommt in den Raum, kommt zu mir an das Bücherregal, über das ich meine Hände gleiten lasse.

»Mehr Notizen? Seinen Zettelwust? Da kannst du fast in jedes Buch schauen, da kannst du lesen, bis du schwarz wirst.«

Manja geht zu seinem Laptop. Das Blinken des weißen Cursors zieht mich hinterher, lässt mich neben sie treten, noch bevor sie einen Finger auf die Tasten legen kann.

»Wie is'n eigentlich sein Passwort?«

Ich versuche den Satz so beiläufig wie möglich klingen zu lassen. Sie dreht den Kopf, schaut mich an. Ein Stechen in ihrem Blick. Er springt aus ihren großen Augen, ist auf mir festgewachsen, unbeweglich. Zum ersten Mal fällt mir auf, dass ihre linke Pupille verformt ist, nicht rund, eher oval, wie von zwei Seiten unter Spannung gesetzt.

»Wieso willst du das wissen?«

»Wieso nicht? Ich weiß doch sowieso kaum noch was von ihm. All die Anzüge, dieses Tagebuch. Wieso kein Passwort.«

Sie schüttelt den Kopf.

»Na, wenn du meinst.«

Ihre Finger fliegen über die Tastatur, und obwohl ich versuche, ihren Bewegungen zu folgen, kann ich mir nur den ersten Buchstaben merken. Ein H. Der Bildschirm wechselt die Farbe, das Bild des kanadischen Waldes erscheint, dazu die kurze Akkordfolge, die das Hochfahren des Systems signalisiert. Manja steht auf, zieht den Stuhl zurück.

»Bitte schön.«

Ich setze mich, sehe zu, wie die kleinen Symbole auf dem Bildschirm erscheinen. Einzelne Programme fahren hoch, Virenschutz, Firewall. Mein Zeigefinger tippt auf den Rücken der Maus, ich beobachte ihn dabei, ohne die Bewegung meinem Körper zuordnen zu können.

»Hanseatisch.«

Ihr Mund flüstert plötzlich direkt neben meinem Ohr. Ihr warmer Atem streicht über die Muschel. Manja spricht ihre Worte direkt in meinem Kopf. Sie riecht nach Kaugummi und nach säuerlich halb verdautem Kaffee.

»Nicht sehr kreativ, oder was denkst du?«

Ihre Stimme hat sich zurückgezogen. Als ich mich drehe, steht sie ein paar Schritte entfernt und schaut aus dem Fenster. Ich zucke die Schultern.

»Keine Ahnung. Seit wann müssen Passwörter kreativ sein?«

Sie rollt die Augen und wischt die Unterhaltung mit einem Wedeln ihrer Hände aus dem Zimmer. Sie sagt, dass sie sowieso nicht glaube, dass mir damit geholfen sei. Und ich lächle den Rechner an, auf dessen Bildschirm sich das

Mailprogramm öffnet. Ich fühle eine satte Genugtuung dabei, sie in ihrer zornigen Ahnungslosigkeit zu sehen, sie dabei zu beobachten, wie sie durch den Raum stapft. Gar nichts weißt du, bockige Stute, gar nichts. Ich denke an die Postkarte, die ich in jenen Band von *Krieg und Frieden* gelegt habe, den ich als Erstes in seiner Wohnung gelesen habe. Alles ist zum Greifen nahe, für sie. Streck doch die Hand aus, Manja, greif doch zu.

Stattdessen kocht sie sich einen Tee, schaut mir über die Schulter, als ich seine gesendeten Objekte nach Schlagwörtern durchsuche: Reise, Abhauen, Krankheit, Herz. Zu *Reise* finden sich einige Nachrichten, unter anderem an Finn, aber dabei geht es um Planungen für einen gemeinsamen Sommerurlaub. Auch das ist eine Überraschung, ein kleiner Dorn, der sich unter die Fingernägel schiebt. Nichts ist zu finden zu Felix, zu seinem Zustand, seinen Plänen. Ich schließe das Programm.

»Fehlanzeige.«

Manja kommentiert, doch sie tut es laut, überdeutlich, nicht mehr stumm und in meiner Vorstellung. Im Spiegel des Fensters sehe ich sie hinter mir stehen, eine Tasse in der Hand, den freien Arm um ihren Bauch geschlungen.

Ich durchsuche die Festplatte, finde einen Ordner mit Fotos. Kanada: Landschaften, Berge, ein Fluss, gigantisch breit, vermutlich der Sankt-Lorenz-Strom. Bilder auf dem Wasser, Touristen mit gezückten Kameras, der schwarz glänzende Rücken eines Wals, der sich wie ein Bogen aus dem Fluss hebt, daneben kleine Gummiboote, die auf der Dünung zu tanzen scheinen. Ich sehe den Wald, der auch den Hintergrund seines Rechners bildet, sehe die schwarzen Stümpfe der verbrannten Flächen, sehe eine Aufnahme von Felix' Füßen in feuchter Asche, vor ihm das vom Regen aufgewühlte Ufer eines Sees.

Jemand hat eine Aufnahme von ihm gemacht, auf der ihm die Haare nass in die Stirn hängen. Er lächelt. Auf seine Wangen hat er sich zwei schwarze Striche gemalt hat, wie ich sie sonst nur von amerikanischen Footballspielern kenne. Aschestreifen, denke ich, und dass sie Felix fast wie einen Clown aussehen lassen. Und endlich sehe ich Gesichter, eine Gruppe von Freunden, offensichtlich, in einem Park, bei einem Picknick. Einige junge Männer und Frauen lachen über einen Freund, der versucht, einen Kopfstand mit Motorradhelm zu machen. Später sitzen alle auf Decken, vor sich Essen und Bierflaschen. Und inmitten dieser Gruppe Felix, der irgendwann die Kamera aus der Hand gegeben haben muss und auf einem Bild von einem Mann mit dunklem Vollbart umarmt wird.

Im nächsten Bild sieht man ihn in einem Café in der Stadt. Felix ist über eine Keramikschüssel gebeugt, einen Pinsel in der Hand, mit dem er ein buntes Muster malt, an dem er anscheinend schon eine Weile gearbeitet hat.

Die nächste Aufnahme zeigt ihn mit der Schüssel in der Hand und einem etwas schiefen Lächeln, vor der Fassade dieses *Café des Artistes*. Montreal, wie mir Manja, die näher gerückt ist, bestätigt.

Nach einigem Suchen erscheint endlich das Gesicht, auf das ich insgeheim die ganze Zeit gewartet habe. Dunkle Locken, kräftige Brauen über grünen Augen, die linke von einer Narbe durchzogen. Die Fremde sitzt am Tisch eines Restaurants und lächelt in die Kamera. Sie trägt ein einfaches, schwarzes Kleid, das von einem kleinen Busen gewölbt wird, ein rotes Tuch um ihren Hals, an den Ohren kleine Ohrringe. Ihre Nase wirkt ein wenig zu groß, als dass man ihr Gesicht hätte ebenmäßig oder perfekt nennen können. Aber ihre Lippen, ihr Mund, formt ein Lächeln, das ein wenig spöttisch wirkt, in dem aber noch etwas anderes liegt, das meinen Blick gefangen hält. Sie scheint sich über das Foto zu amüsieren, über Felix oder etwas, das im Laufe dieses Tages geschehen ist.

Jetzt folgen immer mehr Fotos der Fremden: In einem Auto am Lenkrad, den Blick auf die Straße gerichtet. In einem eleganten Kleid vor einem Theater- oder Konzerthaus, in Jeans und Wanderschuhen in den Bergen und schließlich im Aufenthaltsraum einer Pension oder eines Hostels, in Jogginghose und mit hochgesteckten Haaren an Felix gelehnt, der nur Boxershorts und ein T-Shirt trägt.

Sie hat die Kamera mit einer Hand vom Körper gestreckt und die Aufnahme von ihnen selbst gemacht. Beide lachen und sehen sich an.

»Die schon wieder.«

Manja spuckt die Worte aus. Kleine Tröpfchen bleiben an meinem Ohr kleben.

»Die hat er ja anscheinend besonders gerne fotografiert.«

»Und wer ist sie?«

»Kann ich dir nicht sagen. Hat er nie erwähnt. Wird also nicht wichtig sein. Und sonst? Willst du nur Fotos gucken? Oder war's das?«

Ich gebe vor, noch ein paar Seiten in seinem Tagebuch lesen zu wollen. Manja seufzt, lässt sich auf das Sofa fallen und macht den Fernseher an. Eine Serie flimmert über den Bildschirm. Manja schnauft, als müsse ihr Atmen die albernen Sätze, sogar die Bewegungen der Schauspieler vorantreiben. Ich schlage das Buch auf.

30.11.

Der Dezember klopft an meine Tür, an meine Scheiben. Raureif und Kondenswasser wechseln sich ab. Bei jedem Besuch vor dem Krankenhaus wird es kälter. Ich friere, stoße kleine Atemwolken in ihre Richtung aus.

Ich stelle mir vor, dass es erste Berührungen sind, kleine Tröpfchen meines Körpers, die sich auf ihre Schultern legen und dort zu Kristallen frieren. Manja fängt an zu erzählen, und ich lasse sie reden. Von alten Männern, die sich die Katheter aus dem Harnkanal reißen, die das Blut in ihren Urinbeuteln nicht ertragen und jämmerlich weinen, die sie anfassen wollen, ein bisschen nur, ihr den Hintern oder die Brüste tätscheln. Und sie kann ihnen nicht einmal böse sein, sagt sie. »Was haben die denn noch?«, fragt sie mich, und ich kann nicht anders, als die Schultern zu zucken und meinen Blick über den kleinen Park streichen zu lassen, der langsam seine Farbe verliert. Letzte bunte Blätter, die sich aus den Bäumen wehen lassen, zu ihren Artgenossen am Boden, um dort zu einem braunen Brei zu verklumpen. Der Rasen, die Bänke, auch das Wasser des kleinen Teichs ergraut. Es ist ein Grau, das sich in alle Farben mischt. Nur Manjas Hose leuchtet weiß, wenn sie von den Alten erzählt, vom Sterben, als sei es das Natürlichste von der Welt.

Ich sehe sie mir an, sehe sie dort auf der Couch sitzen, die Arme auf die Lehne gelegt, ihre strubbeligen, dunkel gefärbten Haare. Der Fernseher flimmert um ihre Silhouette, zeichnet einen Scherenschnitt davon in den Raum. Für mich ist sie schon nicht mehr Teil dieser Wohnung. Ich habe den Schlüssel, ich habe das Passwort, ich habe alles, was ich brauche. Vielleicht werde ich sie anrufen, von Zeit zu Zeit, ihr ein paar Brocken zu kauen geben, ihr gleichzeitig signalisieren, dass mein Interesse nachgelassen hat. An Felix, auch an ihr. Ich male mir ihre Wut aus, ihre Enttäuschung. Also schalte ich den Rechner aus, drehe mich auf seinem Bürostuhl und rolle seitlich neben das Sofa.

»Bringt ja doch nichts.«

Sie sieht mich an. Sie wirkt müde.

»Genug?«

Ich nicke, sie steht auf. Der Fernseher knackt laut, als sie ihn ausschaltet. Manja zieht die Tür hinter uns ins Schloss, versucht einige Male vergeblich den Schlüssel anzusetzen, ehe es ihr gelingt. Der Riegel rastet ein, sie zuckt die Schultern.

»Melde dich, wenn dir noch was einfällt.«

Wir treten gemeinsam auf die Straße. Sie gibt mir die Hand, wünscht mir einen schönen Abend. Dann biegt sie nach links ab, läuft die Straße in Richtung des Viadukts davon. Ihr Rücken bildet zum ersten Mal keine Gerade mehr, die Winkel an ihrem Körper verbiegen sich, während sie sich langsam entfernt.

Ich sitze auf dem Sofa, habe die Einkäufe vom Dachboden geholt und eingeräumt, mich danach einsinken lassen, in die Wohnung, in sein Denken. Das Tagebuch auf meinem Schoß, wie ein Märchenonkel, der sich selbst vorliest.

15.12.

Die U-Bahn jagt über die Schlesische Straße und weht einen weißen Nebel auf, der seitlich auf die Straße pulvert, Schnee nach dem Schneefall. Einige Leute bleiben stehen, legen die Köpfe in den Nacken und lassen den kurzen Schauer über sich ergehen. Der Winter richtet sich ein, kriecht in Häuser, S-Bahnen und Straßenecken. Kälte, die mich bremst, die mich beruhigt, obwohl der Ruhepol verschwunden ist. Vier Tage lang wartete ich vor der Tür, wartete auf ihren sicheren Gang, den Blick, der auf mir ruht, in mir ruht, selbst wenn sie mich mustert, taxiert. Ihre Kolleginnen erzählen von Urlaub, aber ich sehe es an ihren nervösen Blicken, dass sie sich vor mir versteckt, dass sie mich meidet, mich durchschaut hat. Ein falscher Kranker, wird sie denken, ein kranker Kopf, der sie verfolgt. Und das Schlimmste ist, dass sie recht hat mit dieser Vermutung. Ich bin kein Kranker, solange ich mich in ihrer Nähe aufhalte, ich bin gesund. Ohne sie muss ich in die Kälte, muss hinaus, bis mich die Minusgrade zittern lassen. Dann weiß ich, woher es kommt.

18.12.
Um zu verstehen, zu beobachten und Schlußfolgerungen zu ziehen, muß sich der Mensch vorher selbst als lebend erkennen. Tolstoi, alter Holzkopf, denke ich, alter Eremit, alter Wirrschädel, aus dem so viele Geschichten entsprungen sind. Was denn, wenn ich gerade dabei bin, mich als nicht lebend zu erkennen. Höre ich dann auf zu beobachten und Schlussfolgerungen zu ziehen? Aber Tolstoi schweigt, zieht durch die Lande, möchte ein mittelloser Wanderer sein und kann es doch nicht. Lungenentzündung und aus.

20.12.
Das Jahr schleicht sich davon, fährt die Lautstärke herunter und schweigt. Ich habe die Wege zum Krankenhaus eingestellt, habe beschlossen, dass ich auch so unter Kontrolle zu bringen bin.

31.12. (morgens)
Rückkehr von der Heimatfront. Der Gefreite Carsten befindet sich wieder in der Etappe, er leckt häusliche Wunden. Ich halte den Blick meiner Mutter nicht mehr

aus, ihren dumpfen Blick in der Küche oder morgens, wenn ich ihr im Flur entgegenkomme. Und kaum ist der Baum geschmückt, kaum versammelt sich diese Ansammlung von Fremdkörpern im Wohnzimmer, irgendein Kinderchor jubiliert von einer CD, dann glänzen ihre Augen, sie strahlen, reflektieren die winzigen Glühbirnen der Lichterkette. Sie faltet die Hände vor der Brust ineinander, seufzt, geht zum Alten und drückt ihn, drückt ihn so fest, als wäre diese Nordmanntanne ihr Glück, und er dafür verantwortlich.
Und er lächelt verlegen wie ein Kind, kratzt sich am Kopf, der nur noch von dünnen Haarbögen überspannt ist. Und sie sagt: »Schön!« Mehr nicht. Schließlich legt er den Arm um sie, drückt ihr einen Kuss auf die Stirn. Dann folgt der schlimmste Moment, der Augenblick, der mir einen Schauer über die Arme laufen lässt: Wie sie sich drehen, ganz langsam und verschmolzen, ein zusammengeflossener Menschenbrei, und wie sie mich ansehen. Sie breitet den Arm aus, den linken, den sie nicht um seinen Rücken geschlungen hat, spreizt ihn vom Körper ab. Da stehen sie, wie für ein Familienfoto präpariert, nur der Sohn fehlt noch, steht ihnen gegenüber und starrt sie an. Der Moment, in dem sie ihn in ihre Arme schließen, löscht ihn aus, fügt ihn ein in diese Feiertagsglücklichkeit, in die er sich hineinspülen muss, mit zahlreichen Gläsern Rotwein, bis ihm der Kopf so schwer wird, dass er auf den Wohnzimmertisch sinkt und einschläft.
Schon der nächste Morgen ist grau, als hätten die Glühbirnen des Baumes nicht gestrahlt, sondern alles Licht dieses Hauses in einem langen Abend eingesaugt und verschluckt.

Ich sehe die Zeichen wieder, sehe sie beim Frühstück nur allzu deutlich. Wie er mich anschaut und in diesem Blick für mehrere Sekunden kein Erkennen mehr liegt. Sie hat ihn angesteckt, denke ich, hat ihn angesteckt mit ihrem Vergessen. Und ich denke noch, dass er es verdient hat. Ich nehme mir vor, sie danach zu fragen, aber stattdessen tappe ich kalt und leblos durch die nächsten Tage, bis ich am Dammtor in einen weißen Zug steigen kann, der mich herausreißt aus diesem kalten Schützengraben von einem Haus.

Der Zug gleitet langsam Richtung Hauptbahnhof. Rechts die Lichter an der Binnenalster, das glitzernde Alsterhaus, die Fontäne, der Anleger des Jungfernstiegs. Dahinter der Turm des Rathauses, auch er leuchtend, und in den Nachthimmel gereckt wie ein Mittelfinger. Ich gehöre hier nicht mehr her, denke ich, obwohl es zuhause ist. Ich bin erstaunt über das Fehlen von Traurigkeit. Meine Hände sind ruhig.

1.1. (morgens)

Da wären wir also. Ein Jahr gemeinsam miteinander überstanden, liebes Tagebuch. Ich war dir untreu, habe dir Dinge verheimlicht, Informationen zurückgehalten, dich belogen. Eine gute Ehe also, alles in allem. Noch hältst du zu mir, noch bieten sich die Seiten dar, in ihrer weißen Blöße. Der Stift gleitet ab, Buchstaben brechen aus, verweigern den Gehorsam, aber ich zwinge sie, in dieses Buch, in eine Form. Das alte Jahr hat sich ausgefunkelt, gesprüht, geknallt. Oben, auf dem Dach, sammelten sich vermummte Gestalten, die Sektkorken knallen ließen, Leuchtraketen über die Brüstung hinweg in den Himmel jagten. Eine Viertelstunde leuchtete die Nacht, dann deckte alles ein Mantel aus Rauch und Schwefel zu, der in der Nase brannte. Auf dem Rückweg stapfte ich durch Straßen, in denen letzte Menschengruppen wie Schmutz unter den Zehennägeln hingen. Einige Regentropfen fielen, lösten die Überreste von Böllern und Feuerwerkskörpern auf, hinterließen eine braune Papierakne, mit denen die Stadt einige Tage zu kämpfen haben wird.

Vielleicht wird es etwas, zwischen ihm und mir.

Ich klappe das Buch zu, lege beide Hände darauf. Ich erinnere mich an die Silvesterparty in einem der Türme des Frankfurter Tors. Von außen weiße Kacheln, quadratischer Grundriss, ein Sockel aus Stein und Beton, ganz oben die gläsernen Kuppelspitzen, an diesem Abend hell und in verschiedensten Farben leuchtend.

»Sozialistischer Klassizismus«, lallte Felix, der an diesem Abend schon früh völlig betrunken war. Er hatte, noch beim ersten Treffen in meiner damaligen Wohnung, eine Flasche Whisky dabei, die er den gesamten Abend nicht aus der Hand gab.

Als wir die U-Bahn verließen und auf die Zuckerbäckerbauten zuliefen, musste ich ihn stützen. Er reckte die Arme in die Luft und rief, jetzt ginge es hinauf, bis über die Wolken. Wir fuhren in den siebten Stock, schoben uns in die überfüllte Wohnung, empfingen Begrüßungsküsschen vom kirschroten Mund einer unbekannten Gastgeberin, deren ascheumrandete Augen mich einen Tick länger als nötig musterten.

»Fühlt euch wie zuhause«, sagte sie, um sich sofort den nächsten Ankömmlingen zuzuwenden. Wir stolperten durch den kurzen Flur, der eine dunkle Schleuse war, hinter der sich die Wohnung ausbreitete. Ein quadratisches Wohnzimmer, darin eine Couchgarnitur aus Leder, auf der einige Typen lagen und an die Decke starrten. Im Hintergrund französische Fenster, die Lichter der Allee. Ein Mädchen hockte auf dem Boden, hatte beide Hände gegen die Scheibe gepresst, wippte zum Rhythmus der Musik mit dem Oberkörper und starrte hinab auf die rasenden Autos. Durch ein Fenster im Badezimmer, dessen Vergitterung durchgesägt worden war, stiegen wir auf das Dach des Nachbarhauses. Es war nicht sonderlich kalt, nicht einmal unter null, und immer mehr Menschen zwängten sich unter den Resten des Gitters hindurch ins Freie. Felix und ich teilten den Whisky. Um Mitternacht begann das Zischen der Raketen, das Jaulen einiger Heuler. Böller krachten, und es stieg tatsächlich dieser schweflige Nebel auf, den er beschrieben hatte. Felix tauchte ab, verschwand darin oder in der Wohnung. Und ich? Ich blieb, ich tauchte in dunkle Augen, leckte über die roten Lippen der Gastgeberin. Wir wühlten uns auf dem Bett, bis sie sich plötzlich wegdrehte und sagte, dass ich jetzt besser gehen sollte. Taggrau, der Kopf ein Hohlraum, als ich nach Hause stolperte.

Ich wünsche mir Ablenkung, ohne dass ich Felix ganz aus meinem Kopf verdrängen kann. Ich wähle Finns Nummer. Es klingelt lange, schließlich erklingt seine Stimme, gedämpft, als stünde er in einer winzigen Kammer oder einem Stollen.

»Ja?«

»Ich bin's, hast du Lust auf ein Bier, im Nachtlager, bei Felix um die Ecke?«

In der Leitung herrscht völlige Stille, kein Knacken, keine Geräusche im Hintergrund. Er spricht aus einem Vakuum.

»Okay.«

»Halbe Stunde?«

»Okay.«

Er legt auf. Ich habe mit einem Roboter geredet, einer Antwortmaschine, die lästige Anfragen erledigt. Ich starre auf die Tischplatte. Finn und Biere also, das ist alles, was mir einfällt. *Kneipenphilosophen.* Dieses säuerliche Wort will nicht verschwinden. Finn wird schweigen, nachdenken, langsame Sätze sagen. Möglich, dass er mich beruhigen kann, wahrscheinlicher ist, dass ich mich aufrege.

Ich erkenne ihn erst, als er vor meinem Tisch steht und mir die Hand entgegenstreckt. Finn sieht aus, als zerfleddere er. Seine Haare stehen am Hinterkopf und über der Stirn von seinem Schädel ab, er trägt einen Vollbart. Weiß ist er, noch blasser als sonst, die Adern schimmern kräftig auf seiner Stirn. Die Haut um seine Augen ist bläulich und scheint so trocken, als müsse sie knistern, wenn man sie anfasst. Seine Mundwinkel sind eingerissen und die Augen wässrig, unscharf. Er drückt meine Hand. Seine Haut ist rau.

Er setzt sich, trinkt wortlos von seinem Bier. Ich warte auf eine Eröffnung, aber er schweigt. Um uns das Gurgeln der anderen Stimmen, aus dem ab und an einzelne Sätze herausragen, wie Fischflossen aus einem rauschenden Fluss.

Finn hat sich verändert, als habe ich ihn wochenlang nicht gesehen. Für einen Augenblick trifft mich dieser Schreck, ich habe die Zeit vergessen, habe in den gefühlten Stunden über Felix' Tagebuch Tage verstreichen lassen. Nichts ist sicher in diesem Moment, alles möglich, wenn sich selbst Finn auflöst, vor meinen Augen seine Konturen verliert.

»Eine Kollegin.«

Es sind seine ersten beiden Worte an diesem Abend, und sie scheinen nicht aus seinem Mund, eher aus der Tiefe seines Bauches zu klingen. Er greift in seine Jackentasche, kramt ein Paket Zigaretten heraus und zieht umständlich eine Kippe hervor.

»Stört's dich?«

Ich schüttle den Kopf.

»Auch eine?«

Ich greife zu, klemme den Filter zwischen die Lippen und reiße ein Streichholz an. Der Rauch zieht in die Lunge, ich halte, warte, stoße eine Wolke aus, die sich unter der niedrigen Tischlampe im Kreis dreht. Das Nikotin schießt durch meinen Körper, gefolgt von einem Schwindel, der mich meine Entscheidung bereuen lässt. Finn stützt seinen Ellenbogen auf den Tisch, reckt die Zigarette wie eine Fackel nach oben und starrt auf die glühende Asche, bis sie sich langsam nach unten biegt.

»Ich ficke eine Kollegin. Schon seit ein paar Monaten.«

Er sieht mich an, zum ersten Mal an diesem Abend, sieht mir direkt ins Gesicht. Sein Mund ist verzogen.

»Wahrscheinlich traust du mir das nicht mal zu. Aber ich treibe es mit ihr schon seit fast zwölf Wochen.«

»In Hotels?«

»In der Schule. Nach dem Sport, in der Halle, in den Lehrer- und Schülerumkleiden. In leeren Klassenräumen, in Abstellkammern. Neulich haben wir es das erste Mal im Lehrerzimmer gemacht.«

Er krächzt und reibt mit den Handknöcheln über seinen Hals, trinkt einen Schluck, sieht mich dabei über den Rand seines Bieres hinweg an. Meine möglichen Antworten fließen seine Kehle hinunter, um im Magen verdaut zu werden. Nur langsam, Stück für Stück, kehren einige Versatzstücke zurück.

»Warum sollte ich dir nicht …«

Er winkt ab.

»Is schon okay. Finn, der Kontrollierte. Finn, der Gradlinige. Kenne ich ja, ist ja alles gesagt oder gedacht. Was soll's. Is ja auch nicht schlimm.«

»Das is doch Unsinn.«

»Ja, das ist wirklich Unsinn. Weil der Kontrollierte eine Lehrerin vögelt, die ihn eigentlich auch bewerten müsste, die seine Koordinatorin ist. Also steckt der Herr Referendar seinen Schwanz rein. Koordiniert sich ja auch besser so.«

»Wie hat das angefangen?«

»Ja, das ist mal eine Frage.«

Er legt sein Gesicht in beide Hände. Als er aufsieht, leuchten seine Wangen rot, was ein Lebenszeichen ist, mich aber nicht beruhigt.

»Nach einem Elternabend hat es angefangen, ohne Vorwarnung. Sie hat mich geküsst, als wir die Stühle und Tische zurück an ihre Plätze geräumt haben. Sie hat mich festgehalten, am Knöchel meiner Hand, und hat mich zu sich gezogen. Das Schlimmste«, sagt er, »ist die Tatsache, dass ich nie gezögert habe, dass ich mich nach dieser Eröffnung ebenso auf sie gestürzt habe wie sie sich auf mich.«

Er setzt ab, presst die Augen auf seine Fäuste, als müsse er Tränen zurück in den Kopf drücken. Dann steht er auf, geht zur Toilette. Während er fort ist, schaue ich auf mein Handy, auf dem eine Nachricht von Sarah wartet, die ich ignoriere. Finn kommt zurück und setzt sich. Er schüttelt kehlige Laute hervor. Er lacht, sage ich mir.

»Das musst du dir mal vorstellen. Ich. Ich und eine Affäre.«

»Ja und? Wechsel die Schule.«

»Genau, ich wechsle mitten im Referendariat die Schule. Grund? Akute Übervögelung. Natürlich, Herr Hagendeen, da haben wir Verständnis für. Scheiße.«

Er schlägt mit der flachen Hand auf den Tisch. Sein Glas macht einen Sprung, kippt eine Welle Schaum über den Rand.

»Alles löst sich auf, weißt du. Alle Planungen, alle Gedanken an Annika und mich. Ich weiß nicht, wie sie reagieren wird, ich weiß nicht, was sie sagen wird. Ich weiß gar nichts mehr.«

»Ja«, sage ich. »Alles löst sich auf.«

Und er schaut mich an, mit seinen blau geränderten, aufgequollenen Augen, blickt durch einen Schleier aus bereitstehenden Tränen ganz klar und gerade zu mir herüber.

Morgens spiegelt sich die Sonne in einem gegenüberliegenden Fenster, setzt sich von dort aus direkt in mein Gesicht. Glasblitze, ein Flackern vor und in den Augen, als sei der gesamte Raum überbelichtet. Ich drehe mich auf die Seite, sehe das Blinken meines Handys. Ein kurzer Text von Finn:

danke dir. für dein ohr, deinen kopf und deine leber

Dazu Sarahs Nachricht von letzter Nacht, die ich bisher ignoriert habe.

*post von deinem gespenst. habe sie im kasten gelassen. weigere mich zu glauben, dass du dich nicht mehr melden wirst. du scheinst ausgelöscht, wären da nicht all diese dinge in der wohnung, die mich daran erinnern, dass es dich gibt, gab, gegeben hat. s**

Ich schaue auf die Uhr. Es ist bereits später Vormittag, Zeit, die Sarah in Workshops verbringen wird, in ihrer Journalistenschule. Der Gedanke, sie womöglich zu treffen, erzeugt Gänsehaut. Oder es ist die Vorstellung, dass eine Karte oder vielleicht sogar ein Brief von Felix im Briefkasten auf mich warten wird.

Der eigene Hausflur ist mir sonderbar fremd, über den rotbraunen Fliesen sind die Wände weiß, auf Brusthöhe eine Bordüre aus schwarzen Blumen, die sich durch den gesamten

Flur ranken, in sauberer Linie in alle Stockwerke wachsen. Links die Tür zum Fahrradraum, gegenüber die Praxis der Physiotherapeutin, zu der Sarah von Zeit zu Zeit gegangen ist. Hilfe im Haus, hat sie das genannt, und die aufgetragenen Übungen einige Wochen lang auf dem Wohnzimmerboden weitergeführt, bis sie es vergaß, sich wieder über den Schreibtisch beugte, erneut Schmerzen bekam und zur Therapie ging. Am Ende des Flurs linker Hand der Treppenaufgang, rechts der Durchgang zum Hof, an der Wand davor die schwarzen Briefkästen.

Ich ordne die Post. Eine Wochenzeitung und einige Rechnungen, zwischen denen zwei Postkarten stecken. Die eine zeigt einen Festungsring, aus der Luft aufgenommen, Spitztürme, Zinnen, im Hintergrund grüne Felder und Hügel, darüber in schnörkeliger Schrift: *Cité de Carcassonne.* Auf der anderen Karte eine Baumreihe, die sich von rechts in das Bild neigt, Äste und Blätter bis weit über einen kleinen Weg und eine glatte Wasseroberfläche hängen lässt, die sich von der linken Bildseite aus bis auf die halbe Höhe der Aufnahme erstreckt, dort unter einer Steinbrücke verschwindet. Ich drehe die Karte. Oben links versteckt sich ein kleiner Schriftzug. *Canal du Midi.* Darunter seine feine Schrift, rechts meine Adresse. *An Inspektor Jakob Lettner.*

Ich betrachte erneut das Foto. Auf dem Weg, kurz vor der Stelle, an welcher der Schatten der Brücke Kanal und Ufer überspannt, spazieren zwei Gestalten, zwei schwarze Konturen nur, kaum höher als der Nagel meines kleinen Fingers. Ich stelle mir vor: Felix und ich am Wasser, auf dem Weg in eine Stadt, ein Dorf. Er würde erzählen, ruhig und doch ausgreifend, wie er es immer getan hatte. Über uns die Blätterschatten, bewegt durch das leise Sausen des Windes, von fern das Rauschen des Verkehrs auf einer Landstraße. Ich wende die Karte erneut, lese seine zweite Nachricht, stehend, im Halbschatten des Hausflurs.

Der Weg führt am Kanal entlang, meine Schritte sind gegen die Strömung gesetzt. Kanus und Hausboote kommen mir entgegen, Badewannenkapitäne stehen am Steuer, ausgerüstet mit Shorts, Sonnenbrille und blauer Mütze. Die Kinder spielen an Deck, die Frau sonnt sich. Familienidylle aus den 50ern tuckert an mir vorbei, hinterlässt ein Lächeln und würzigen Dieselgeruch. Der Wind treibt Schwärme von Blütenpollen durch die Luft, die sich auf die spiegelglatte Oberfläche des Wassers setzen, dort schwimmen, bis sie sich vollgesogen haben und untergehen. Weiter oben rauschen die Blätter, der *Cers* biegt die Stämme nach Süden. Ich bilde mir ein, er triebe mich vor sich her, obwohl ich nach Westen laufe. Kein Ziel, nur eine Richtung, in den Beinen, nicht im Kopf.

Ich stecke die Karte in meine Jackentasche, schiebe auch die zweite dazu. Ich schaue die Treppe hinauf, denke an Sarah, an unsere Wohnung. Ich setze einen Fuß auf die Treppe.

Oben gehe ich an der Schlafzimmertür und der Küche vorbei, aus der es nach kalter Asche riecht. In unserem Wohnzimmer dagegen duftet es süßlich nach Leder, als habe sie das Sofa poliert, während ich fort war. Die Erde in den Blumentöpfen am Fenster ist feucht und satt. Ich greife mit Daumen und Zeigefinger neben einen Ficus, verreibe den schwarzen Brei mit den Innenflächen, bis er sich in die feinen Rillen der Haut setzt. Über die Warschauer Brücke schieben sich Menschenfiguren, darunter rumpelt die S-Bahn dahin. Ich versuche, meinen Blick über die Gleise, die Spree und die Häuserdächer zu schicken, versuche eine Verortung von Felix' Wohnhaus, die nicht gelingt. Mir fehlt das Gefühl für Distanzen, könnte ich einen Stein werfen, so weit ich es nur will, er würde wohl im Fluss versinken oder über das Ziel hinausschießen und im Görlitzer Park landen.

Ich nehme beide Karten aus der Tasche. Auf dem Weg ins Wohnzimmer bleibe ich stehen, lasse die Hand auf der Klinke zum Schlafzimmer liegen. Es ist frisch, fast kalt, die weißen Vorhänge wehen vor dem geöffneten Fenster. Das Bett ist sauber bezogen, weißer Stoff über dicken Daunendecken, die ein Geschenk ihrer Mutter zum Einzug gewesen sind. Die ganze Familie hatte geholfen, vor einem Jahr. Vater und Mutter sind mit dem Auto aus Kiel gekommen, ihr Bruder mit dem Zug aus Tübingen. Die Selbstverständlichkeit, mit der sie sich unter unsere Freunde mischten, Kisten und Möbel schleppten, danach in der zugestellten Wohnung standen, Bier tranken und Würstchen aßen, verwirrte mich zutiefst. Abends luden sie uns zum Essen ein, schliefen danach auf Isomatten im Wohnzimmer. Zum Abschied, am nächsten Morgen, umarmte ihre Mutter mich das erste Mal, drückte mich so fest, als müsse sie die Konsistenz meines Körpers prüfen.

Ich lege mich auf den Rücken, halte beide Karten nacheinander über mich und betrachte die Aufnahmen. Das Bild des Kanals ist fein, die Farben sind satt und lebendig, das Foto der Burg von Carcassonne dagegen grobkörnig und ausgeblichen, als habe es zu lange auf einem Kartenständer in der Sonne gewartet. Diesmal steht bei Adresse und Namen der Zusatz *Hauptkommissar:*

Robin Hood haben sie hier gedreht. Erinnerst du dich? Kevin Costner und sein Sarazenenfreund, die Hexe, die wir damals beide so unheimlich fanden. Alles ist wie

Disneyland, nur im 19. Jahrhundert renoviert. *Patrimoine culturel de France.* Und sie kommen in Bussen, kommen in Massen, um ihre wenigen Schritte zu Fuß zu machen. Man möchte einen Streitkolben schwingen, einen Morgenstern, um ihn auf Fettbäuche und Quallenköpfe zu schlagen. Aber nachts leert sich die *Cité,* ich wandere alleine im Licht der Scheinwerfer über die Burgmauer, durch Gräben, in kleinen Gassen. Dann könnte ich beinahe glauben, dass alles echt ist. Und du?

Ich lese beide Karten erneut, versuche ihn mir vorzustellen, auf einem der Türme oder auf dem Weg entlang des *Canal du Midi.* Er zieht ins Landesinnere, das weiß ich jetzt, zumindest für den Moment. Er scheint zu Fuß unterwegs zu sein, muss aber Teile der Strecke mit dem Zug oder per Anhalter zurücklegen. *Kein Ziel, nur eine Richtung, in den Beinen, nicht im Kopf.*

Felix hatte Sarah von Beginn an gemocht. »Die ist gut für dich.« Dazu nickte er hastig. Wir saßen damals in seiner Wohnung, und ich erzählte ihm von meinen Zweifeln, davon, dass das große Kribbeln fehlte, die Aufregung. Alles war eine große Wärme, von Beginn an, war Vertrautheit, schon nach einer Woche.

»Genau das«, sagte er, »genau das ist es doch. Das andere verschwindet sowieso. Und du hast das gleich, du hast die Biologie übersprungen, gleich in den Kopf.«

Dieser Satz blieb mir in Erinnerung, obwohl ich bis zum heutigen Tag nicht sicher bin, was er damit gemeint hat. Aber etwas dämmert mir. Dass es nicht gut ist, die Biologie zu überspringen. Dass auch die Wärme verschwunden ist, bis nur noch ein kleiner Kern geblieben ist, den ich mit anderen Gedanken ummanteln und verdecken kann.

Felix hat sich geirrt, hat danebengelegen, nicht zum ersten Mal. Sarah wiederum hielt ihn für verschroben und seltsam. Wir sind zusammen ins Kino gegangen und haben Südfrankreich gesehen, auch damals, in *Swimmingpool,* die Hirngespinste einer Krimiautorin, den nackten Körper von Charlotte Rampling. Ruhige Bilder, wie gemalt, durch die der Wind einige Blätter oder Menschen wehte. *À la surface, tout est calme.* Er hatte den französischen Untertitel recherchiert, gestikulierte und stellte die Theorie auf, dass die Autorin in zwei Realitäten gelebt habe, dass sich die Dinge in ihrem Kopf und die bekannte Welt tatsächlich vermischen konnten. Sarah hielt das für Schwachsinn.

»Eine Fantasie, das ist es einfach«, sagte sie. »Und der Zuschauer sieht sie durch ihre Augen, bis zum Schluss, bis alles aufgelöst wird.«

Felix fragte, ob das letztendlich nicht dasselbe sei.

»Wie der redet«, sagte sie später, »und wie er mich angesehen hat. Gestarrt hat er, anders kann man das nicht nennen.«

Vielleicht hatte sie recht, auch wenn ich ihr damals widersprach. Und er hatte unrecht, sich geirrt, hatte sie womöglich für jemanden gehalten, der ihm selbst hätte helfen können. Alles ist eine Verwechslung gewesen, von Anfang an.

Das Schloss knackt, Sarahs Schritte tappen durch Flur und Gedanken, ihre Füße laufen in mich hinein, treten im Halbschlaf auf erste Traumbilder und lassen sie zerplatzen. Ich schrecke hoch. Sie steht in der Tür, trägt noch ihren Mantel und Stiefel, lehnt ihre Schulter gegen den Rahmen und sieht mich an. »Du.«

In ihrer Stimme schwingt Überraschung, das Gesicht ist weich, ihre Züge entspannt. Freude, denke ich, aber auch Resignation.

»Für die Karten oder für mich?«

Ich hebe den Oberkörper, stütze mich auf die Ellenbogen.

»Beides, glaube ich.«

»Ja, natürlich.«

Sie zieht die Stiefel aus, kommt im Mantel zu mir herüber und lässt sich neben mir auf das Bett fallen. Ihre Haare sind offen, fallen ihr über die Stirn und auf die Bettdecke. Sie dreht sich auf die Seite, legt ihren Kopf auf dem Arm ab und sieht mich an. Sie zieht ihre Beine an den Körper, hält ihre Knie wie eine Barriere gegen meinen Körper gestemmt. Ihre Augen sind ständig in Bewegung, suchen mein Gesicht ab, als gelte es, sich an mich zu erinnern, mich mit dem Jakob zu vergleichen, der vor zwei Tagen aus ihrem Auto gestiegen ist.

»Was schreibt er?«

»Hast du sie nicht gelesen?«

»Ich hätte sie am liebsten gar nicht angefasst.«

»Er ist zu Fuß unterwegs. Südfrankreich. *Canal du Midi.*«

Sie verzieht den Mund. »Und was soll das?«

»Ich weiß nicht. Ich weiß nicht mal, ob das was soll.«

»Aber warum macht der das?«

»Er ist krank, glaube ich.«

»Krank im Kopf.«

»Ja, das auch. Und sein Herz.«

»Sein was?«

»Herz. Glaube ich zumindest. Ich verstehe zu wenig davon. Irgendwas mit den Klappen.«

Sie dreht sich auf den Rücken. Ihre Lippen heben sich wie zwei rote Bergketten. Mein Blick saugt sich daran fest. Als sie spricht, entblößt sie ihre weißen, ein wenig krummen Zähne, für die sie sich manchmal schämt. Ich habe diese Zähne immer besonders an ihr gemocht.

»Also tatsächlich was Ernstes.«

»Kann sein. Ich glaube nicht. Sonst würde er doch nicht herumwandern.«

»Warum nicht?«

»Ja, warum. Ein Fluchtpunkt, vielleicht. Aber all der Aufwand, wenn es ihm schlecht ginge?«

»In den Süden zum Sterben. Passt doch. So ein schön sattes Abtreten. Letzter Ausblick ein Weinberg oder ein marodes Château.«

Ihre Stimme ist hart, kühlt den Raum um sie ab. Sie will ihn treffen, will mich durch ihn treffen.

Ich hebe meine Hand, lege die Fingerspitzen auf ihre Wange. Sie bleibt reglos, für ein paar lange Sekunden. Schließlich dreht sie den Kopf, lässt meine Finger auf die Matratze gleiten.

»Ach, hör auf!«

Und plötzlich lacht sie und schüttelt alle Härte aus ihren Zügen. Ihr Gesicht kommt sehr nahe. Ich spüre die Wärme ihres Atems.

»Bisschen einfach, oder?«

Als ich aufwache, ist es dunkel. Sie muss das Licht gelöscht haben, während ich schlief. Das rote Leuchten der Ziffern ihres Digitalweckers wird von der Wand neben mir reflektiert. Ich lege mich auf die Seite, strecke die Hand aus dem Bett und drehe mir das Display zu. Zwei Uhr dreißig. Neben mir ihre Wärme. Sie liegt auf dem Bauch, ihr linkes Bein schaut unter der Decke hervor, das rechte hat sie angewinkelt. Ein leises Schnaufen dringt aus ihrer Nase. Sie strahlt Ruhe aus wie lange nicht mehr. Und trotzdem lege ich meine Decke behutsam neben sie, hebe die Füße aus dem Bett und stehe auf. Ihr kleiner Hinterkopf liegt halb zwischen Decke und Kissen vergraben. Ich hebe Hose und Pullover vom Boden auf, schleiche in den Flur. Jeden Moment glaube ich, dass sie mir nachkommen wird. Aber nur das Laminat spricht mit mir, flüstert leise knackend, dass ich ein Feigling bin, der sich davonstiehlt. Das Schloss schnappt ein, ich bin draußen, habe das Gefühl, wenn auch nur für wenige Augenblicke, dass ich mich endgültig aus ihrem Leben verabschiedet habe. Ich gehe in den Hof, schließe mein Fahrrad los. Aus der Entfernung einiger Stockwerke beobachtet mich unser Küchenfenster, dahinter Schränke, Tisch, Stühle, ein Foto von Sarah und mir, wie wir unsere Köpfe zusammenstecken und einen Kussmund machen, aufgenommen vor vielen Jahren, unter einer Bettdecke.

Fahrtwind unter Straßenlaternen. Als ich den U-Bahnhof Warschauer Straße passiere, beuge ich den Oberkörper über den Lenker, lasse mich von der Beschleunigung des Rades den Berg hinunterjagen. Nur vereinzelte Autos rauschen über die Straße. Die Ampel leuchtet rot. Ich schieße über die Straße, über den Fluss. Neben mir die Türme der Oberbaumbrücke, beleuchtet, eine Märchenburg, durch die man Gleise gelegt hat. Wenn ich einen Kantstein hinunterfahre, hebe ich mich leicht aus dem Sattel, genieße die Erschütterung meiner Muskeln, wenn die Reifen wieder auf dem Boden aufsetzen. Ich strample, bis meine Oberschenkel brennen, ich muss schneller werden, darf auf den letzten Metern nicht nachlassen.

Fahrige Morgenstunden. Ich liege wach, in der Dunkelheit des Zimmers, sehe Felix an der schwarzen Decke wandern, unter Bäumen, eine Allee entlang, sehe ihn seine Füße ins Wasser des Kanals strecken. Auf und davon, auf und davon.

»Wer ist hier krank«, sagt er, legt den Kopf schief und lässt sich ins Wasser gleiten. Ich schrecke hoch. Seine Karten sind falsch adressiert, werden weiter bei Sarah landen. Ich nehme mein Handy, wähle seine Nummer, das erste Mal seit über einer Woche. Kein Freizeichen, nur die elektronische Stimme erklingt. *Not available.* Ich lege auf. Das Display zeigt vier Uhr. Langsam färben sich Wände und Decke grau, schälen sich einzelne Details von Schreibtisch und Regal aus den grobflächigen Konturen der Nacht. Als die Farben langsam kräftiger werden, entscheide ich mich, zur Arbeit zu gehen. Es ist sowieso an der Zeit, wenn ich nicht einen Arzt aufsuchen will. Ich werde als Erster in der Firma sein, werde mich anstrengen und die versäumten Stunden nachholen.

Als die anderen kommen, sitze ich bereits an meinem Schreibtisch, habe mich durch Dutzende E-Mails gekämpft, die in den letzten 48 Stunden eingegangen sind. Zahllose Meldungen über Fehler, die zu beheben sind, teilweise Einträge auf Ungarisch, ein Buchstabenwirrwarr, sinnlos, ohne Zusammenhang für mich. Die Kollegen selbst reagieren kaum. Einige stellen kurze Fragen, ob es jetzt bessergeht. Ansonsten geht alles seinen Gang, ist alles weitergelaufen, auch während ich weg war. In den Aufenthaltsräumen stehen dieselben glatten Holzschränke, beschichtete Arbeitsflächen in grau und weiß. Eine Obstschale, Espressomaschine, Zimmerpflanzen vor den Fenstern, in wasserspeicherndes Granulat gesetzt, an den Wänden daneben knallbunte Plakate der Firmentitel. *Abenteuer Safaripark, Rätselspaß total.* Sitzecken, in denen Gerüchte kursieren, irgendein Investor wolle einsteigen oder ein anderer Verlag den Laden übernehmen. Die einen reden von Entlassungen, andere sagen, dass das Unsinn sei, dass man, ganz im Gegenteil, jetzt richtig durchstarten werde.

Ich kehre an meinen Schreibtisch zurück, lese mich durch immer mehr Nachrichten. Die Programmierer haben

Probleme, einige Spielinhalte zu implementieren. Gegenstände verdoppeln und verdreifachen sich, lassen sich nicht mehr aufnehmen oder ablegen. Fehler produzieren Folgefehler, die zu beheben neue Fehler erzeugt. Ich informiere den Abteilungsleiter, der feststellt, dass das Ganze einfach noch zu »buggy« sei. Er bewegt die Lippen, die in einem dezent gebräunten Gesicht sitzen, er redet, ohne dass er zu mir durchdringen kann. Eine grundsätzliche Überarbeitung des Titels müsse angedacht werden. Er werde mit der Geschäftsleitung sprechen. Gegebenenfalls müsse man den Erscheinungstermin verschieben. Mehr Zeit, denke ich, das wäre es. Und mehr Geld. Bessere Programmierer, die in Laufnähe arbeiten. Das Vermeiden dieser endlosen Telefonate, E-Mails, Nachrichten über Skype. Überall lauern Sprachbarrieren, die zu Spielbarrieren werden.

Der Abteilungsleiter sagt, man müsse über das Heranziehen eines weiteren Kollegen nachdenken. Und aus seiner Sphäre, aus seiner Sprache blitzt der Gedanke zu mir herüber: Er zieht dich ab, er gibt das Projekt jemand anderem. Und für einen Moment sträubt sich etwas in mir, aber dann verschwindet dieses Gefühl wieder genauso schnell. Ich schicke eine Mail an die Programmierer, die verständnislos reagieren. Das Ganze sei kein Problem, sei zu bewältigen, sie bräuchten nur ein wenig mehr Zeit. Und ich schreibe zurück, dass ich es nicht mehr in der Hand habe. Und dann füge ich die Frage hinzu, wie das Wetter in Debrecen sei, in Berlin habe sich der Frühling eingerichtet, der Sommer stehe vor der Tür. Nachdem ich die Nachricht abgeschickt habe, bereue ich diesen Zusatz, der wie eine schlechte Entschuldigung klingt. Doch Andor, der Chef der kleinen Firma, antwortet tatsächlich. Er schreibt, dass es schon so warm ist, dass sie immerzu die Ventilatoren laufen lassen müssen. *There is nothing as horrible as the heat of computers.* Aber bald seien *Truthahntage,* die versprächen immerhin etwas Ablenkung. Er hoffe, dass meine Chefs keinen Ärger machen. *We will fix this. I promise.*

Truthahntage. Dieses Wort bleibt in meinem Kopf hängen, verknüpft sich mit Bildern. Ich widerstehe der Versuchung zu recherchieren, lasse stattdessen den Spinnereien freien Lauf. Eine Stadt voller rothalsigem Geflügel, das seine Brustfedern plustert, den Kamm der Schwanzfedern aufstellt und auf den Bürgersteigen, in den Fußgängerzonen und Alleen flaniert. Statt Gesprächsfetzen erklingt überall das schnelle, zwitschernde Singen der Tiere.

Ich löse mich auf, ich verliere die Struktur meiner Gedanken. *Truthahntage.* Kein Ziel, nur eine Richtung. Wenn es so wäre.

Den Rest des Tages hefte ich meine Gedanken auf Excel-Tabellen, in denen die Dialoge des Spiels festgehalten werden. Was Felix dazu sagen, wie er sie verbessern, welche Änderungen er vorschlagen würde. Sarah schickt eine Nachricht.

feigling.

Mehr nicht. Ich schalte den Rechner aus, räume Notizblöcke in meinen Schreibtisch und schließe ihn ab. Ich werde mich konzentrieren müssen, um die Kontrolle zu behalten, sie wiederzuerlangen, wenn ich sie schon verloren habe. Ich werde lesen, von Felix, und an einem Punkt werde ich vielleicht begreifen, dass es nichts zu verstehen gibt. Dann werde ich es hoffentlich gut sein lassen.

5.1.

Das Jahr trottet, es lässt sich Zeit, ist mir sympathisch.
Ich habe mich so lange nicht gemeldet, dass Jakob sich
nach mir erkundigt hat. Manchmal ist er wie eine Tante,
die nur das Beste will, dabei antiquiert wirkt und fehl am

Platze. Seine Sätze werden dann linkisch, wie bei anderen Menschen die Bewegungen. Alles eckt und stößt sich, obwohl mich seine Anteilnahme rühren müsste, käme sie nicht so unregelmäßig. Langsam schleicht sich der Kater des vergangenen Jahres aus den Knochen, er fährt dabei von Zeit zu Zeit seine Krallen aus, lässt sie über Nervenstränge fahren. Einzelne Gliedmaßen zucken, ein Finger oder eine Schulter, als machten sie sich selbstständig. Trotzdem überwiegt das Gefühl, dass eine Veränderung eingetreten ist.

Ich bin ein alternder, besorgter Verwandter, damals und heute. Stützstrümpfe, ein Filzhut aus Gedanken und eine fast hysterische Aufregung. Er ist gegangen, wozu er jedes Recht hat. Er hat sich gemeldet, ist also offensichtlich am Leben. Und trotzdem sitze ich erneut in seiner Wohnung, an seinem Schreibtisch, in seinem Leben. Darum geht es nicht mehr, denke ich. Darum geht es schon lange nicht mehr.

10.1.

Ich werde in die Spieltheorie eingeführt, bin im Gefangenendilemma. Denken Sie sich in den anderen hinein, doziert der Dozent. Wer hat welche Informationen? Lässt sich ein Informationsaustausch herstellen, um die Entscheidungsfindung zu optimieren? Suchen Sie nach Wegen, um die Komplexität von Problemen zu reduzieren, führt er fort. *Coopetition* sei die Zukunft, Konkurrenz und Kooperation. Was mich nachdenklich stimmt, ist die Tatsache, dass ich Körper und Kopf in meinem Wirtschaftssystem nicht zur *Coopetition* überreden kann. Was der eine will, schadet dem anderen.

12.1.

Es ist erstaunlich, dass ich mich in der Interaktion mit Frauen so oft von außen betrachten kann. Ich lenke meine Gesten, meine Körperhaltung wie ein Puppenspieler, der wenige Nuancen hinter dem eigentlichen Erscheinungsbild steht und an schmalen Fäden zieht. Ich habe das Spiel optimiert, kann Eindruck schinden. Und was das Verwunderlichste ist: Mir, der ich mich selbst zurechtzupfe, der ich ganz außer mir bin, wird Natürlichkeit attestiert. »Bei dir kann ich mich wohlfühlen«, sagt Anna, die ein halbes Jahr in Berlin studiert.

Später liege ich neben ihr und kann nicht aufhören, ihren Körper zu betrachten. Sie ist weich und hart zugleich, hat lange Arme, die beinahe zerbrechlich wirken. Aber unterhalb des Bauches macht das Becken einen Schwung, rundet sich, macht sich weiblich. Sie tippt mit dem Finger darauf und erklärt lachend, dass alles Fett an ihrem Körper sich an dieser Stelle sammle. Nachdem sie gegangen ist, sitze ich nackt auf meinem ausgeklappten Sofa, das nach ihr und mir riecht, wie der ganze Raum. Der Ekel kam ganz plötzlich, wie ein Anfall. Vor ihrem Körper, seinem Geruch, vor ihrer Stimme, ihrem Wunsch nach Nähe. Er setzte in dem Moment ein, als sie mich fragte, ob sie mit mir unter die Dusche kommen könne. Sie drückte sich an mich, ich spürte ihren von Seife glitschigen Körper in der engen Kabine. Sie legte den Kopf in den Nacken, ließ ihre nassen Haare auf den Rücken fallen. Ich hoffte, dass sie ihre Augen geschlossen halten würde. Als sie sich öffneten, küsste ich sie, weil ich ihren Blick nicht ertragen hätte. Nach dem Duschen war ich schweigsam, als wäre mit Schaum und Wasser auch meine Sprache in den Ausguss geflossen. Sie trocknete sich ab, setzte abwechselnd ihre Füße auf meinen Schreibtischstuhl, rieb langsam über ihre kräftigen Oberschenkel. Ich stellte mir einen nassen Abdruck auf der Sitzfläche vor, zwei Fußspuren, die sich überlagerten. Er wird trocknen, dachte ich, ein Gedanke, der es möglich machte, die Zeit bis zu dem Moment zu ertragen, in dem sie die Wohnungstür hinter sich ins Schloss zog.

Ich klappe sein Buch zu, lege es auf den Rand des Schreibtischs und ziehe das Sofa aus. Im Fernsehen läuft eine Diskussionsrunde über Bildungsnotstand. Breite Gesichter bewegen sich vor dem blauen Hintergrund einer Hauptstadtsilhouette. Ich stelle mir vor, in einem der Silhouettenhäuser zu wohnen, aus dem einzigen Fenster zu schauen, die ergrauten Schöpfe von hinten zu betrachten, die Schuppen auf ihren Schultern zu sehen. Um mich herum Scheinwerferlicht, Kameras, die umherfahren, und dahinter das Publikum eine schwarze Masse. Einige Kinder würden mich sehen, auf den Bildschirm zeigen und vom Mann im Fernseher reden. Die Eltern würden lächeln und den Kopf schütteln.

»Bildung ist die Basis für das Fortkommen in dieser Gesellschaft«, sagt ein dicker Mann mit rotem Kopf. Die Moderatorin nickt, die Kamera springt auf eine Mittvierzigerin in Blazer und beigefarbener Hose, die von Chancenungleicheit spricht, von den Defiziten unseres Bildungssystems. Ich sehe Felix auf einem der Sessel sitzen, mich selbst in der Rolle des Moderatoren.

»Warum haben sie diesen Aufbruch gewagt, Herr Carsten?«

»Die Frage ist nicht warum, die Frage müsste lauten, warum erst jetzt.«

»Aber was ist die Motivation, was der Antrieb, der sie zu diesem Schritt bewegt hat?«

»Sehen Sie, Herr Lettner, genau genommen waren es ja eine Reihe von Schritten und sind es immer noch. Einen vor den anderen.«

Ein Einspieler wird gezeigt, der Felix am Kanal entlangwandern lässt, mit einer Baskenmütze und einem Baguette unter dem Arm. Ich ziehe ein kritisches Moderatorengesicht.

»Aber Herr Carsten, begeben Sie sich da nicht in absolute Unsicherheit?«

»Das Gegenteil ist der Fall, Herr Lettner. Ich habe die Unsicherheit das erste Mal verlassen, das erste Mal überhaupt.«

Ich schalte aus. Die Standbyleuchte des Fernsehers beobachtet mich rot leuchtend. Ich denke an Sarah und dass es wohl besser ist, sie nicht mehr zu sehen. Dieser Gedanke strahlt eine enorme Ruhe aus, die unter meine Bettdecke kriecht und sich zu mir legt. Ich habe ein Bett, ein Dach, ich habe Arbeit und einige Möglichkeiten, über die ich in den nächsten Tagen werde nachdenken können. Ich habe mich und habe Felix, habe mein kleines Spiel. Mit diesem Gedanken decke ich mich zu und schlafe ein.

Der Schreck jagt die Wahrnehmung aus der Ruhe des Schlafes. Der Oberkörper versucht sich aufzurichten, federt zurück. Ich spüre einen Druck, im Kopf und auf der Brust, der zuerst etwas Irreales, Traumhaftes hat, mit dem Moment des Augenöffnens aber eine Wirklichkeit erlangt. Stöhnen, das vielleicht mein eigenes Stöhnen ist, das Warnsignal an den eigenen Geist, sich endlich mit den Gegebenheiten auseinanderzusetzen.

Über mir erhebt sich eine Kontur, ein Berg, drückend und schwer. Ich hebe meinen Kopf, ein Klatschen schleudert ihn zurück ins Kissen. Als ich ihn erkenne, fährt mir der Schmerz schlagartig hinter die Stirn. Mein Gesicht brennt, wie von Nadeln durchbohrt. Der Klang des nächsten Schlages ist dumpf, ich spüre den harten Aufschlag an meinem rechten Auge. Über Mund und Nase schmiert Flüssigkeit, Blut vielleicht oder Rotz. Ich versuche, die Hände vor das Gesicht zu heben, doch meine Oberarme werden zu Boden gepresst, ein steinerner Druck zerquetscht die Muskeln. Der nächste Schlag landet auf der Wange.

Panik setzt ein, davor, sich in diesem Augenblick zwischen Wachen und Schlafen zu verlieren. Mein Verstand kämpft um Kontrolle, während es über mir schnauft und stöhnt. Eine dunkle Maschine thront auf meinem Körper, setzt Schläge an und in meinen Kopf. Ich schreie, bis ich das Gefühl habe, den gesamten Raum mit meiner Stimme zu füllen. Mein Hals brennt, als rieben die Töne beim Hinausströmen an seiner Innenseite. Ich spanne mich, überdehne meinen ganzen Körper, bis etwas reißt, irgendwo Druck nachlässt. Mein rechter Arm lässt sich, noch etwas taub, über meinen Kopf heben, und fängt den nächsten Schlag ab. Finger versuchen, sich um mein Handgelenk zu schließen, ich zerre und winde mich, bis mein Arm wieder frei ist. Dann schlage ich zu.

Meine Faust trifft auf Stoff, mehr ist nicht zu spüren. Im nächsten Augenblick schließen sich zwei Hände um meinen Hals, pressen mit dem Gewicht eines ganzen Körpers den Sauerstoff aus mir heraus. Die Kontur über mir verändert sich, ich glaube Augen zu erkennen. Wieder versuche ich zu schreien. Ein Krächzen verlässt meinen Mund. Ich habe das Gefühl, wieder in Schlaf zu fallen, mich zurück in den Traum retten zu können, aus dem ich eben erwacht oder eben noch nicht erwacht bin. Ich balle meine Fäuste, reiße die Arme zu einer letzten Anstrengung nach oben und ramme sie von beiden Seiten in den dunklen Raum über mir. Diesmal spüre ich den Körper der Gestalt, spüre deutlich den Aufschlag auf Rippen. Der Griff um meinen Hals lockert sich, mein Schreien schwillt an, dehnt sich, bis sich die Spannung entlädt und meinen Kopf samt Oberkörper wie aus einem gespannten Bogen nach vorne schleudert. Meine Stirn schlägt in ein Gesicht, ich höre ein Knacken und Stöhnen. Die Gestalt über mir sackt in sich zusammen, schrumpft zu einem Haufen Stoff, über den ich mich aufrichten, auf den ich meine Fäuste richten kann. Ich schlage zu, zweimal, dreimal, bringe mich mit den Schlägen zurück in das Zimmer. Die Nacht wird greifbar. Meine Wahrnehmung breitet sich aus. Ich gebe dem Körper unter mir einen kräftigen Stoß, der ihn zu Boden fallen lässt.

Meine Augen flackern. Ich wische mir mit der Hand durchs Gesicht, lecke daran, schmecke süßliches Blut. Eine kalte Welle rollt durch mich hindurch, verwandelt sich in Hitze. Ein kurzes, trockenes Husten, dann übergebe ich mich auf das Laken.

Manja lehnt an der Wand und hält beide Hände über Mund und Nase. Zwischen ihren Fingern fließen dünne Blutfäden, die auf ihre Hose und den Boden tropfen. Ihre Stirn ist hell, beinahe weiß. Alles an ihr scheint zu leuchten, als ziehe sie das spärliche Licht des Tages an. Sie fokussiert mich minutenlang unter zusammengezogen Brauen, ohne einmal die Wimpern zu senken, zumindest kommt es mir so vor. Als sie eine Hand vom Gesicht nimmt und einen Schwall Blut spuckt, sehe ich, dass ihre Nase ein aufgequollener Höcker ist, um den sich die Haut blau und lila verfärbt.

»Der Schlüssel.«

Sie sagt nur diese beiden Wörter, als sei damit alles zwischen uns erklärt. Ihre Schultern heben und senken sich langsam, und ich habe den Eindruck, als wachse sie mit jedem

Atemzug wieder. Ich stehe auf, schwankend. Ich schaffe es in den Flur, öffne die Badezimmertür. Im Spiegel wartet das Gesicht eines Fremden. Das rechte Auge ist zugeschwollen, die Unterlippe dick und blutig. An beiden Brauen sammelt sich krustiges Blut. Rote Tropfen zerplatzen im Weiß des Waschbeckens. Ich spucke blutigen Speichel dazu, der langsam in den Abfluss läuft. Ich greife ein Handtuch, halte es unter den Wasserhahn. Der Stoff saugt sich voll, hinterlässt eine Spur aus kalten Tropfen, als ich zurück ins Wohnzimmer gehe.

Manja nimmt mir den nassen Lappen aus der Hand und bedeckt ihr Gesicht, sodass es ganz darunter verschwunden ist. Ich höre sie stöhnen. Ich muss ihr die Nase gebrochen haben, sehe, wie sich das Blut auf dem Fußboden sammelt. Ich habe Angst, dass sie auf dem Boden vor mir ohnmächtig werden könnte. Ich lege mir die kalte Hand auf die Stirn, versuche, das Pochen dahinter zu beruhigen, das nicht weichen will und mir andererseits versichert, dass ich wach bin, dass ich all das nicht geträumt habe.

»Wann hast du ihn nachgemacht?«

Ihre Stimme ist durch das Handtuch gedämpft. Die Worte kommen langsam, lallend, als habe der Aufschlag meines Kopfes ihre Zunge betäubt.

»Vor ein paar Tagen. Als du früh verschwunden bist.«

Das Handtuch senkt und hebt sich.

»Ich hatte so ein Gefühl. Das letzte Mal, als wir hier waren. Du hast dich anders bewegt. Hier war alles sicher und vertraut für dich.«

»Und warum erst heute Nacht?«

»Ich hab ewig gegrübelt. Hab gedacht, dass ich paranoid werde. Aber ich konnte nicht schlafen. Das hat mich verrückt gemacht, der Gedanke. Irgendwann bin ich aus dem Bett und los. Hab bis zum Ende geglaubt zu spinnen. Und dann standen deine Schuhe im Flur, ganz sauber und ordentlich. Deine Scheiß-Schuhe.«

Sie hustet, nimmt das Handtuch vom Gesicht und sieht mich an. Die Schwellung ist weiter gewachsen, hat die Haut unter den Augen völlig gespannt. Auch der Bluterguss breitet sich aus.

»Ich ruf nen Krankenwagen.«

Sie winkt ab.

»Lass gut sein. Was willst du denen sagen?«

»Dass ich dir die Nase gebrochen habe.«

Sie lacht. Es ist ein fremdartiges Geräusch, kratzend und gurgelnd, als sammle sich Blut und Speichel in ihrem Rachen, aber trotzdem ein Lachen.

»Glaubst du, ich zeige dich an?«

Es bedarf einer Anstrengung, um in dieses Gesicht zu schauen, das ich zertrümmert habe. Ihre Zähne sind rot verfärbt, immerhin noch alle im Mund, denke ich, immerhin das.

»Du gewinnst ja auch keinen Schönheitspreis mehr.«

Sie kneift ein Auge zu, um meinen Ausdruck zu imitieren.

»Außerdem«, sagt sie, in die hämmernde Stille hinein, »bin ich Schläge ja gewohnt.«

Sie hat ihr T-Shirt gehoben, zeigt mir die alten Stellen. Schwache, bläuliche Flecken, verblassende Tinte unter der Haut an Rücken, Bauch und Armen. Mein Blick tastet ihren Körper ab, die kräftigen Schultern und Arme, den Stoff ihres BHs, hinter dem sich ihre schweren Brüste bewegen. Zum ersten Mal, zum wirklich ersten Mal verspüre ich den Drang sie zu berühren, nicht ihren Busen, sondern die Flecken, mit den Fingern darüberzufahren, um dem Geschehenen nachzuspüren. Sie lässt ihr T-Shirt wieder über den Oberkörper fallen und sagt, dass sie an den Beinen auch noch ein paar Exemplare habe. Dazu, sagt sie, den Abdruck einer Zigarette. Nur ein kleiner Punkt sei das, der, obwohl schon einige Monate alt, nur sehr langsam verblasse. Sie erzählt, dass er sie mit dem Druck der brennenden Asche aus dem Schlaf gerissen hat. Sie ist aufgesprungen, hat ihn umgestoßen und in seinen Unterleib geboxt, dreimal, viermal fünfmal.

»Wie ein Hund«, sagt sie, »wie ein Hund hat er danach gewinselt. Später ist er eingeschlafen, an mich gepresst, als sei überhaupt nichts passiert.«

Die Blutung lässt langsam nach. Nur selten noch tupft sie mit dem Handtuch in ihr Gesicht. Ich höre ihr zu, schweigend, während der Tag, der vor dem Fenster heranzieht, sich nur zögerlich zu uns ins Zimmer traut.

»Wann hat das angefangen?«

»Vor zwei Jahren, als er aus Kanada zurückkam.«

»Also gleich am Anfang.«

»Am zweiten Anfang. Wir haben uns schon vorher getroffen, ein paar Mal. Du hast das gelesen, nehme ich an. Das erste Mal wegen seiner Nerven, als er das Zittern hatte, das war Zufall. Später, nach der Herzsache, kam er öfter. Wir haben uns regelmäßig gesehen, erst vor dem Krankenhaus, dann bei mir, bei ihm. Den ganzen Herbst lang ging das so.«

»Eine Affäre.«

»Nein. Nichts war das, nicht von ihm. Er war fertig damals, völlig am Ende. Hat nicht geschlafen, tagelang. Hat gedacht, dass er nicht wieder aufwacht. Obwohl ihn die Blocker eigentlich hätten beruhigen müssen. Ich habe seinen Puls gefühlt. Fünfzig, teilweise unter vierzig. Aber sein Kopf wollte nicht abschalten, selbst mit den Medikamenten nicht. Wie ein Motor, der läuft, obwohl man längst den Schlüssel gezogen hat. Er hat gelesen, seine Notizen gemacht, bis ihm die Augen zufielen. Hat mit den Büchern geredet oder mit sich selbst.«

Manja setzt sich wieder auf den Boden, genau vor ihre Lache, die getrocknet ist und sich schwarz vom Ochsenblut des Bodens absetzt.

»Wir haben uns öfter getroffen. Manchmal hat er abends einfach vor dem Krankenhaus gestanden, um mit mir zu reden. Aber ich bin nur eine Therapeutin gewesen, mehr nicht. Oder nur selten. Schon nach ein paar Monaten hat er es einschlafen lassen, haben wir uns immer weniger gesehen. Und dann ist er im Sommer einfach nach Kanada abgehauen. Und ich stand vor seiner Tür und habe geklingelt, bis eine Nachbarin in den Flur kam und mir gesagt hat, dass der Herr Carsten verreist sei. Im Herbst war er wieder da. Stand vor dem Krankenhaus und lächelte. Sagte, er schulde mir wohl mindestens ein Essen und eine Erklärung. Da ging es los.«

»Das Kämpfen?«

»Nein, das zwischen uns. Das Richtige. Das Kämpfen kam später, nach ein paar Wochen, als es ihm wieder schlechter ging.«

Sie lacht.

»Ich hab's angefangen, sozusagen. Habe ihm eine verpasst, als er zitternd im Bett saß, als er sich nicht mehr eingekriegt hat und ich dachte, er macht mich auch verrückt mit seiner Angst. Da habe ich ihm eine verpasst, ich als Krankenschwester. Und er hat zurückgeschlagen, sofort, als habe er nur auf meine Eröffnung gewartet.«

Als der Tag und sein Licht sich breitgemacht haben, legt sie sich schlafen. Sie murmelt noch ein paar Sätze, kaum verständlich, von freien Tagen, vom Freinehmen, schiebt sich in Hose und T-Shirt unter die Decke und rollt sich ein.

Ich setze mich an den Schreibtisch. Ein paar Stunden noch, dann werde ich zur Arbeit gehen müssen. Mit ihrem Schnarchen im Rücken öffne ich sein Tagebuch. Ich versuche, an den ersten Tag zurückzudenken, an dem ich mit Manja hier gewesen bin. Mein Bild von ihm hat sich stetig verschoben, während seine Zeilen, seine Wörter und Gedanken durch mich hindurchgegangen sind. Und jetzt Manja.

6.9.

Die Sprache erlaubt eine erste Berührung. Ich begrüße sie, und sie antwortet, ganz selbstverständlich. Ihre Sätze sind ein ausgesprochener Händedruck, ein Schulterklopfen, während meine Worte über ihre Haare streichen, den Nacken, den Rücken hinabfahren, ohne dass sie es merkt. Immerhin stehe ich dort, zwischen den anderen Rauchern, die ausgewechselt und doch gleich geblieben sind. Ich habe einen ersten Schritt gewagt, komme mir vor wie ein Held, was umso lächerlicher wird, je länger ich diese Nacht über dem Tagebuch in die Länge ziehen muss, um mich dem Schlaf zu verweigern, an dessen Rand die Angst wartet.

7.9.

Erinnerte Abschrift eines Dialogs:
Du bist nicht Patient hier.
Nein, bin ich nicht.
Und warst es auch nie.
Am Anfang, jetzt nicht mehr.
Und warum bist du hier?
Weil ich nicht weiß, wo ich dich sonst treffen könnte.
Dann sollten wir daran etwas ändern.
Sie sagte es, zumindest in meiner Erinnerung, halb über

die Schulter hinweg, als sich das Glasmaul des Krankenhauses schon geöffnet hatte, um sie zu verschlucken. Sie kam zurück, lächelnd, und drückte mir einen Zettel mit ihrer Telefonnummer in die Hand. Was mir erst später bewusst wurde und eine kribbelnde Aufregung auslöste, die etwas Teenagerhaftes hatte: Dass sie den Zettel schon vorher geschrieben haben musste.

9.9.

Es ging schnell, vielleicht zu schnell. Der Abend rauschte vorbei, als sei ihr Stuhl, auf dem sie mir gegenübersaß, an einem Kettenkarussell befestigt, während ich davor saß, und sie nur in den wenigen Momenten begreifen konnte, in denen sie lachend an mir vorbeijagte.

Es ging zu schnell, auch danach. Meine Wahrnehmung war in Wein getaucht, hatte sich damit vollgesogen. Ich verkrallte mich in ihren Körper, sie griff nach mir, zog mich zu sich. Ich schwitzte, schwitzte seit Langem wieder von körperlicher Anstrengung. Sie fuhr mit den Fingern über meinen Schweiß, leckte ihn auf, als ginge es ihr vor allem darum, meine Anstrengung zu schmecken.

Ich konnte nicht kommen, obwohl ich versuchte, mich mit aller Kraft meines Körpers darauf zu konzentrieren. Irgendwann gab ich auf, sank erschöpft auf sie. Unsere Körper klebten zusammen, und sie brummte, brummte wie ein Bär. Dieses Geräusch ist das Letzte, an das ich mich aus dieser Nacht erinnere. Ich schlief mit einer steinernen Schwere.

Bevor ich mich auf den Weg zur Arbeit mache, stehe ich im Bad vor dem Spiegel und versuche mein Gesicht in einen

Zustand zu versetzen, in dem ich mich selbst wiedererkennen kann. Während die Schwellung der Lippe nachgelassen hat, ist das Auge zu einem blauen Hügel mit einem haarigen Schlitz in der Mitte angeschwollen. Jede Berührung stößt eine Nadel aus Schmerz bis in meinen Hinterkopf. Ich tupfe das Blut aus meinem Gesicht und gebe auf. Bevor ich gehe, werfe ich einen Blick in das Zimmer. Manja hat sich unter der Decke vergraben, nur der Klang ihres gleichmäßigen Atmens verrät ihre Anwesenheit. Für einen Moment verspüre ich den Wunsch, mich neben sie zu legen. Ich zwinge mich zu gehen, durch den Flur, die Stufen hinunter.

»Unfall?«

Die kurze Frage der Sekretärin ist alles, was auf Anteilnahme hindeutet. Alle anderen Blicke verstecken sich hinter Rechnermonitoren, nur sie bleibt stehen, stützt die Hände auf ihre schmalen Hüften und legt den Kopf schief.

»Oder haste dir jeschlagen?«

Ich lache die Frage weg, auch wenn die Bewegung des Zwerchfells in meinen Kopf sticht. Ich erwähne einen Fahrradsturz, wofür ich ein Kopfschütteln ernte.

»Helm uff, ditt sagen die doch nich umsonst.«

Damit zieht sie ab, stiefelt zurück an ihren Telefonplatz, die silberne Kurzhaarfrisur eine Krone, unter die ein ewiges Lächeln geklemmt ist. Die Farben auf dem Bildschirm laufen ineinander. Aus der Unschärfe schälen sich Felix und ich heraus, torkelnd auf der Reeperbahn. Wir füllen unser Inventar mit Bierflaschen, die sich immer weiter vervielfältigen. Ein Bug, denke ich, während Felix ein Laufhaus ansteuert. *Nutten ärgern* nannte er das. Lange Flure unter Neonlicht, vor den Türen an die Wand gelehnt oder auf kleinen Stühlen sitzend warten die Frauen, in Korsagen und Schnürstiefeln.

»Na Kleiner, willste mal ficken? Oder nur anfassen? Tu veux baisser avec moi?« Die Lokalisierung, denke ich, wir müssen die Lokalisierung machen. Die Sprachen geraten durcheinander. Felix zieht eine Grimasse, eine Nutte springt auf: »Verpisst euch!«

Die massige Gestalt eines Zuhälters, neben dem ein roter Balken leuchtet, erscheint am Ende des Flurs. Zu viel Lebensenergie für uns, denke ich. Wir rennen, stolpern lachend über Treppen, durch Türen und weitere Flure. Ich will die Übersichtskarte aufrufen, was nicht gelingt. Einen Eintrag in die Datenbank, denke ich. Ich muss das alles eintragen.

Am Ende stehen wir auf der Straße vor den Kneipen am Hamburger Berg, aus denen laute Rockmusik weht. Dichte Menschenknäuel drängen sich um die Bar oder die Kickertische. Ein Auto hupt und flammt sein Warnlicht auf.

»Runter von der Straße, ihr Penner!«

Wir setzen uns auf eine Motorhaube, trinken mehr Bier.

»War das irre.«

Felix lacht und schüttelt seine Haare, während mich nachträglich die Angst beschleicht. Das rote Gesicht des Zuhälters fratzt mir aus jedem Passanten entgegen. Felix rutscht vom Wagen, zieht ein kleines Plastiktütchen aus der Jacke und hält es mir vor die Nase.

»Einen kiffen?«

Ich schüttle den Kopf, er rollt trotzdem. Ich bin und bleibe ein Schisser. Trotzdem lasse ich mich von ihm immer wieder zu derartigen Dingen überreden. Sobald er vorangeht, zerdrücken seine Ideen und Entschlossenheit meine Ängste, nur um sie anschließend mit aller Macht zurückkehren zu lassen.

Ich kämpfe mich mit becherweise Kaffee in den Tag, telefoniere mit Ungarn und mache eine Reise in drei Wochen ab. Es gilt, erste Testversionen der neuen Spiele vor Ort zu begutachten. Andor antwortet: *We will be glad to welcome you.* Die Flügelmenschen bewegen sich mittlerweile sicherer, ihre Heimat kann gerettet werden. Neue Spielversionen rauschen durch die Datenkabel, die Fehler minimieren sich. Schritt für Schritt werden die Einträge in der Datenbank geschlossen. Andor schreibt eine weitere Nachricht: *I told you we can solve this.* Nach langen Wochen der Frustration stellt sich Zufriedenheit ein, das Gefühl, etwas zu schaffen. Ich informiere den Abteilungsleiter, der an meinen Schreibtisch kommt, um sich die neueste Version zeigen zu lassen. Als er mich sieht, bleibt er stehen und ballt die Fäuste.

»Zu lange im Ring?«

Ein meckerndes Lachen.

»Zu kurz auf dem Fahrrad.«

Erneut lacht er, stößt mir gegen die Schulter.

»Na dann zeig mal, was die Ungarn gebastelt haben!«

Sobald ich das Büro verlasse und mich im Strom der Pendler nach Hause bewege, treten die Fragen nach Programmierungen und Arbeitsabläufen in den Hintergrund. In die Wohnung zu kommen, so schnell wie möglich, dieser eine Wunsch verdrängt alle anderen Gedanken.

Manja sitzt am Schreibtisch, über das Buch gebeugt, dahinter der offene Schirm seines Rechners. Als ich in den Raum trete, hebt sie den Kopf und dreht sich. Der Abdruck meines Schädels ist in ihr Gesicht gebrannt, auch wenn die Schwellung an der Nase nachgelassen hat. Die Haut um die Flügel hat jetzt eine violette, beinahe schwarze Färbung. Trotzdem wirkt sie ruhig, beinahe gelöst. Sie nimmt das Buch, blättert vor meinen Augen darin.

»Seltsam, über sich selbst zu lesen. Oder geht es dir anders?«

Ich schüttle den Kopf.

»Man schaut sich selbst an, durch seine Augen.«

»Ja.«

Sie tippt mit einem Finger auf das offene Buch.

»Diese greifbare Angst, auf der Schwelle zum Durchdrehen. Und dann ist er plötzlich ironisch, als sei das alles nur eine riesengroße Verarsche.«

»Glaubst du? Auch jetzt?«

Sie zuckt die Schultern.

»Was weiß ich. Nein, ich glaube nicht. Aber wie soll ich da sicher sein?«

Ich denke an seine Postkarten, ihren verschrobenen Inhalt. Manja hat recht. Er schwankt, bewegt sich entlang einer Grenze. Ich könnte ihr von den Karten erzählen. Stattdessen frage ich, ob sein Aufbruch nicht auch mit seiner Krankheit zu tun haben könnte.

»Weiß nicht. Es war ja alles in Ordnung so weit. Vergrößertes Herz, manchmal Klappenflattern. Ein Marathon war nicht gerade drin. Aber das war im Rahmen, zumindest für den Körper.«

Sie tippt sich mit dem Zeigefinger gegen den Hinterkopf.

»Was es mit seinem Verstand gemacht hat, das ist entscheidend. Ganz hinten hat es gedrückt, immerzu. So hat er das mal beschrieben. Von dort konnte sich eine Milchglasglocke über alle Gedanken legen, die er für Tage nicht loswurde. Alle Gedanken kreisten dann um sein Herz, immerzu, immer schneller.«

Später fragt sie mich, ob er das mit dem Prügeln früher schon gemacht hat. Als ich ihr von Schlägereien auf dem Schulhof erzähle, lächelt sie, als sei diese Tatsache ein Beweis, dass die Kämpfe zwischen ihnen nichts mit ihr zu tun haben. Ich vermute, dass sie von Schmerzmitteln beruhigt wird. Ihr Blick ist glasig, ihr Gesicht aufgeweicht.

Sie verabschiedet sich kurz darauf, drückt mir die Hand. Ich lausche ihren Schritten im Treppenhaus, dem Aufwehen des Straßenlärms, als sie die Haustür öffnet. Ich lehne im Türrahmen, starre in die Wohnung, die jetzt ein Freiraum ist. Eine ungewohnte Ruhe breitet sich in mir aus, obwohl ich spüre, dass Manja wieder mehr als vorher ein Teil dieser Wohnung ist.

Ich suche am Schreibtisch nach Einträgen, in denen er auf die Kämpfe mit Manja verweist. Er schreibt von Langeweile, die sich schon nach dem ersten Zusammensein mit ihr einschlich. Er hielt sich für krank, für gestört, weil er nicht einmal Manja ertragen konnte, um die er wochenlang gekreist ist, der sich zu nähern eine Anstrengung gewesen war.

2.10.

Ich schlage über die Stränge, schlage aus dem Rahmen, sobald ich die Gedanken für einige Stunden aus meinem Körper fernhalten kann. Ich trinke, rede mir ein, dass Rotwein doch gut für's Herz sei, sage es mir beim dritten, vierten, fünften Glas. Ich höre auf zu zählen, höre für Augenblicke zu denken auf, bis ich zurückgeworfen werde in mich selbst. In mir ist ein kochender Topf voller Wut, über die eigene Dummheit, Wut über die Angst, die sich nicht vertreiben lässt.

20.10.

Der Seminarist ist zurück. Anwesenheitslisten werden ausgefüllt, E-Mail-Adressen eingetragen. Bitte überle-

gen Sie sich bis zur nächsten Sitzung ein Referatsthema aus der folgenden Liste:
Leben mit Angststörung
Der frühe Herztod – Wahn oder Wirklichkeit?
Aggressionsschübe und ihre Herkunft
Ich sitze inmitten anderer Studenten, aber ich bekomme keine Verbindung mehr. Ich kann lächeln, ein paar Worte wechseln, aber das alles scheint ganz sinnlos geworden zu sein. Die einzige Motivation bleibt der Abschluss, der vielleicht nicht mehr als ein Wort ist. Warum ich mich weiter mit Manja treffe, hat nur den einen Grund, dass ich eine Verbindung zu ihr habe. Sie kann hineinschauen in mich, was eine Ruhe erzeugt, die ich manchmal, ganz selten, für Betäubung halte.

23.10.
Es wird nicht, wird nicht besser, besser wird es nicht, nicht gestern, nicht heute, nicht morgen. Ich lege einen Klangteppich meiner klickenden Zähne um mich, immerhin sind die Hände ruhig. Als wolle der Körper sagen: Wenn schon gestört, dann wenigstens mit Abwechslung.

Seine Späße erscheinen mir immer mehr als ein ausgesprochener Beweis, dass er sich noch unter Kontrolle hatte. Und er muss Kontrolle gehabt haben. Er hat die Uni abgeschlossen, sich um Arbeit bemüht und ist sogar eingeladen worden.

Der Termin für das Vorstellungsgespräch rückt näher, die Möglichkeit, mein kleines Spiel zu spielen. Ich klappe den Rechner auf, tippe das Passwort ein, suche den Brief des Pressedienstes heraus und füge den Kontakt in die Adresszeile.

Sehr geehrte Damen und Herren,
hiermit bestätige ich Ihnen meine Teilnahme an dem von Ihnen angebotenen Bewerbungsgespräch zum vereinbarten Zeitpunkt.
Mit freundlichen Grüßen,
Ihr Felix Carsten.

Als ich seinen Namen unter meine Nachricht setze, spüre ich eine prickelnde Spannung. Ich bin nur noch einen Schritt davon entfernt, tatsächlich zu diesem Gespräch zu gehen. Ich kann es tun oder lassen. Es liegt ganz in meiner Hand.

28.10.
Ruhetage. Ich ertrage selbst die Telefonate mit meinen Eltern. Mein Vater stellt einige Fragen zum Studium, ich bete Seminartitel herunter, er sagt etwas wie »gut, gut«. Dann erzählt er: Der Job sei nicht mehr der leichteste, sein Einzugsgebiet sei vergrößert worden. Immer mehr Kunden in immer weniger Zeit. Und was er sich anhören müsse. Als ob er selbst die Firmenpolitik der Pharmakonzerne bestimmen könnte. Manchmal werde ihm das einfach zu viel. Und ich brumme in die Leitung und denke, dass ein größerer Einzugskreis mehr Raum bietet für Weibergeschichten. Ich möchte ihn fragen, ob er immer noch Kontakt hat zu seiner Dänin, was mit dieser Familie ist, seiner zweiten. Aber ich schweige, führe eines dieser Nichtgespräche mit ihm, wie ich es schon hundertmal getan habe.
Meine Mutter hingegen plappert, berichtet Tratsch aus dem Stadtteil, von Hochzeiten alter Klassenkameraden. Und natürlich stellt sie die Frage, ob da nicht jemand sei bei mir. Und ich denke an Manja, muss mir eingestehen, dass ich das erste Mal in diesem Zusammenhang

an sie denke, obwohl wir uns sehen, obwohl ich mit ihr schlafe, bei ihr. Ich sage Nein, höre meine Mutter seufzen.
»Es ist gut, jemanden zu haben«, sagt sie. Wen hast du denn?, schweige ich in die Leitung. Hast du ihn nicht nur, um überhaupt jemanden zu haben?

3.11.
Manja macht keinen Sinn. Ich versuche sie mir zu erklären. Aber sie macht keinen Sinn. Jakob macht Sinn, weil er schon immer da war und uns Dinge verbinden, über Jahre hinweg.
Aber als ich meinen vorangegangenen Eintrag lese, frage ich mich, ob es das auch gibt: Zweckfreundschaften. Ein Zusammenbleiben über die Jahre hinweg, einfach weil man schon eine lange Zeit einen gemeinsamen Weg gegangen ist. Seine Pläne, von eigenen Firmen, Marktlücken, die nie in die Tat umgesetzt werden. Ich kenne sie, ich bin in sie hineingewachsen. Manja hingegen ist in mich hineingewachsen, auf eine Art, die gut- oder bösartig sein könnte.

Ich denke nach über diese Sätze, während ich über seine Einträge im Herbst blättere. Manjas Stimme klingt in meinen Ohren nach: *Das war nichts, nicht für ihn.* Und ich? Vielleicht bin ich für ihn auch schon nichts mehr. Andererseits: Vielleicht bin ich endlich wieder dabei, jemand zu werden, ob mit oder ohne ihn.

Ich finde einen Eintrag, der nur auf seinen Anruf bei mir bezogen sein kann, sein Zähneklappern, seine Todesangst, die ich in der Leitung zwischen uns habe versickern lassen.

14.12.

Ich fühle mich erschöpft, ausgelaugt, als wäre ich die Nacht hindurch gerannt, ohne ein festes Ziel zu haben. Ich versuche die Stunden zu rekapitulieren, versuche mich an das Gespräch mit Jakob zu erinnern. Ich schäme mich; dieses eine Gefühl verdrängt alles andere aus dem Kopf. Ich schäme mich vor Jakob, dem ich nicht begreifbar machen kann, wie es ist, im Bett zu sitzen und die eigene Angst nicht mehr einfangen zu können. Mein Kopf spaltet sich auf, er ist das Wissen, dass alles gut ist, dass nichts passieren wird in dieser Nacht, wie auch die anderen Nächte nichts passiert ist. Und er ist aber auch dieses drückende *Und-wenn-doch.*

Erst als die Sanitäter tatsächlich klingelten, begann das Zittern nachzulassen. Die beiden kräftigen Männer in ihren rot leuchtenden Jacken, darüber Glatze und Bürstenfrisur, trugen eine Ruhe in den Raum, als hätten sie davon kubikmeterweise in ihrer Ambulanz mitgebracht. Pulsmessung, Blutdruck, Pupillen. Die Routine und die Selbstverständlichkeit, mit der sie mir begegneten, ließ keinen Platz für beschleunigte Gedanken.

»Ditt is halt Angst, obwohl's Ihnen jut jeht. Machen Se mal nen Spaziergang. Oder trinken Se ne halbe Flasche Wein, von mir aus.«

Dazu lachte er. Sein Kollege nickte. Sie lachen dich nicht aus, dachte ich, oder vielleicht tun sie es doch, aber es kommt dir nicht so vor.

Ich folgte ihnen nach draußen. Der Glatzkopf drückte mir zum Abschied die Hand, eine sonderbar unpassende Geste. Der Wagen fuhr davon, ohne Blaulicht. Ich lief in den Park, der schwarz war und verschlossen. Einzelne Gestalten bewegten sich, Fahrräder ohne Licht schepperten an mir vorbei. Ich bog nach rechts, verließ den Park auf der anderen Seite, folgte dem Weg unter dem Viadukt der U-Bahn. Über mir ertönte ein erstes Rumpeln, in den Metallkisten letzte Feiergäste und erste Pendler, die sich in dieser Stadt jeden Morgen in den Bahnen mischten und zwei Welten miteinander in Berührung brachten. Während der Zug über mich hinwegfuhr, hatte ich das sonderbare Gefühl, dass ich für einen kurzen Moment ein Teil dieser Berührung war.

Die Tatsache, dass er in dieser Nacht tatsächlich einen Krankenwagen gerufen hat, überrascht mich, nach allem, was ich mittlerweile über ihn weiß, nicht einmal sonderlich. Ich bin ihm näher, ich beginne zu verstehen. Er und ich bleiben auch zwei Welten. Trotzdem beginnen einige Trennlinien zu verwischen. Ich streiche mit der Hand über den Ärmel seines Pullovers. Ich muss mir neue Kleidung kaufen oder muss zurück in meine alte Wohnung, Sarahs Wohnung, unsere Wohnung.

Ich setze mir Nudeln auf, setze den Teller dampfender Pasta später neben sein Tagebuch, beuge mich auch beim Essen über die Seiten, in der einen Hand eine Gabel, die andere zum Wenden der Seiten freigehalten. Das Ende des Jahres hat er mehr oder weniger ruhig überstanden. Keine verschrobenen Einträge, keine Verwirrung. Mir fällt auf, dass ich dieses Silvester zum ersten Mal seit langer Zeit ohne ihn gefeiert hatte, mit einigen Unifreunden. Ich weiß nicht, was er an diesem Tag getan hat, sein Tagebuch verrät nichts davon. Auch Manjas Name ist nur noch selten zu finden. Einträge wie:

Manja getroffen, spät.

oder:

Manja-Rückfall – akute Suchtgefahr besteht nicht.

werden überdeckt von Notizen zu seiner Lektüre. In dieser Zeit hat er den *Joseph* gelesen, dazu im Tagebuch immer wieder Seitenzahlen und kurze Zitate notiert. Ab und an tauchen Frauennamen auf, kurze Beschreibungen von Gesichtern oder Gesten, die Dinge andeuten, ohne sie auszusprechen.

Im neuen Jahr, gegen Ende Januar, finde ich in einem Eintrag über die Krankheit seines Vaters erste Anzeichen einer erneuten Verstörung.

28.1.

Jetzt ist es an ihm, zu vergessen. Jetzt ist es an ihm, Erinnerung in Hohlräumen zu verlieren, auf die er keinen Zugriff mehr hat. Jetzt ist es an ihm, in einem Zuhause zu bleiben, das er sich nicht mehr aussuchen kann. Jetzt ist sie es, die sich bewegen kann, sich bewegen könnte. Und ich sage es ihr. Ich sage: »Warum gehst du nicht?« Und sie weint, sie weint tatsächlich. Wie ich so etwas sagen könne. Sie sei doch seine Frau und er mein Vater. Als ich nur »Und?« sage, schluchzt sie laut. Dass er doch niemanden habe, der sich um ihn kümmern könne. Und ich tue ihr weh, indem ich sie frage, ob sie sich da so sicher sei. Was mich überrascht, ist die Tatsache, dass sie tatsächlich auflegt, wortlos, einfach so. Nachts liege ich wach, versuche mich zu freuen, versuche zu denken, dass es ihm ganz recht geschieht. Ich denke mir seine Erinnerungen als einen großen Steinbruch, aus dem Stück für Stück immer größere Brocken geschlagen werden. Die spannende Frage ist, an welcher Stelle meine Mutter und ich selbst platziert sind. Vielleicht treffen uns die Presslufthämmer und Hacken zuerst. Es geschieht ihm ganz recht. Und mir vielleicht auch.

1.2.

Manja ist nur noch eine Silhouette, eine Spiegelung im Fenster, die sich auflöst, sobald ich meinen Kopf drehe, um nach ihr zu sehen. Ihre Anrufe verebben, aus einem stetigen Strom wird ein Tröpfeln, das es mir leicht macht, meine Sätze zu einem Damm zu schichten. Ich brauche keine Krankenschwester, erst recht keine Altenpflegerin. Ich habe Spuren ihrer Anwesenheit am Körper, Flecken, die verblassen, Schorf, der sich abkratzen lässt. Darunter wächst rosafarbene Haut, die empfindlich auf Berührungen reagiert.

Im Sommer nach dem Tod meines Vaters verbrachte ich Tage und Wochen bei Felix. Seine Eltern nahmen mich auf, machten Mittag- und Abendessen für uns, während meine Mutter in einer Kurklinik behandelt wurde. Felix und ich gingen zusammen von der Schule nach Hause, standen gemeinsam im Bus, stiegen an derselben Haltestelle aus, bogen in seine Straße ein, liefen bis zur Kehre am Ende, passierten die Reihen roter Backsteinhäuser mit kleinen Vorgärten, Fahrradschuppen und Schaukeln, stiegen die drei Stufen zum Hauseingang hinauf und traten in den Flur hinter der verglasten Holztür. Abends, nach dem Essen, ging ich in das leere Haus, das einmal der Ort meiner kleinen Familie gewesen war. Nachts, wenn ich schlaflos durch die dunklen Räume schlich, unterhielten sich die Möbel, Treppen und Einrichtungsgegenstände flüsternd, verstummten aber, sobald ich versuchte, ihnen zuzuhören. Ich freute mich auf die Abende, an denen Felix' Mutter den Kopf schüttelte und sagte: »Heute bleibst du aber hier.«

Ich lag auf dem Sofa neben Felix, den Blick an die Decke gerichtet. Beinahe Brüder, dachte ich, während Felix neben mir schnarchte.

Der nächste Tag bedeutet Aufstehen, Frühstücken, Arbeiten, eine Folge automatisierter Handlungen. Danach kehre ich in seine Wohnung zurück, die sich auf eine aufregende Art nach zuhause anfühlt. Es gibt einen Alltag, der daraus besteht, dass ich in seinem Tagebuch und seinen Büchern blättere. Der Frühling des Jahres kündigte sich darin an, ohne dass Felix viel dazu notiert hätte. Es ging ihm gut, ganz offensichtlich, sodass immer größere Lücken zwischen den Einträgen klaffen. Dafür entschuldigte er sich, schrieb gedrechselte Briefe an den sehr geehrten und geschätzten Herrn Tagebuch. Am zweiten Abend, an dem ich erneut sitze und lese, ruft Manja an.

»Ich komm vorbei, heute. Hast du was zu essen da?«

Ich verspreche ihr zu kochen. Und während ich in der Küche stehe, über Töpfe und Pfannen gebeugt, dampft mir die Absurdität der Situation ins Gesicht. Ich frage mich, wie ein Abend zwischen ihr und mir aussehen soll. Gemeinsam vor dem Fernseher, einen Film gucken? Darum geht es nicht, darum kann es nicht gehen. Ich muss mich an Regeln halten, die ich vielleicht erst noch aufzustellen habe.

Sie klingelt, obwohl sie immer noch einen Schlüssel hat. Ihr ganz spezieller Manjagang stampft durch das Treppenhaus. Als sie am Fuß der Treppe auftaucht, erschrecke ich. Sie trägt eine Schiene, zwei kleine Plastikscheiben, die mit Kleber auf ihrem Nasenbein fixiert sind. Die Schwellung darunter ist zurückgegangen, auch die Hämatome verblassen langsam. Sie nickt, als sie meinen Blick auffängt.

»Das macht die Nase wieder gerade. Ich will ja kein Andenken behalten.«

Sie nimmt die letzten Stufen, über ihrer Schulter hängt ein Rucksack. Ihre Arbeitskleidung, sage ich mir. Sie kommt näher, lächelnd, und klatscht ohne Vorwarnung ihre flache Hand

auf meine Wange. Mein Kopf fliegt zur Seite, das Ohr fühlt sich taub an. Ich drehe ihr erneut mein Gesicht zu, erwarte einen zweiten Schlag, der kommt, mir auf die andere Wange schlägt. Für einen Augenblick tanzen schwarze Flecken in meinem Sichtfeld. Was sollen die Nachbarn denken, schießt es mir durch den Kopf, und sofort würde ich am liebsten laut über diesen Gedanken lachen. Nicht meine Nachbarn, nicht mein Hausflur, mein Wohnzimmer, meine Küche. Was kümmern mich die Leute. Ich trete zur Seite, lasse Manja an mir vorbei in die Wohnung gehen. Ich habe mir nicht die Mühe gemacht, Spuren zu beseitigen. Die Schlafcouch ist ausgeklappt, Laken und Decke darauf sind zerwühlt. Auf dem Schreibtisch liegt sein offenes Tagebuch, daneben einige Romane, die ich wahllos aus dem Regal gegriffen habe.
Manja setzt sich auf das Sofa, lehnt sich zurück und breitet seufzend die Arme aus. Ihr Blick heftet sich an die Decke. Die Luft, die sie ausatmet, dehnt sich, schafft sich Raum. Ich gehe in die Küche, fülle zwei Teller mit Reis und Gemüse und kehre zu ihr zurück. Sie beginnt wortlos zu essen. Nach einigen Sekunden schweigenden Kauens hält sie inne und starrt mich an.

Die Schiene in ihrem Gesicht bildet ein zertretenes Ausrufezeichen. Sie deutet auf das T-Shirt, sein T-Shirt, das ich übergezogen habe. Auf der Brust eine gedruckte Hand, die Fäden aus einer Ansammlung von Buchstaben zieht. Manja schüttelt den Kopf.

»Jetzt übertreibst du aber.«

Ich zucke die Schultern.

»Ich muss was anziehen, irgendwas.«

»Wie wär's mit eigener Kleidung?«

Ich erkläre ihr, dass meine Kleidung schmutzig sei, der Rest noch bei Sarah in der Wohnung. Sie schnaubt. Ob ich zu feige sei, hinzugehen und meinen Kram zu holen. Ob ich Angst vor meinem Frauchen habe. Und ich denke: Kein Wunder, dass er ihr gerne wehgetan hat.

»Wenn du nichts holen willst, dann kauf dir neue Sachen. Oder bring deinen Kram in einen Waschsalon. Hat er auch so gemacht.«

Manjas Mund verzieht sich. Ihr Grinsen, das die Schiene zu einem Komma werden lässt, drückt meinen Blick auf den Teller vor mir, in dem einige Reiskörner in Kokosmilch schwimmen. Ich muss weiterfragen, was auch immer.

»Du hast gesagt, dass er die Anzüge seit ein paar Wochen hat. Aber woher? Ich meine, das Geld, woher hatte er das?«

Sie stellt ihren Teller zwischen den Füßen auf den Boden und wischt sich mit dem Handrücken über den Mund.

»Die liebe Mama. Die hat doch alles für den Sohnemann gemacht. Ein paar Hunderter für Anzüge? Kein Problem. Zumal sein Alter ja eh nichts mehr mitkriegt.«

Sie fängt an, sich mit dem rechten Zeigefinger Essensreste aus dem Mund zu pulen und auf den Boden zu schnippen. Einen Moment lang halte ich ihr Verhalten für eine Aufführung, die Darstellung einer sich selbst überspitzenden Manja, die mich ekeln und ablenken soll, wovon auch immer.

In der Leitung rauscht es leise, unterbrochen vom Signal des Freizeichens. An meiner linken Gesichtshälfte liegt sein Telefon, in mein freies Ohr dringt ein Rauschen, aus dem Bad, Manja unter der Dusche. Ihre Abwesenheit verschafft mir einige Minuten Ruhe, immerhin. Also habe ich gewartet, bis sie im Bad verschwunden ist, habe seine Nummer gewählt, im Kopf das Bild das alten, beigefarbenen Telefons mit den dicken Zifferntasten, das auf dem Mahagonisekretär im Wohnzimmer seiner Eltern stand. Gleichzeitig bin ich sicher, dass meine Vorstellung nicht stimmt, dass auch dort ein neuer

Apparat steht, mit integriertem Anrufbeantworter, Ladestation, mit Nummernspeichern und leuchtendem Display.

»Junge.«

Ihre Stimme, ohne ein Knacken, ohne ein Hallo oder eine Begrüßung. Nur dieses eine Wort, das mir alle Sätze aus dem Kopf drückt.

»Endlich meldest du dich.«

Seine Nummer, denke ich, seine Nummer auf ihrem Display. Ich höre sie seinen Namen in einen Raum jenseits der Hörmuschel rufen, in Richtung seines Vaters, der vielleicht auf der Terrasse steht, im Blumenbeet, oder neben ihr auf dem Sofa liegt, in eine Decke gewickelt. Es ist falsch, denke ich. Sie irrt sich. Ich muss es ihr erklären, ich muss ihr sagen, wer ich wirklich bin. Aber in meine Gedanken hinein redet sie schon, sie hört einfach nicht auf. Ich versuche einen Anschluss herzustellen, an sie, an die Situation. Wenn ich etwas sage, denke ich. Sie wird es merken, wenn ich etwas sage.

»... und dein Vater hat sich auch Sorgen gemacht. Du hättest ja auch schreiben können, eine Karte nur. Oder eine E-Mail. Wir haben ja auch E-Mail, das weißt du doch.«

»Ich hatte zu tun«, höre ich mich sagen, ohne zu wissen, ob das noch ich bin, der da spricht. »Die Bewerbungen.«

»Ja, die Bewerbungen, das ist wichtig. Läuft es denn gut?«

Ich erzähle von der Einladung des Pressedienstes, dem anstehenden Bewerbungsgespräch. Das hätte er ihr sagen sollen, denke ich. Das muss sie doch wissen. Ihre Tonlage erhöht sich leicht, verrät ihre Freude.

»Du machst das, das wird schon klappen.«

»Das hoffe ich«, sagt diese Stimme, die sie nicht erkennt. Sie kann sie nicht unterscheiden, denke ich, Felix' Stimme und meine. Ich bedanke mich für das Geld, erzähle von den Anzügen, die ich mir davon gekauft habe.

»Das ist gut. Man muss gute Anzüge im Schrank haben. Dein Vater mochte das auch nie. Ist immer ein bisschen wie verkleiden, hat er gesagt.«

Sie lacht kurz und verschluckt. Ich sehe sie dort sitzen, an ihrem Sektretär, eine Frau mit ergrauten Haaren, an einer unsichtbaren Schwelle zum Altwerden, die von ihrem Verstand bereits überschritten worden ist. Sie hält das Telefon an ihr Ohr gepresst, ihr Blick ist durch das Fenster auf den Garten gerichtet. Sie steht auf, nimmt mich mit, der ich als Felix in ihrem Ohr klinge, sie tritt ans Fenster und schaut hinaus. Hinter der Terrasse führt eine kleine Treppe zwischen den abfallenden Blumenbeeten hinab auf einen Rasen, der sich einige Meter bis zu einer mannshohen Hecke ausdehnt. In der Mitte der kleinen Wiese krümmt sich ein alter Kirschbaum, ein trockener Stamm, an dem, obwohl er ausgehöhlt und halb tot ist, in jedem Frühling einige weiße Blüten stehen. Erst ihre Stimme holt mich zurück.

»Jakob hat nach dir gefragt. Hast du mit ihm gesprochen? Du musst dich um deine Freunde kümmern, weißt du. Das ist wichtig, um nicht alleine zu sein.«

Ich brumme in die Leitung.

»Ich glaube, es geht ihm nicht gut, Felix. Er hat so einen merkwürdigen Eindruck gemacht. Du solltest ihn anrufen.«

»Ja«, sage ich. Ihre Worte sind wie ein feuchter Schwamm über meine Gedanken gewischt, haben all die Kreidebilder darin aufgesogen und ausgelöscht. Ich habe einen merkwürdigen Eindruck gemacht, auf eine Frau, die mit einem Alzheimerkranken lebt.

Sie redet bereits weiter, grüßt mich von meinem Vater. Und im ersten Moment denke ich tatsächlich, dass er doch tot ist, dass sie sich irren muss. Ich brauche einige Sekunden, um alles in Ordnung zu bringen, um diese Männer zu trennen;

der eine mit einem Kopf, der alle Erinnerungen auflöst, der andere nur noch in meiner Erinnerung und auf einigen Fotos existent. Es gibt eine Verbindung zwischen diesen Vätern, eine Verbindungslinie zwischen Felix und mir. Und gleichzeitig begreife ich, dass ich dabei bin, die Trennlinie, die es auch gibt, die mittlerweile vielleicht viel größer ist als alles andere, dass ich dabei bin, diese Trennlinie zu verwischen, mit diesem Gespräch, mit allem.

Ich verabschiede mich und lege auf. Ich höre mich atmen, höre das Knarzen des Stuhls unter mir, als ich mich bewege. Im Bad ist das Rauschen der Dusche verstummt. Manja muss längst fertig sein, sie lässt sich Zeit, oder ich habe während des Telefonierens das Gefühl dafür verloren.

Sie ist nackt, hat nur das Handtuch um ihren Körper geschlagen. Der Stoff klebt auf ihren Oberschenkeln, vollzieht jede Bewegung ihrer Beine nach, als sie in den Raum tritt. Ich sitze auf dem Drehstuhl, unfähig, mich zu bewegen, unfähig, einen anderen Gedanken zu denken als *Manja,* etwas anderes anzusehen oder zu hören als sie.

Sie erwidert meinen Blick, und während sie mich fragt, ob ich mit jemandem gesprochen habe, löst sie den Knoten, der das Handtuch oberhalb ihrer Brüste am Körper hält. Einen Augenblick glaube ich tatsächlich, dass sie zu mir kommen, in meine Reichweite geraten wird. Aber sie bleibt einfach stehen, hält das Handtuch in der rechten Hand und beginnt sich abzutrocknen. Ihre Brüste sind enorm, ein wenig hängend, trotzdem wirken sie auf eine merkwürde Art fest und hart. Ihre Oberarme müssen dicker sein als meine eigenen. Ihr Bauchnabel bildet den Fixpunkt in einem überraschend flachen Bauch, unter dem eine lange Narbe fast von Hüftknochen zu Hüftknochen verläuft. Sie beugt sich vor, reibt ihre Beine ab. Ihr Scheitel starrt mich an, darunter hängt ihr

Busen, der im Takt der kurzen Bewegungen ihres Handtuchs zittert. Als sie sich aufrichtet, fällt mein Blick auf das schwarze Büschel Haare zwischen ihren Beinen. Sie hält den Stoff jetzt wie einen Vorhang vor sich, drückt ihn an einzelnen Stellen auf den Oberkörper und bewegt ihn. Sie schaut mich dabei an, in ihren Augen eine Ruhe und Zufriedenheit, die ich bisher nie an ihr bemerkt habe.

»Ich habe hier immer gerne geduscht. Das Bad füllt sich so schnell mit Feuchtigkeit und Hitze. Fast wie ein Dampfbad«, sagt sie.

Später sitzen wir uns auf dem Sofa gegenüber. Sie hat eine Jogginghose aus Felix' Schrank genommen, trägt dazu eines seiner T-Shirts, so wie ich. Ein Pakt, denke ich, eine Komplizenschaft, die wir schweigend, schlagend und würgend vollzogen haben. Wir sitzen dort wie Trauernde, die über die Besitztümer des Verstorbenen eine Verbindung erhalten wollen. Sie erzählt von seinen Anfällen, davon, dass er im Internet irgendein Syndrom, eine angebliche psychologische Störung entdeckt habe, die seinen Fall erklären sollte. Er sei in die Bibliothek gegangen, habe sich Fachbücher besorgt, darüber Tage verbracht.

»Er dachte, dass es besser werden müsste, wenn er es erklären könnte, wenn er Begriffe dafür hätte, was mit ihm los war.«

Ich denke, ja, vielleicht ist das so, vielleicht ist da etwas dran. Aber ich schweige, höre ihr zu. Sie trauert wirklich, sie ist eine Witwe, die ihn bei aller Härte, bei aller Stärke und Überlegenheit, eigentlich gerne zurückhaben würde. Und ich? Irgendwo in mir ist ein Gefühl, ein kleiner Splitter nur, dass mein Fall ein wenig anders gelagert ist.

Als Manja sich verabschiedet, bin ich überrascht. Sie schlüpft in ihre alte Jeans, behält Felix' T-Shirt an und geht in den Flur. Der Fernseher läuft. Sie hat Nachrichten sehen wollen. Mit Manja vor dem Fernseher, diese Normalität inmitten der Verschrobenheit unserer Situation. Und dann steht sie plötzlich auf, nachdem wir über eine Stunde nebeneinander auf dem Sofa gesessen haben.

Und obwohl mit ihrem Verschwinden eine Anspannung abfällt, ich mich wieder zurücklehnen kann, mischt sich eine Spur der Enttäuschung in die Ruhe der anbrechenden Nacht. Aber vielleicht geht es ihr genau darum, in ihren Gesten, in ihrer Nacktheit. Sie muss die Anspannung zwischen uns erhalten, sie braucht mich als Zugriff auf Felix, so wie ich sie brauche. Ich beginne zu husten, keuche, reiße das Fenster auf. Draußen die strahlende Wärme der Hauswände, die sich mit einer einbrechenden Kälte in der Luft mischt. Ein auffrischender Wind, vielleicht der Vorbote eines Wetterumschwungs, fährt in die Bäume und lässt das Rascheln ihrer Blätter bis zu mir ins Zimmer klingen und sich dort mit dem Knistern der Buchseiten seines Tagebuchs mischen, das ich vom Schreibtisch genommen habe. Der Klang strahlt eine Ruhe aus, die mich kühlt.

Während ich zu lesen beginne, höre ich endlich wieder Felix' Stimme, nachdem sie tagelang geschwiegen hat.

5.5.

Der Flug ist gebucht. Ich habe Tickets, ganz altmodische Pappkarten, auf die ein Datum und eine Flugnummer gedruckt ist. Montreal, diesen Sommer, vier Wochen, die mich ganz und gar herausnehmen werden aus dieser Stadt, die ich nicht aushalte. Vielleicht solltest du umziehen, sagt meine Mutter, die damit sogar recht haben könnte. Dieser Umstand überrascht mich zutiefst, da ich nicht mehr wirklich daran glaube, dass sie eine Verbindung zu mir herstellen kann. Der Flug über den Atlantik mag ein Ausweichen sein, aber vielleicht ist er auch ein erstes Umschauen nach Alternativen, an die ich in diesen vier Wänden immer weniger glauben kann.

8.5.

Ich denke an Manja, auf eine sonderbar distanzierte Art und Weise, wie an eine Erinnerung, die dabei ist, zu verblassen. Manchmal frage ich mich, wohin die Fixierung verschwunden ist, die mich wochenlang an sie gefesselt hat. Sie ist bei mir gewesen, gestern, ich habe ihr von der bevorstehenden Reise erzählt und hatte wirklich den Eindruck, dass sie enttäuscht war. Und das, obwohl unsere gemeinsam verbrachte Zeit auf ein Mindestmaß geschmolzen ist.

Ich frage mich, ob die Beruhigung meines Kopfes, so weit möglich, gleichzeitig ein Abkühlen gegenüber Manja bedeutet, ob diese beiden Elemente unmittelbar miteinander verknüpft sind. Die Situation wäre dann auf sonderbare Weise paradox: Wenn es mir schlecht geht, brauche ich Manja, sie ist ein Gegengift, eine Medizin. Aber sobald eine Heilung eingetreten ist, wird sie überflüssig. Die Frage bleibt dann, ob es zu einer Gesundung kommen kann, wenn ich nicht dauerhaft medikamentiert bin.

Ich mache eine Pause, ordne das Bett, schlüpfe unter die Decke. Nachdem meine Mutter von der Kur zurückgekehrt war, voller Energie, ständig über Beziehungen und Männer witzelnd, mit dem Wunsch, neue Bekanntschaften zu machen, neue Sportarten zu probieren, von diesem Zeitpunkt an habe ich nie wieder bei Felix übernachtet, nicht einmal zu Geburtstagen oder Partys. Jetzt kommt es mir vor, als ob ich es nachhole. In meine Gedanken hinein klingelt mein Handy, Sarahs Nummer blinkt auf dem Display. Ich drücke auf den roten Telefonhörer, schalte das Gerät anschließend aus.

Wenn ich an Sarah denke, in dieser Nacht, ist es wie an eine Fremde zu denken. Ich brauche sie nicht mehr. Gleichzeitig bin ich sicher, dass sie selbst mich sowieso nie gebraucht hat. Es hat sich falsch angefühlt, oft genug, wenn ich neben ihr stand und ihre Freunde begrüßte oder sie meinen Bekannten vorstellte. Ich kann bis heute nicht begreifen, was diese Frau eigentlich mit mir gewollt hat, mit meinen Ziffern, Nummern, Funktionen, meinen Programmiersprachen, später meinen gepixelten Spielfiguren, Excel-Tabellen, Sprachaufnahmen und immer schon: Bier, Billard und Tischkicker, verrauchte Kopfschmerzen und Übelkeit.

Als Kind habe ich mir manchmal vorgestellt, Felix zu sein und die Aufmerksamkeit zu bekommen, die er bekam. Ich denke wieder an meine Großmutter, die erst ihm, dann mir über die Haare strich. Er war die Haupt-, ich eine Nebenfigur, ein Sidekick, Sancho Pansa. Er hätte mit Sarah zusammen sein müssen, ich mit Manja, von Anfang an hätte es so sein sollen.

Alles erscheint verdreht. Er hat Manja gebraucht, sie hat ihn beruhigt, während sie mich abgestoßen hat. Und erst jetzt, als ich ihm wieder nähergekommen bin, auf meine seltsame Art, erst jetzt kann ich langsam begreifen, was es mit Manja auf sich hat. Du musst aufpassen, sagt eine Stimme im Halbschlaf, du musst aufpassen, dich nicht zu verlieren. Das Problem ist nur, dass ich nicht weiß, wen ich da eigentlich verlieren soll.

Diese Nacht träume ich von einem Park, über dem goldene Figuren schweben; ich bin Felix oder bin Jakob, die Figuren rufen meinen Namen, und obwohl ich sie nie hören kann, weiß ich, dass es sowohl der eine ist als auch der andere. Der Park liegt in Berlin, erstreckt sich in hügeligen Wellen bis an den Horizont, aber als ich ihn verlasse, über eine geteerte Straße, die vor meinen Füßen beginnt, laufe ich plötzlich durch Hamburg, sehe Eppendorfer Altbauten, unsere Schule in der Hegestraße, einen alten Backsteinbau mit hohen Fenstern, über dessen Eingangstür ein bärtiger Wasserspeier saß und auf die Schüler hinabblickte, die sich Tag für Tag unter ihm hindurch in den Schulbau schoben. Als ich den Kopf jetzt passiere, beginnt er zu sprechen, lässt anfangs bloß knirschende Laute hören, sagt dann: »Umdrehen.« Und hinter mir keine Stadt mehr, nur eine große Leinwand, hinter der alles sein könnte: Hamburg, Berlin, das Nichts. Und vor der Leinwand steht Felix, mit Eimer und Pinsel, er hat eine weiße Latzhose an, die über und über mit Farbe besprenkelt ist. Auf seinem Kopf sitzt ein Papierhut aus Zeitung, darauf Schlagzeilen, die ich nicht entziffern kann. Felix lacht, er sieht mich an, zeigt mit dem Finger auf mich und lacht mich aus. Und auf der Leinwand steht, in geschwungenen Buchstaben und bunten Farben, der Satz: *Jakob fickt Manja.*

Ich habe ihn schon einmal verraten, ohne eigentlich etwas zu tun. Trotzdem ist es ein Verrat gewesen, den ich zu vergessen versuchte. Und als ich in dieser Nacht erwache, erinnere ich mich wieder daran, bin sicher, dass die Erinnerung schon in den Traum hineingerückt ist. An jenem Abend vor Jahren, in unserem ersten Sommer in Berlin, als wir im Tiergarten feierten, als ich das polnische Mädchen das erste Mal küsste, blieb ich länger als sie, länger als die meisten. Am Ende, als sich die Konturen der Bäume, der Wege und Bänke schon wieder aus der Nacht hervortrauten, lagen wir auf einer Decke: Felix, Maude und ich. Felix hatte sich in einem Gebüsch übergeben, sich danach zusammengerollt und geschlafen. Er lag auf der Seite, die Knie angezogen, das Kinn fast bis auf die Brust gedrückt. Er schnarchte rasselnd, gab dem Morgen den Rhythmus vor. Maude lag auf dem Rücken, ihre Haare wellten sich über seine Füße. Ich schloss die Augen, lauschte auf das Rauschen der Autos, die sich um den Kreisverkehr des großen Sterns drehten. Ein Kichern mischte sich in die Klänge der Stadt. Maude war ganz nah, ich roch ihre Haare, die nach einer Frucht dufteten.

»Du küsst also Freundinnen von mir?«, sagte sie.

Und dann spürte ich ihre Hand an meinem Reißverschluss, in meiner Hose. Sie suchte, wühlte sich durch den Stoff meiner Boxershorts und griff zu, begann ihre Hand zu bewegen, langsam, dann immer schneller.

»Denkst du an mich, wenn du sie küsst? Machst du das?«

Und ich lag still und schwieg, atmete, stöhnte, hielt die Augen geschlossen. Ihr Gesicht, ihr kleiner Mund, die großen, blauen Augen waren trotzdem zu sehen, auf die Innenseite meiner geschlossenen Lider projiziert. Dazu in meinen Ohren die Stimme des polnischen Mädchens: »Von Medusen muss man sich fernhalten.«

Als es vorbei war, nahm sie die Hand zurück und entfernte sich von mir. Ich behielt die Augen geschlossen, schlief ein, bis wir alle drei von einem Mann vom Ordnungsamt geweckt und vertrieben wurden. Ich stand auf, fröstelnd und kaum in der Lage zu unterscheiden, ob ich Maudes Annäherung nicht nur geträumt hatte. Sie half neben mir Felix auf die Beine, der schwankte und taumelte, als lerne er das Gehen neu. Sie stützte ihn, griff mit ihren Händen unter seine Achseln. Wenn er stolperte, zog er sie mit, zwang sie zu hektischen Schritten, vor und zurück. Sie tanzten sich kichernd in den Morgen, Maudes Haare wippten dazu im Takt. Ich wandte den Blick ab und entfernte mich langsam.

Ich wache früh auf, Stunden vor dem Wecker, liege wach und starre an die Decke. Wenn es noch eine Spur gibt, eine heiße, dann führt sie zurück über die Spree, zum Briefkasten im Hauseingang unter Sarahs Wohnung. Meine eigene ist es nicht mehr, nicht wirklich. Ich werde ausziehen müssen, irgendwann, werde ihre Anrufe nicht mehr ignorieren können. Doch noch ist es möglich, noch lässt sich der Druck aushalten. Es gilt, die Zeit auszunutzen, die mir bis zu diesem Moment noch bleibt.

In der ersten Sekunde erwarte ich, dass mein Schlüssel nicht mehr passt, dass sie das Schloss hat austauschen lassen. Und auch wenn der Gedanke lächerlich ist, spüre ich doch Erleichterung, als sich die Tür problemlos öffnen lässt.

Ich schiebe mein Fahrrad in den Flur, lehne es an die Wand neben der Tür zur Physiotherapeutin. Ich gehe zu den Briefkästen, streiche dabei mit den Fingerkuppen der rechten Hand über die Blumen der Bordüre, spüre die feinen Unebenheiten der darunterliegenden Mauer. Im Haus ist es still. Ich trete an den Briefkasten, öffne. Alle andere Post, so es sie gegeben hat, ist entfernt worden, bis auf vier Postkarten und einen Briefumschlag, auf dem mein Name steht. Sarahs Handschrift, unverkennbar. Ich stecke die Karten in meinen Rucksack, halte Sarahs Brief, fahre mit dem Daumen über das Papier. Etwas verändert sich. Ein seltsames Geräusch dringt aus meinem Mund und hallt von den Wänden wider. Ich will den Brief zurücklegen, kann es aber nicht. Ich stecke ihn zu den Karten, schließe hektisch den Reißverschluss des Rucksacks, bin mit einem Mal sicher, dass Sarah jeden Moment im Flur erscheinen wird. Ich packe mein Rad, reiße die Tür auf, bleibe mit dem Lenker hängen, stoße mit dem Schienbein gegen die Pedale. Meine Augen brennen, ich stolpere auf die Straße. Mein Kopf hämmert. Fahrtwind, denke ich, Fahrtwind. Ich schiebe an, schwinge mich auf das Rad, beginne zu strampeln. Der Wind fährt mir kühl über das Gesicht und unter das T-Shirt, streicht mit eisigen Fingern darüber.

Arbeit oder was ich davon vortäuschen kann. Die Programmierer in Ungarn kommen gut voran, nur noch wenige Fehler treten auf, kleine Unebenheiten auf einer glatten Oberfläche. Die Vorbereitungen für das nächste Projekt stehen an, Skripte, Dialogreihen für ein Mädchenspiel, in dem irgendwelche Models zum Erfolg gebracht werden sollen. Ich tippe einige Sätze und lösche sie wieder. Sequenzen für Werbefilme zur Promotion des Abenteuerspiels müssen ausgewählt werden. Die PR-Abteilung macht Druck, will Passagen und Grafiken, um einen Trailer zu schneiden, fragt außerdem nach einer spielbaren Version, um erste Artikel lancieren zu können.

Hinter allem stehen an diesem Tag die Karten und der Brief in meinem Rucksack, immer wieder glaube ich sie zu sehen, auf dem Bildschirm, dahinter, durchscheinend, als eine Unschärfe, ein Flimmern.

Zur Mittagspause gehe ich ins Freie, laufe zum Hackeschen Markt, über den überfüllten Vorplatz, unter der S-Bahn-Brücke hindurch und zur Spree. Touristen flanieren am Ufer oder haben sich auf den Liegestühlen einiger Bars niedergelassen. Aus den Glastüren unter den S-Bahn-Bögen hetzen Kellner, bringen Cocktails und Biere. Ich nehme einen Liegestuhl, ziehe ihn ein wenig abseits. Dennoch findet mich ein

Pinguin mit Stachelfrisur und künstlicher Bräune. Ich bestelle ein Weizen, sinke anschließend in den Stoff des Stuhls. Zu meinen Füßen liegt der Rucksack, vor mir die Museumsinsel, der eingerüstete Säulengang der Nationalgalerie, die bucklige Friedrichsbrücke, von der die Melodie eines Akkordeons herüberweht. Ich erhalte mein Bier, nehme einen Schluck und schließe für einen Moment die Augen. Das Bier verstärkt die Schwerkraft, zieht mich nach unten, bei jedem weiteren Schluck. Die Sonne kämpft mit den Wolken, die in grauen Blöcken über den Himmel jagen. Für kurze Momente brennt sie, dann wieder wird es schlagartig schattig und kühl.

Ich öffne den Rucksack, greife hinein, fühle die vier dünnen Pappkarten. Er schreibt oft, denke ich, er hat Kontakt mit dir aufgenommen. Es ist möglich, dass sich durch diese Tatsache etwas verändern wird. Ich bestelle ein zweites Bier, lege mir die Karten auf den Schoß und betrachte die verwischten Stempel der *Poste de France,* ordne sie nach Datum.

Die erste Karte, ein überlanges Exemplar, zeigt erneut den Kanal, vor dem Betrachter eine kleine, steinerne Brücke, dahinter ein Bassin, das sich zu einer Stadt hin öffnet. Die Silhouette des Ortes wird beherrscht von einer leicht erhöht liegenden Kirche mit einem langen, massigen Schiff, an dessen Ende ein kleiner, achteckiger Turm mit Spitzdach ein wenig verloren in den Himmel sticht. Ich drehe die Karte: *Ville de Castelnaudary, vue par le Grand Bassin.*

> Seit Tagen bin ich unterwegs, seit Wochen vielleicht. In der Bewegung wird Zeit etwas Relatives. Nachdem ich die ersten Strecken mit gestrecktem Daumen zurückgelegt habe – denn das interessiert dich sicherlich – habe ich seit dem Mittelmeer, seit Beginn des Kanals

nur auf meine Füße gehört. Ich bin ein Wandersmann, stelle mir manchmal vor, ein Handwerker auf der Walz zu sein, mit dem Zwang, mich über Jahre nicht meinem Zuhause nähern zu können. Die Frage wäre: Wo ist das überhaupt? Es ist still geworden, um den Frager, den Sucher. Hat er seinen Fokus verloren? Ich bin versucht, Erkundigungen einzuholen, Kontakte zu knüpfen, neue Fäden zu spinnen, die verhindern, dass ich abreiße, von dir, von mir, von allem, was bisher gewesen ist.
Solange ich laufe, solange ich kein Ziel habe, kann ich die Bewegung meiner Gedanken halbwegs kontrollieren. Kurz vor Castelnaudary spannt sich eine alte Holzbrücke über den Kanal, dahinter ein Spitzturm und ein Haupthaus aus altem Stein. Grauschwarze Dachschindeln, grüne Fensterläden, davor Blumenkästen gefüllt mit Farbexplosionen. Ein winziges Château, tatsächlich, vor dem ein mittelalter Mann mit grauem Haarkranz sitzt, vor einer Staffelei mit einem Glas Wein auf der Lehne seines Stuhls. Und als ich mich nähere, knirschend über den Kies des Hofes schlendere, sehe ich die offene Garage, darin ein Mercedes mit deutschem Kennzeichen. Der Mann dreht den Kopf und winkt, ich winke zurück und wende mich ab, verlasse den Hof.
Die Dinge sind nicht, wie sie sein sollten, nicht einmal hier. Ich gehe, renne, flüchte. Wieder, erneut, immerzu.

Die nächste Karte zeigt eine Sammlung kleiner Fotos. Die unterschiedlichen Ansichten eines kleinen Ortes sind um das Stadtwappen gruppiert, eine blaue Glocke auf gelbem Grund. Die Rückseite: *Saint-Félix-Lauragais.* Darunter seine Schrift.

Ein Ort des heiligen Felix. Ein Straßenschild brachte mich vom Kanal ab, in die Hügel dieses Landstrichs, der *Pays de Cocagne* genannt wird. Land der Katharer, die sich genau hier im 12. Jahrhundert unter einem ihrer Bischöfe versammelten. Davon keine Spuren, bis auf ein kleines Schild auf dem Weg zur Kirche. Dennoch fühle ich mich verbunden, beruhigt in diesem Ort, dessen Touristenparkplatz beinahe leer ist. Der Wirt des einzigen Cafés erklärt mir, dass es noch ein Schloss zu sehen gibt, dazu einige Windmühlen, die seit Jahren auf eine Instandsetzung warten. Als ich ihm meinen Namen verrate, lacht er und lädt mich auf ein Bier ein. Er fragt, ob ich wüsste, wer der heilige Felix war, und als ich verneine, versucht er es mir zu erklären. Mein Französisch stößt an seine Grenzen, ich nippe an meinem Kronenbourg, verstehe, dass mein Namensgeber weder lesen noch schreiben konnte, ein Bettelmönch war, der sich um die Kinder von Rom kümmerte, und dass er trotz seines Analphabetismus als weiser Mann galt, den sogar Bischöfe und Fürsten befragten. Ich übernachte im Gästezimmer des Wirtes, seltsam enttäuscht von meiner heiligen Version, die so wenig mit mir gemein hat.

Ich hätte etwas essen sollen, Kraft sammeln für den verbleibenden Arbeitstag. Ich denke an die Aluschalen des thailändischen Imbisses, bei dem sich die Kollegen regelmäßig versorgen, an das quietschende Geräusch, wenn man versucht, das Essen daraus zu befreien. Essensgeruch liegt in der Luft, ich schnuppere, schließe die Augen. Als mein Kinn auf die Brust sackt, schrecke ich hoch, blinzle in die Sonne. Kurz darauf klingelt mein Telefon. Am Ende der Leitung ein Kollege.

»Wo bleibst du?«

Ich schaue auf die Uhr. Eine Stunde ist vergangen. Felix' Postkarten liegen noch auf meinem Schoß, das leere Bierglas ist neben mir auf den Rasen gekippt.

Ich kehre zurück, arbeite in einem Gedankenraum mit veränderter Gravitation. Die Dinge verlangsamen sich, springen plötzlich wie Quanten von einem Ort zum nächsten. Datenübertragungen stocken, der Server macht Probleme, mein Kopf dagegen ist eine dauerhaft rasende Maschine. *Du musst hier raus.* Immer wieder dieser eine Satz. Nichts wie weg hier. Es ist nicht auszuhalten. Ich habe programmieren, habe eigene Dinge, eigene Pläne in die Tat umsetzen wollen. Jetzt erfülle ich die Ideen anderer, ohne zu fragen, ich koordiniere und kreiere Welten, ohne die Dinge, die ich tue, noch mit mir verbinden zu können. Gegen fünf verlasse ich das Büro, jage mit dem Fahrrad unter dem Fernsehturm hindurch, am hässlichen Koloss des *Alexa* vorbei, dessen weinrote Außenhaut jeden Blick hinein oder hinaus verbietet. Plattmachen, denke ich, alles plattmachen, und trete schneller, bis mir die Knie schmerzen. Ich biege in die Holzmarktstraße ein, versuche dem Tempo einer S-Bahn zu folgen.

Zuhause, in Felix' Zuhause. Ich falle auf das Sofa, in den Geruch der eigenen Laken, der mir fremd vorkommt, als habe vor wenigen Stunden noch ein anderer hier gelegen. Ich ziehe die beiden anderen Postkarten aus dem Rucksack, drehe mich auf den Bauch und beginne zu lesen. Die erste Karte ist erneut in engen Buchstaben beschrieben:

> Ich erreiche Toulouse. Vorher bewegte ich mich durch Schutzhäute aus Industrie und Gewerbe. Eine wachsende Stadt, ganz offensichtlich, die nach außen hin

ausfranst, lang gezogene Bürogebäude und Lagerhallen in die Landschaft drückt, die verspiegelten Fenster einer Fakultät für Luft- und Raumfahrt, die selbst wie ein Raumschiff neben dem Kanal gelandet ist. Eine Zeitreise, innerhalb weniger Meter. Platanen, grüne Wasseroberfläche, ein rostiger Schiffsrumpf, angebunden und von altem Laub und Sand bedeckt, dahinter eine steinerne Brücke, wie der gebogene Rücken einer Katze. Der verwunderlichste Moment ist jener, als ich mich schon in den Randbezirken der Stadt befinde. Eine stählerne Konstruktion trägt den gesamten Kanal über das Donnern der vierspurigen Autobahn. Dahinter warten eine Allee und alte Barkassen, als habe es diese Störung nie gegeben.

Die zweite Karte ist sonderbar leer. Ich lese nur wenige Zeilen in sauberer Druckschrift, der Zeilenumbruch eines Gedichtes:

La couleur des anges
Si la couleur orange est un mélange de jaune et rouge
Et si le mot orange est un mélange d'or et d'ange; sachant
Que l'or est jaune, les anges doivent sûrement être rouges.
Ismael, dixit Nr 1, Oct 2005

Ich brauche eine Weile, bis ich das Wortspiel begreife, die Verschränkung von Farben und Bedeutungen. Ich muss in einem seiner Wörterbücher nachschlagen, bis ich begreife, dass es um den Namen der Farbe geht Or-Ange, Gold und Engel, und ihre Zusammensetzung. Wenn das Gold also gelb ist, müssen Engel rot sein. Und ich frage mich, was er mir damit sagen will, mit Sätzen von Engeln. Ich starre auf das Gedicht, lese es erneut, spüre, dass es mich irgendwo trifft und eine Traurigkeit hinterlässt, eine Traurigkeit für Felix, um Felix. Auf der Vorderseite der Karte ist eine alte Brücke mit mehreren Bögen abgebildet, die sich über einen nächtlichen Fluss spannt, die Innenseiten der Bögen sind lila erleuchtet. *Pont Neuf, la Garonne, Toulouse.* Ich stelle ihn mir vor, in dieser unbekannten Stadt, am Fluss. Die Vorderseite der anderen Karte zeigt einen viereckigen, backsteinroten Platz im Licht der untergehenden Sonne. *La ville rose* steht auf der Rückseite. Ich spüre Wärme, wenn ich mir Felix in dieser Stadt vorstelle, in diesen Postkarten.

Ich verlasse die Wohnung, kaufe mir eine Falafel beim Imbiss an der Ecke, setze mich auf einen Poller vor dem Supermarkt und esse, kaue gierig gegen einen Hunger an, den ich den gesamten Tag unterdrückt habe. Ich denke an Sarah, an ihren Brief, der noch ungeöffnet in meinem Rucksack liegt. Was immer sie geschrieben hat, wird nichts ändern, wird nur die Distanz vergrößern, die sich mit jedem Tag zwischen uns schiebt. Ich habe einen Schlussstrich gezogen und weiß, dass ich ihr ins Gesicht sehen und es aussprechen muss. Ein Druck legt sich auf meinen Magen, nimmt mir den Appetit. Ich stopfe die Reste der Falafel in einen Mülleimer. Als ich aufsehe, kommt mir Manja entgegen, die Falckensteinstraße hinauf. Sie isst ein Eis, hält sich die Waffel vor den Mund wie ein Mikrofon. Ihre Haare stehen von ihrem Kopf ab wie Antennen, mit denen sie meine Anwesenheit spürt. Sie grinst, als habe ihr jemand einen Witz über mich ins Ohr geflüstert. Als sie näher kommt, sehe ich, dass ihr das schmelzende Eis über ihre Hand fließt, aber sie scheint sich nicht daran zu stören.

»Hallo Nachbar«, sagt sie. Ich muss lachen. Sie deutet mit der freien Hand in Richtung der Wohnung, ich nicke und gehe voran, höre ihre Schritte dicht hinter mir und spüre ihren Blick auf meinem Rücken.

Als sie die Wohnung betritt, atmet sie tief durch, schiebt sich die Sportschuhe von den Füßen und geht ins Wohnzimmer. Sie betrachtet das zerwühlte Bett, entdeckt die Postkarten und lässt sich ohne eine Frage nach deren Absender auf die Matratze fallen, um sie zu lesen. Sie hält sie nah vor die Augen, um seine Schrift besser entziffern zu können, folgt dem Verlauf der Worte mit dem Zeigefinger. Ich muss an ein kleines Mädchen denken, das noch unsicher im Lesen ist. Einige Male schnauft sie oder schüttelt den Kopf, wobei der Wald aus Antennen auf ihrem Kopf zittert.

Als sie die Karten einmal durchgelesen hat, beginnt sie von vorne. Sie scheint mich vergessen zu haben, ist ganz in dem Text der Karten gefangen. Ich warte einige Minuten, dann greife ich nach seinem Tagebuch. Ich blättere, genieße das Gefühl des Papiers an den Fingerspitzen, das mich immer noch beruhigt wie am ersten Tag, an dem ich zu lesen begonnen habe.

Den Sommer hat Felix in einer sich steigernden Spannung auf die Reise nach Kanada verbracht, die er immer wieder notiert hat, ohne sonst viel preiszugeben. Ein paar Mal erwähnt er Manja, aber er spart mit Informationen.

17.6.

Nur einige Tage noch, dann verschwinde ich für Wochen, löse mich aus der gewohnten Umgebung, löse mich vielleicht ganz. Einerseits ist es albern, wie ich diese Reise im Vorhinein auflade, andererseits ist sie ein Zielpunkt, der mir Ruhe garantiert oder doch Aufregung, aber eine neue, gesundere Aufregung, die auf etwas außerhalb meines Körper gerichtet ist. Ich ziehe durch Reisegeschäfte, lese Trekkingratgeber, investiere in neue Wanderschuhe und einen Rucksack, obwohl ich nicht mehr weiß, als dass ich in Montreal landen und dort drei Nächte in einem Hostel verbringen werde. Es ist das Gefühl einer absoluten Ungewissheit, die sich im Rahmen eines festen Zeitplans bewegt. Ich habe ein Rückflugticket Anfang August und in meinem Hinterkopf den Notausgang, es einfach verfallen lassen zu können. Illegaler Einwanderer. Ein Begriff, der sich zu leicht mit falscher Romantik füllt. Ich spüre deutlich diesen Zweifel, dass alles nur ein Spiel ist und ich mich nur für den Moment mit meiner eigenen Darstellung überzeugen kann. Ich habe die Medikamente dabei, mehr als ausreichend. Auch das ist eine Absicherung, wenn auch eine, die ich gerne vergesse.

19.6.

Der Abend vor dem Abflug. Ich habe mich entschieden, dich hierzulassen, verehrtes Tagebuch, dort nicht zu schreiben, zumindest nicht in dieser Form. Ich habe diesen Papierglauben, mit dem Buch auch die notierten Gedanken zurückzulassen. Der Rucksack steht gepackt in der Ecke des Zimmers, die verkanteten Zähne des Reißverschlusses grinsen. Das Gewicht ist beachtlich, fast zu schwer, um damit längere Zeit zu wandern, aber ich musste einige Bücher einpacken, die ich vorher schon aussortiert hatte. Trotzdem fühle ich mich leicht, auch weil ich Manja nicht mehr gesehen habe, ihre Anrufe ignorierte, am Ende doch den Hörer hob und ihr sagte, dass ich sie nicht sehen wolle, dass es keinen Sinn mache. Und ihre Reaktion war die erwartete, ein kurzes »Wie du meinst«. Ich wünschte mir, endlich hinter ihre Fassade blicken zu können, endlich den Grund dieses Brunnens zu finden, aus dem ich Ruhe trinke. Ich möchte wissen, wo ihre trockene Unruhe vergraben liegt, wovor sie sich fürchtet. Dass sie mir diese Dinge verwehrt, ist vielleicht einer der Gründe, warum ich gehe.

»Spannend?«

Ich erschrecke, meine Hände reißen das Buch vom Tisch, klappen es zu. Ich will mich drehen, ihr entgegentreten, aber sie kommt mir zuvor. Der Aufschlag ihrer Hand schleudert meinen Kopf nach vorne, das Buch fällt mir aus den Händen. Ich stoße mich vom Schreibtisch ab, versuche den Stuhl nach hinten zu schieben, aber sie drückt mich zurück, presst meinen Oberkörper gegen die Tischplatte, packt meine Haare im Nacken und drückt die Stirn fast bis auf das Holz. Ich spanne meine Muskeln, aber sie hält mich gefangen. Ihr Schnaufen kommt nah an meine Ohren. Eine unbändige Lust, ihr erneut auf die Nase zu schlagen, auf den Mund, in den Magen, bis sie sich vor mir krümmt. Stattdessen beißt sie in meinen Nacken, während ich zucke wie ein Fisch am Haken.

»Denkst du, ich bin bescheuert? Denkst du immer noch, dass du mich raushalten kannst?«

Ich schlage mit dem Hinterkopf nach ihrem Gesicht, aber sie hat sich aus der Gefahrenzone gebracht, gibt mir einen letzten Stoß gegen den Rücken, bevor sie den Druck löst. Ich drehe mich, springe auf, stehe vor ihr, bereit, zuzuschlagen, auf die bereits markierte Stelle in ihrem Gesicht. Sie steht vor dem Durchgang zur Küche, hat die Arme in die Hüften gestemmt und lacht mich an. Sie bleckt die Zähne, leckt sich mit der Zunge darüber. Aber genau diese Bewegung lässt mich meine Arme senken. Ich schüttle den Kopf. Die einzig angemessene Reaktion.

»Du hast sie doch nicht mehr alle!« Sie lacht.

»Zum Glück ist ein Experte für rationales Handeln hier. Der Herr Privatdetektiv in eigener Sache. Und was machst du wirklich?«

»Ich sammle Spuren.«

»Und dann strickst du dir einen Schal draus, damit du es im Winter schön warm hast. So ein Blödsinn.«

Sie tippt sich mit dem Zeigefinger auf die Nasenschiene. Ich trete einen Schritt zurück, lehne mich an den Schreibtisch. Aus dem Hausflur dringt das Schreien eines Kindes in die Wohnung. Manja lauscht. Schritte tappen, eine Männer- und eine Frauenstimme mischen sich. Das Weinen ebbt ab, die Stimmen werden leiser, bis ich nur noch das leise Pfeifen höre, wenn ich durch die Nase Luft einziehe. Manja sieht mich an, ihr Gesicht ist weich geworden.

»Bin ja nicht besser als du, könnte man sagen.«

Sie ist verändert, von diesem Moment an, zumindest für einen Abend, obwohl nichts passiert ist. Vielleicht hat es genau damit zu tun. Sie sitzt noch einige Minuten auf dem Bett, die Postkarten wie einen Schatz in ihrem Schoß.

»Ich habe das Gefühl, dass er wirklich weg ist. Völlig und unwiederbringlich. Und gleichzeitig möchte ich daran nicht glauben.« Sie fährt mit den Fingern über die Karten, sieht mich an. »Ich glaube, dir geht es da ganz ähnlich.«

Sie verabschiedet sich plötzlich und kurz, ich bleibe zurück, sonderbar verwirrt über den kurzen Einblick in ihre andere Seite. Ich hole mir sein Buch, das bei Manjas Attacke auf den Boden unter dem Schreibtisch gefallen ist. Ein kleiner Berg

Papier ist zwischen den Seiten herausgefallen, Postkarten und gefaltete Blätter, die ich zusammenschiebe und neben mir auf das Bett lege. Bald habe ich ein Bild, denke ich, langsam formt es sich, ohne dass ich schon genau erkennen kann, was ich am Ende sehen werde.

15.8.

Die Zeit seit der Rückkehr geht ins Land, wie man so sagt, schleicht dahin, an mir vorbei, zieht mich mit. Die Erinnerungen verblassen schon, egal wie oft ich mir die Fotos anschaue, egal wie oft ich Namen wiederhole. Was bleibt, ist dieses Bild vom Anflug auf Montreal, als ich dachte, über dem offenen Meer zu sein, die Maschine noch im ausgedünnten Hellblau zwischen Wolken und Himmel. Und dann erkannte ich das Ufer, das von links und rechts heranrückte, ein Miniaturfluss, nach dem man greifen könnte, würde man die Hand durch das Bullauge ins Freie recken. Im glitzernden Blau bewegten sich kleine schwarze Punkte, die sich im beginnenden Sinkflug als Containerschiffe entpuppten. Und je tiefer der Flieger sank, desto weiter wuchs der Sankt-Lorenz-Strom und wurde gleichzeitig schmaler, bis er zu einem normalen Fluss schrumpfte, den ich bald darauf aus den Augen verlor. Was mir im Flughafen als Erstes auffiel, war dieses knarzende, von Zischlauten durchsetzte Französisch, dem ich kaum folgen konnte.

16.8.

Ich blättere durch Notizen und Briefe, die ich nicht abgeschickt habe, die ich ihr in den Rucksack stecken wollte, als sie sich in Montreal am Bahnhof verabschiedete und in den Bus nach New York stieg. »C'est pas fini, je t'en rappelle!« Und ich frage mich auch jetzt wieder, ob du diesen Satz nicht nur wiederholtest, um mich zu beruhigen, mir den Abschied leichter zu machen. Ich drückte die Kuppe meines Zeigefingers auf die Narbe in deiner Braue, sagte: »Blitzstirn.« Ich konnte dir den Begriff nie gut genug erklären, trotzdem brachte er dich zum Lachen, auch diesmal. Was ich habe, was bleibt, sind einige Fotos, meine Briefe und der Name deines Heimatortes in Frankreich. Immerhin, versuche ich mir zu sagen. Immerhin.

Ich setze ab, blättere vor, bis ich die Seite mit dem Foto und der Zeichnung des Frauengesichtes finde. Blitzstirn, die Kusskauerfrau. Eine Französin in Kanada, das weiß ich jetzt. Trotzdem bleibt die Frage, wer sie ist, wo er sie kennengelernt hat. In den Papieren, die aus dem Tagebuch gefallen sind, finde ich dann tatsächlich einige linierte Blätter, mit Datumsangaben aus jenem Sommer vor zwei Jahren, zwei Briefe darunter, aber auch einige kurze Notizen.

5.7.

Wir sind seit Tagen unterwegs, sie und ich, ohne uns zu kennen, ohne viel mehr zu wissen als unsere Namen. Eine kleine Person, deren eisblaue Augen nicht zu ihren dunklen, fast schwarzen Haaren passen wollen. Sie saß auf dem Doppelstockbett gegenüber, lachte mich an und fragte: »Hast du ein Auto? Willst du eins mieten?« Sie sprach ein hartes Französisch, das ich nach Marseille einordnete. Und sie lachte, lachte glucksend und laut, hob den Zeigefinger und bewegte ihn tadelnd.
»Pays Basques«, rief sie, erneuerte die Frage, ob man sich nicht einen Mietwagen teilen könne. Sie wollte

nach Norden, am Strom entlang, und da ich ohne Plan war, ohne Ziel, ließ ich mich mitreißen, ließ sie reden, beim Autoverleih, legte meinen Führerschein auf den Tresen in dem kleinen, klimatisierten Büro, fuhr den Wagen aus der Garage und hinaus aufs Land, über eine geschwungene Straße oberhalb des Flusses. Claire erzählte, ganz gleich ob ich ihr folgen konnte oder nicht, von ihrem Studium in Bordeaux, davon, dass sie die Schnauze voll von Frankreich gehabt habe, den Strand in der Nähe ihres Heimatortes aber schon jetzt vermisse. Jeden Sommer sei sie dort bisher gewesen, zumindest für eine Woche. Plötzlich greift sie auf die Rückbank, zerrt eine CD aus dem Rucksack und schiebt sie in die Anlage. Dann legt sie den Kopf ans Fenster und schließt die Augen. Ich kann nicht erkennen, ob sie schläft oder wach ist. Hinter ihrem Profil liegen der Fluss, die Felder und kleinen Dörfer abseits der Landstraße. Aus den Boxen erklingt eine helle Männerstimme, nur von einer einzelnen Gitarre begleitet:
»Je suis parti de ma famille, et j'ai erré et voyagé et même si je pense à toi à toutes les heures de la journée et même si je pense à toi, jamais je ne reviendrai.«

8.7.

Im Nationalpark *Des Grands Jardins.* Die Spuren der Waldbrände: schwarze Baumstümpfe, die plötzlich in das Sichtfeld einbrechen, gerade wenn man dem Weg zwischen zwei satten Tannen hindurch folgt. Der Regen schlägt kleine Mulden in den See, er weicht mich auf. Claire stapft voran, wir sprechen wenig, singen stattdessen laute Wanderlieder, sie auf Französisch, ich auf Deutsch, um die Bären auf Abstand zu halten.

10.7.
Ich habe sie angeschmachtet, von dem Moment an, als sie sich neben mir ins Auto setzte. Schmachten. Genau dieses Wort, dieses alte, unpassende. Im Zelt starrte ich in eine nächtliche Schwärze aus Kunststoff, hielt den Atem an, die Arme an den Körper gepresst. Vor dem Zelt knackten und raschelten Tiere, wehten die Stimmen anderer Camper über mich hinweg, ohne dass ich abschätzen konnte, ob sie meterweit entfernt waren oder direkt neben mir standen. Dann hörte ich Claires Schlafsack rascheln. Ihre Arme legten sich auf meinen Bauch, ihr Gesicht war ganz nah an meinem. Ich spürte ihre Wärme, ohne in der Dunkelheit auch nur ihre Konturen ausmachen zu können. Wir tasteten uns heran, griffen nacheinander. Ich fuhr mit meinen Händen über ihre Schulter, ihre Brüste und ihre Hüfte, während sie zu mir in den Schlafsack rutschte. Seitdem wandern wir schweigend, schießen Fotos, unter einem grauen Wolkenteppich, der sich von den Bergketten im Westen über unsere Köpfe hinweg in die Ebene spannt.

11.7.
Während wir mit dem Wagen aus den Bergen hinab in die Ebene rollen, schiebt die Sonne mit kräftigen Fingern die Wolken auseinander. Und Claire lächelt mich an, als sei ihr Gesicht eine Reflexion des Wetters. »Putain de nuages«, sagt sie, die verdammten Wolken, ihre Stimme ist tief und kratzig. Ich öffne das Fenster, sie legt ihre Hand auf meinen Arm und greift zu, prüft mein Fleisch. Vor uns, unter uns, zieht sich das blaue Band des Stroms entlang, zu dem wir zurückkehren. In einem kleinen Dorf machen wir halt. Ich lehne am Wagen, sie

tritt zu mir, schlingt ihre Arme um mich, drückt ihre Stirn auf meine Brust. »Merci«, sagt sie, und ich bin nicht sicher, was sie meint.

An dieser Stelle brechen die Notizen aus Kanada ab. Ich gehe zu seinem Schrank, hole die Fotos der beiden aus der Pappschachtel hervor. Felix' Gesicht, seine feine Nase, die lockigen Haare. Ein Lachen, das gelöst wirkt. Claire an seiner Seite, schräg an ihn gelehnt, ihre dunklen Haare wellen sich über seinen Hals, auf ihrer Stirn und Nase leuchten die Rötungen eines Sonnenbrandes, die Narbe ist ein weißes Komma in der Braue. Und ihre Augen blicken durch die Linse der Kamera direkt in meine. Seine Briefe an sie bestehen aus zwei oder drei Blättern, dicht beschrieben, teilweise unleserlich. Wirre Gedankenströme, in Französisch, Englisch und Deutsch, die stets mit einem *Chère Claire* beginnen. Er zählt Namen auf, offensichtlich Menschen, denen sie auf der Fahrt oder in Montreal begegnet sind. Ein Ortsname fällt – Tadoussac – den ich im Internet finde, ein Fischerort am Strom und an einem gleichnamigen Fjord. »The whales, die Wale, les baleines, j'ai eu des problèmes à coire qu'ils viennent si proche du bateau. Je me rappelle d'avoir pris ta main et que t'as commencé à rire, tes cheveux mouillé bougant devant tes yeux glacés.« Im Stillen übersetzte ich: »Ich konnte mir nicht vorstellen, dass die Wale so dicht an die Boote kommen. Ich erinnere mich, dass ich deine Hand genommen habe und du lachtest, während deine nassen Haare sich vor deinen Augen bewegten.« Und ganz am Ende, nach einigen verschmierten Zeilen, aus denen nur wenige Worte wie Leuchttürme ragen, steht ein Satz: »Et comme je pense à toi, à toute les heures de la journée – peut-être que je te suivrai.« Er hat an sie gedacht, vielleicht ist er ihr gefolgt.

Mich hält der Gedanke wach, dass er unterwegs sein könnte zu ihr, zu ihrem Ort am Meer. Ich stehe auf, im fahlen Leuchten des Bildschirms suche ich nach ihrer E-Mail-Adresse, nach Nachrichten, aber sie ist unauffindbar. Nur ihren Heimatort entdecke ich, an der Küste zwischen Bordeaux und Bayonne. Ich starre auf das Satellitenbild des Jachthafens und der Dünen südlich des Ortes, in denen man die Bunker und sogar die Sonnenschirme als kleine Pixelhaufen erkennen kann. Die Welt auf dem Bildschirm, in verschiedenen Zoomstufen, unbewegt zwar, trotzdem bunt, ist sonderbar lebendig.

Ich schrecke hoch, als meine Stirn den Bildschirm berührt. Ich spüre die Wärme, den leichten Druck des Kunststoffs.

Die Arbeit des nächsten Tages spielt sich hinter dünnen, beweglichen Glasschichten ab, die sämtliche Geräusche und Berührungen dämpfen. Trotzdem habe ich den Eindruck, besonders gut und effizient zu funktionieren. Zahlreiche Konzeptseiten werden gespeichert und abgelegt, E-Mails mit Programmierern ausgetauscht, Termine für weitere Sprachaufnahmen festgesetzt. Das Spiel eines Kollegen hat einen Preis gewonnen, der durch eine hässliche, goldene Maus symbolisiert wird. Ich sehe mich anstoßen, ein Glas Sekt in der Hand, sehe mich reden, ohne den eigenen Worten folgen zu können. Abends erwache ich, durchschreite die Schichten in dem Moment, in dem ich seinen Flur betrete. Seine Wohnung bringt eine Klarheit, die ich den gesamten Tag vermisst habe. Ich sitze auf dem Sofa, starre auf den Fernseher, irgendeine abendliche Serie, und frage mich, wie lange sein Konto wohl die Mietzahlungen deckt, ob er seinen Dauerauftrag schon gekündigt, vielleicht nie einen besessen hat. Wie lange wird es dauern, bis der Vermieter sich meldet, die Miete einfordert, sich vielleicht Zugang zur Wohnung verschafft. Ich stehe auf, schalte den Laptop an und durchsuche seine Schubladen nach Bankunterlagen. Wenn ich seinen Online-Zugang finden kann, werd ich von dort überweisen, zur Not mein eigenes Geld über diesen Umweg transferieren können.

In der obersten Schublade liegt die Einladung zum Vorstellungsgespräch. Wenige Tage noch, in denen ich mich entscheiden muss, wie weit ich dieses Spiel werde spielen wollen. Ich hole einige seiner Anzüge aus dem Schrank und probiere sie an. Die Hosenbeine sind zu kurz, die Jacken spannen an den Schultern. Ich stehe im Bad vor dem Spiegel, ein schwarzes Jackett über einem weißen Hemd, dazu ein blauer Schlips, dessen Knoten ein wenig zu groß geraten ist. Das Gesicht, das mich ansieht, ist übersät mit den Stoppeln eines Dreitagebartes, die Haut darunter sonderbar farblos und durchscheinend. Ich streiche mir mit der Hand über die Wangen, spüre das Kratzen an der Innenseite. Als ich die Lippen hebe, sind die Zähne zu groß, die Augen, die sich darüber wundern, zu klein. Ich sehe an mir herunter, auf die Hosenbeine, die zwischen Stoffkante und Socken einen haarigen Steifen Haut freilassen.

Ich bin ein Clown, mehr nicht, ein Clown, der in einer geschrumpften Verkleidung steckt.

25.8.

Ich bin überrascht über die Freude, die der Anblick von Manjas Gesicht auslöste, ihr Lächeln, die Art, wie sie die Brauen zusammenzog, die Stirn in Falten warf. Wir trafen uns zufällig, auf dem Sandweg vor dem Urbanhafen, über den sich Schlangen von Radfahrern in engen, bunten Hosen bewegten. Und plötzlich tauchte in der Menge ihr Gesicht auf. Meine Augen krallten sich sofort daran fest, noch bevor mein Verstand es begriffen hatte. Sie blieb stehen, legte die Hände auf den Rücken. Brust raus, dachte ich und musste über diesen Gedanken lachen. Das Erstaunlichste an diesem Moment war, dass Manja mein Lachen erwiderte, augenblicklich. Ihre Züge wurden weich, die Augen weiteten sich. Sie wartete, bis ich zu ihr kam. Ich glaubte, sie riechen zu können, diesen herben, bitteren Geruch nach Mandeln, den ich nach Treffen mit ihr stets für Stunden in der Nase hatte.

»Der Heimkehrer«, sagte sie. Ich nickte.

»Ich mach Erkundungsgänge, um das alles wieder zusammenzukriegen.«

»Na immerhin«, sagte sie und zog die Nase kraus.

Wir saßen auf der Wiese, lange Stunden, die Füße an der Kante zum Wasser. Vor uns weißgraue Schwäne, denen einige Kinder trockenes Brot zuwarfen. Der Spätsommer strahlte Hitze bis in die Nacht, machte mich ganz neblig.

1.9.

Ich frage mich, ob es ein Neuanfang ist oder etwas Altes, das nie wirklich verschwunden war. Die Körper scheinen dieselben, trotzdem verändert, schwerer. Ich denke an Claire wie an die Figur aus einem Buch, das ich gelesen habe, aus einem Lieblingsbuch, dessen Personen mir lebendig geworden sind. In einer kleinen Pappschachtel liegt ihre Adresse zwischen anderen Adressen von Menschen in Kanada. Es ist eine kleine Kiste, die diese Personen in der Realität verankert, dazu Fotos, meine Briefe an sie. Ich halte ihre Existenz vor Manja geheim, obwohl sie ahnt, dass etwas passiert ist.

10.9.
Manja und ich sind eine Möglichkeit, die etwas von ihrer Unwahrscheinlichkeit verloren hat.

16.9.
Ich habe mich entschieden, meine Briefe an Claire nicht abzuschicken, habe auch die Fotos im Schrank vergraben. Ich schaufle neue Eindrücke auf die Erinnerung, bis ein kleiner Vergessenshügel entsteht.

Auf der nächsten Seite folgen die Zeichnung und die verwirrten Zeilen über die Kusskauerfrau, danach über ein Monat der Stille, bevor er erneut einen Eintrag hingekritzelt hat, in beinahe unleserlichen Buchstaben, zur Seite gekippt, wie es immer wieder passiert ist, wenn mit den Gedanken seine Schrift aus den Fugen geriet.

20.10.
Altes, alt, aufgebrochen, in neuem Gewand, neuer Verkleidung, verbläut, verschlagen, zerschlagen – was ist das? Was macht das? Ich kenne mich selbst nicht oder will mich nicht kennen, nicht mehr, nicht so. Körperlichkeit ist das, Schwitzen, ihr Lachen, ich glaube, dass es ihr Lachen ist, dieses dreckige, spitze Lachen, fast ein Fiepen, ein böses Hundejunges, dem ich das Fell herunterreißen will.
Und alles passiert stumm, wir tanzen, verbeißen uns, wortwörtlich, bis sie tatsächlich Fleisch aus meinem Arm gerissen hat.
Der einzige Klang ist das Atmen, das keuchende Einsaugen und Ausstoßen von Luft; ist der dumpfe Ton, als mein Kopf gegen die Lehne des Sofas schlägt. Einen

Moment lang tanzen Lichter in der Schwärze des Zimmers, glaube ich alle Konturen wie im Blitzlicht eines Fotoapparates sehen zu können. Ich taste nach meinem Hinterkopf, der sich weich anfühlt, feucht, dann übergebe ich mich, auf das Bett, auf mich selbst.

Ich erkenne die Ähnlichkeit zwischen uns, sehe sie stärker als zuvor. Ich denke die Nächte zurück, sehe Manja an die Wand gelehnt, sehe das Blut aus ihrer Nase tropfen. Ich sehe den blutenden Felix, sehe, wie sich die Inhalte unserer Mägen verbinden. Was hilft, um sich wieder zusammenzufügen, ist das Lesen, auch wenn es alles verschlimmert, auf lange Sicht, denke ich.

25.10.
Wir reden nicht darüber, reden nicht davon. Wir schweigen uns an, schweigen uns aus, holen die Erinnerung mit uns unter die Bettdecken und finden einen Weg, sie beiseitezuschieben, tastend, vorsichtig, als wüssten wir von den Versehrtheiten des anderen.

29.10.
Und wieder passiert es, passiert es wie ein Spiel, ein Tanz, den wir vorführen. Wir sind Schauspieler im eigenen Körper, können die Schläge, Bisse und Tritte mit einer professionellen Distanz wahrnehmen.
Ich kann die Stellung ihrer Zähne an meinem Arm überprüfen, worüber wir beide lachen, später. Sie sitzt auf dem Schreibtisch, nackt, die Ellenbogen auf die Knie gestützt.
Ihr linkes Auge schwillt langsam zu, wird eine bläuliche Wölbung. Ich lehne am Ende des Bettes, schaue auf

meine Brust, aus der Blut sickert, an den Oberkanten der roten Streifen, die ihre Fingernägel hinterlassen haben. Ich strecke den Arm vor und sage: »Sie haben da einen üblen Kreuzbiss.«
Sie lacht laut. Ihre Brüste wippen vor meinen Augen, und ich bekomme Lust auf sie.

3.11.
Ich beziehe eine Kraft aus Manja, aus den Dingen zwischen uns, die mir Ruhe für den Rest des Tages schenkt. Die Frage taucht auf, von Zeit zu Zeit und aus eigenen Untiefen, wo all die Gedanken und Ängste geblieben sind, die es mir unmöglich gemacht haben, in Seminarräumen zu sitzen und die Körper neben mir zu ertragen, ihre Ausdünstungen, ihre Wärme, Phrasen, Dummheiten.
Ich wüte mich an Manja aus, bis ich Ruhe habe für den Rest. Sie erzählt mir, dass es ihr ähnlich geht, dass sie manchmal, wenn sie nach mir schlägt, in die Gesichter der Pflegefälle aus dem Krankenhaus boxt.
»Meine Geister«, sagt sie, und: »Manchmal weiß man einfach nicht, wie es auszuhalten ist. Die Gesichter, ihr Mäkeln, ihr Festhalten an Kleinigkeiten, während ihnen das Große und Ganze immer mehr zerbricht.«
Wir sind gleich, Manja und ich, gleich wütend, gleich tickend, gleich krank.

Ich versuche mich zu erden, indem ich Sarahs Brief öffne, die sauber beschriebene Seite hervorziehe, an deren Ende ich ihre Unterschrift erkenne. Ich zittere, muss den Brief vor mir auf das Bett legen, um lesen zu können.

Lieber Jakob,
die Tage ohne dich gehen ins Land und es stellt sich die Frage, ob du jemals hier gewesen bist, jemals ganz und gar. Deine Kleidung, deine Bücher, Comics, dein Rechner erzählen mir, dass ich mich nicht irren kann. Aber ich bin unsicher, ob ich diesen Geschichtenerzählern trauen kann. Wenn du hier gewesen bist, jemals, dann muss es eine Weile her sein, eine unbestimmte Zeit, weil du sonst nicht so einfach hättest gehen können. Oder nicht so. Ich frage mich, was du tust, warum, wie es dir geht, wie du lebst, auch ob, in einigen Momenten. Ich frage mich, ob es Spuren von Felix gibt, ob du sie finden konntest, ob du es überhaupt wolltest. In der Küche hängt dieses Bild von uns, das der dicke Kellner in Marseille von uns aufgenommen hat. Hinter uns der Hafen, die weißen Segel und Masten, und du hast den Arm um mich geschlungen, ganz fest. Ich schaue ins Bild, lächle (schrecklich), aber du hast im letzten Moment zur Seite geblickt, weil irgendetwas außerhalb deines Sichtfeldes passierte. Dein Kopf ist auf diesem Bild bloß ein Streifen aus Augen und Mund, ein Schwung, eine Verzerrung. So fühlt es sich an, gerade, während ich am Schreibtisch sitze, über das Sofa gucke, die Zeitungen, in das Regal. Ich frage mich, wo DEINE Spuren sind. Vielleicht solltest du vorbeikommen, sie mir zeigen, oder sie endgültig beseitigen. Ganz wie du willst. Sarah

Ich greife nach dem Papier, sehe, dass meine Finger feuchte Flecken darauf hinterlassen. Ich versuche mich zu konzentrieren, auf die Wohnung, auf den Brief, irgendetwas. Am Ende rastet mein Verstand wieder ein, als ich unter der Dusche stehe und das kalte Wasser über mich strömt.

Die nächsten zwei Tage gehe ich arbeiten und funktioniere. Abends sitze ich auf dem Sofa, trinke Bier, hoffe, dass Manja vorbeischauen wird. Aber sie bleibt fern, schweigt. Nur Felix spricht mit mir, redet über sein Tagebuch, setzt mir beruhigende Sätze von den eigenen Krankheiten ins Ohr. Den Winter über hat er studiert, sich mit Manja getroffen, sie haben sich geliebt und geschlagen, offenbar. Ein letzter, kurzer Eintrag beschließt das Jahr:

> *31.12.*
> Alles anders als vermutet, alles gleicher. Wer hätte das gedacht, liebes Tagebuch. Du vielleicht, ich nicht. Was festzuhalten bleibt: Ich werde mich überraschen lassen, das werde ich, vom neuen Jahr und überhaupt.

Mit einem Mal ist da ein Überdruss an seinen Worten in mir, an seiner Art. Ich gehe hinaus, in die anbrechende Dämmerung, in der sich gedämpfte Stimmen wie Decken zwischen die Hauswände spannen.

Der Sommer ist endgültig angekommen, hat seine Hitze in die Steine der Stadt gesteckt, die sie jetzt zurückgeben und der Nacht so ihre Kühle verweigern. Im Park überlege ich, bei einem der Schwarzen Gras zu kaufen. Sie sitzen auf Bänken, lachen in einer Sprache, die ich für Französisch halte, ohne verstehen zu können, was sie sich zurufen. Ich gehe weiter, rieche den Streichelzoo, Grillgeruch, höre Lachen vom Fußballplatz, wo eine Jugendmannschaft trainiert. Ich verlasse den Park, bleibe vor einem Balkon im Hochparterre stehen, auf dem sich Müll stapelt, alte Tische, zerbrochene Stühle, halb zerfetzte Pappkisten, ein paar Skier und ein ausgestopfter Uhu, der mit gelben Augen auf die Straße starrt. Ich trete vor den Balkon und versuche durch die Fenster zu spähen, hinter denen alles im Dunkeln liegt. Schließlich fasse ich mit den Händen nach dem Geländer, ziehe mich hoch, bis ich meinen Bauch darauf ablegen kann.

Ich strecke die Arme nach dem Uhu aus, versuche ihn zu erreichen. Als ich die braungrauen Federn des Vogels berühre, fühlen sie sich hart an, wie Knochen. Ich ziehe die Hand zurück, lasse mich vom Balkon hinabgleiten, auf einmal peinlich von dem Gedanken berührt, dass jemand meine Aktion beobachtet haben könnte. An der nächsten Kreuzung stehen einige Passanten, Autos und Fahrräder fahren vorbei, aber niemand scheint meinen Griff nach dem Uhu bemerkt zu haben.

Gegenüber wirbt ein angestrahltes Plakat für Lofts mit mindestens 150 Quadratmetern. Ich stelle mir Felix in einer dieser Wohnungen vor, Manja dazu, mich selbst, in großen Räumen, vor weiten Fenstern, wie wir umherspazieren und uns lachend unterhalten, auf dem Boden schlafen und morgens dort frühstücken würden.

Ich kaufe einige Biere, folge der Straße, setze mich zwischen die Menschen am Kanal und starre auf das Wasser. Einige Kanufahrer kommen vorbei und winken den Menschen am Ufer zu. Ich hebe meine Hand und bewege sie, schäme mich sogleich für diesen Impuls, der mir kindisch vorkommt. Ich trinke, denke an Manja, an Sarah, trinke auf die Arbeit, auf Felix, auf mich. Es ist zu spät, sich noch Sorgen zu machen.

15.1.

Es hat sich eingerichtet, so wie es ist. Es läuft, könnte man sagen. Es gibt Nächte und Morgen, an denen alles falsch ist, mein Körper, der Körper neben mir, die Ordnung der Dinge. Eine Gewissheit, dass alles beliebig ist, auf eine Art und Weise, dass man sich auch mit dem

Bestehenden arrangieren kann. In mir ist eine Unlust zu schreiben, stattdessen wächst der Wunsch, einfach Ruhe zu haben, von zu vielen Gedanken, von mir selbst, einfach Ruhe.

29.3.
Alles ist ruhig, aber ich spüre Wellen in meinem Kopf, einen feinen Wind, der die Oberfläche des Wassers kräuselt. Ich frage mich, ob das ein Sturm sein könnte, der aufkommt.

Er kommentiert mich, ich kommentiere ihn. Es fällt mir zunehmend schwerer, unsere Stimmen auseinanderzuhalten. Mein Telefon klingelt, Bastis Nummer wird angezeigt. Ich zögere, nehme schließlich ab.

»Ja?«

»Abend. Ich wollte fragen, ob alles okay ist.«

»Klar, alles okay.«

»Und Felix?«

»Weg, immer noch. Aber er schreibt Postkarten aus Frankreich.«

Er hustet.

»Nicht überraschend, irgendwie.«

»Nein.«

»Und du?«

»Ich?«

»Ja, ist alles klar bei dir? Ich habe versucht, dich zuhause zu erreichen. Sarah war … Sie sagt, du wohnst da nicht mehr.«

»Ja, das ist wohl so. Hat sich erledigt. Das ging nicht mehr. Ist wohl auch besser, würde ich sagen.«

»Aber wo wohnst du?«

»Bei Felix.«

Er schweigt. Ich höre seine Gedanken, die er laut in eine zweite Leitung hineindenkt.

»Ist das … bist du sicher, dass das eine gute Idee ist?«

»Warum nicht, für's Erste. Manja hat mir den Schlüssel gegeben. So hab ich mehr Zeit, etwas zu finden. Feldforschung.«

Ich lache. Er atmet.

»Ich weiß ja nicht. Du musst das wissen. Aber du musst aufpassen, denke ich. Das kann ja nicht gesund sein.«

»Nein, sicher nicht.«

Meine Stimme und meine Gedanken kühlen aus, setzen sich ab von diesem Gespräch.

»Hör zu, danke, dass du dir Sorgen machst. Ich mach mir meine Gedanken, natürlich mache ich das. Wir reden ein andermal. Ich komm dich wieder besuchen, in der Halle.«

Er will etwas sagen, traut sich aber nicht, es in die Leitung zu lassen. Am Ende sagt er: »Ja, mach das. Mach das wirklich« und legt auf. Ich schiebe das Handy unter die Bettdecke, setze mich, stütze die Hände nach hinten und starre an die Wand. Es gab eine Zeit, in der ich mit Basti joggen gegangen bin, zwei- oder dreimal die Woche, morgens, vor der Uni. Wir haben uns um sieben Uhr vor dem Volkspark getroffen, sind den Scharen der anderen Läufer gefolgt, haben uns in Kreisen auf den Berg in der Mitte des Parks hinaufgequält, von dort auf die Stadt geguckt, die im Morgendunst lag. Wir haben uns gedehnt, gestreckt, haben geredet, sind zurückgelaufen und haben studiert oder gearbeitet. Etwas Derartiges scheint jetzt unmöglich, ganz und gar unmöglich.

Sie steht vor der Tür, steht dort, als habe sie seit Stunden gewartet, regungslos, eine marmorne Statue mit rot geschminkten Lippen. Ihr Blick selbst, nicht ihre Hand, muss gegen die Tür geklopft, mich vom Sofa vor dem Fernseher geholt haben. Ich habe an die Nachbarin gedacht, während ich den Flur durchquerte, an Manja, die vielleicht ihren Schlüssel verloren hat – ein Gedanke, der mich sonderbar erregte. Und dann warten dort Sarah und ihr Blick, der mir ins Gesicht schlägt, der mich würgt, stärker, als es Manjas Arme und Hände je könnten. Ihre Haare sind am Kopf zurückgebunden, fallen hinten gewellt über Schultern und Rücken. Lang, denke ich, sie sind lang geworden, in so kurzer Zeit. Ich verspüre den Wunsch, meinen Rücken gerade zu machen, mich zu strecken, um ihr in die Augen sehen zu können. Sie starrt mich an und schweigt. Ihre Wortlosigkeit schiebt mich zurück in die Wohnung, als sei ich ihr dort weniger ausgeliefert. Sie folgt mir, ohne die Augen von mir zu lassen, tritt in den Flur, ins Wohnzimmer. Dort bleibt sie stehen, lockert ihren Blick, lässt ihn für einige Augenblicke durch den Raum gleiten.

»Willst du was trinken?« ist alles, was mir einfällt. Sie schüttelt den Kopf, ich gehe trotzdem in die Küche, nehme mir ein Glas aus dem Schrank, starre auf den Hahn, aus dem das Wasser sprudelt, über den Glasrand und meine Hand.

»Hast du meinen Brief gelesen?«

Sie steht im Küchendurchgang, Schulter und Kopf gegen die Wand gelehnt. Ihr Kleid, schwarz und bis knapp über die Knie hängend, lenkt meinen Blick ab, saugt ihn auf wie das Licht. Ich nicke vage in ihre Richtung.

»Und hast nichts zu sagen.«

Sie geht zurück in den Raum, lehnt sich gegen die Kante des Schreibtischs.

»Oder hast du?«

Ich stehe im Durchgang, achte peinlich darauf, die Füße auf den Fliesen der Küche zu behalten, auch die Fugen nicht zu berühren. Ein Kinderspiel denke ich, ein Kinderspiel.

»Willst du mich rausschweigen, ist es das?«

»Nein«, sage ich, und meine Stimme klingt aus dem Bauch, klingt müde und satt.

»Aber du hast recht mit dem, was du schreibst.«

»Darum geht es doch nicht.«

Sie legt den Kopf in den Nacken, schlägt mit ihren Handflächen auf den Schreibtisch. Wenn er nicht bricht, denke ich. Ihre Stimme wird lauter.

»Eine Reaktion will ich, verdammt noch mal! Sag mir was, irgendwas. Sag: *Warte!,* oder von mir aus: *Lass mich in Ruhe!*«

»Ja«, sage ich, »vielleicht das.«

Sie stößt sich vom Tisch ab, kommt auf mich zu, ich versuche vergebens, die Arme zu heben, die tonnenschwer an meinen Schultern hängen. Ihre Augen sind gewachsen, sind riesenhaft vergrößert und saugen alles Licht auf. In ihrem Blick liegt eine solche Kraft, dass ich sicher bin, er wird mich an der Wand zerdrücken, wenn sie es will. Ich stehe regungslos, sie greift nach mir, nach meinen bleiernen Armen, sie zieht daran, drückt, beginnt sie zu schütteln, als seien sie leicht wie Papier. Ihr Gesicht tanzt in meinem Sichtfeld, in ihren Augen explodiert ihr Zorn in unzähligen Farben, wird flackernd und brennend.

»Wo bist du überhaupt? Was bist du? Bist du nicht mehr als dieser Puddingmensch, ist das wirklich alles?«

Sie lässt mich los, ich taumele, aber falle nicht, auch nicht, als sie mir mit ihren Fäusten vor die Brust schlägt, als ihre Tränen laufen und ihr Make-up zerstören. Sie ist unwichtig, flüstert eine Stimme in meinem Kopf, wiederholt diesen Satz bei jedem Schlag, bei jedem Schrei, den sie ausstößt.

Sie lässt mich los, dreht ihr Gesicht weg und geht zum Regal, lehnt den Kopf dagegen. Ich höre sie weinen, und es ist fast so, als sei mir dieses Geräusch völlig unbekannt.

Schließlich zieht sie einige Bücher hervor, blättert darin, den Kopf gesenkt, ihr Rücken eine Mauer. Als der erste Band geflogen kommt, versuche ich nicht auszuweichen. Der *Joseph,* denke ich, als mir ein graues Taschenbuch gegen die Schulter schlägt. Andere Bücher, die an mir vorbeifliegen oder an meinem Körper abprallen, erkenne ich nicht. Die Bücher verursachen mir Schmerzen, das spüre ich, aber diese Empfindung liegt unter einer dicken Schicht Gleichgültigkeit vergraben. Als sich ein kleiner Berg an Buchrücken um mich herum gesammelt hat, lässt sie ab, beugt sich vor und starrt mich an.

Ihre Haare hängen ihr wild ins Gesicht, kleben an ihren rot verschwitzten Wangen und der Stirn.

»Du Feigling«, sagt sie. Ihre Stimme ist jetzt leise, sie spuckt die Wörter vor mir auf den Boden.

»Dass du überhaupt die Kraft hattest, dich hier reinzuschleichen. Dass du mir überhaupt die Tür aufmachen konntest. Guck sie dir doch an, seine Bücher, seine Notizen, die dich krank gemacht haben. Ich frage mich, wer von euch beiden eigentlich verschwunden ist, du oder er.«

Sie greift sich mit beiden Händen in den Nacken. Ihre Ellenbogen sind zwei Stümpfe, die auf mich zeigen.

»Eine Woche …«

Sie geht zur Flurtür, dreht sich dort um.

»Eine Woche noch, dann schmeiß ich deine Sachen auf die Straße. Hol sie dir vorher ab, oder lass es bleiben. Mir egal. Du weißt, wann ich arbeite, dann kannst du reinschleichen. Aber ich will dich nicht mehr sehen. Ich hoffe, dass das ankommt, in deinem aufgeweichten Schädel.«

Sie donnert die Tür ins Schloss. Ich höre ihre Schritte im Treppenhaus, dann wird es leiser. Ich setze mich zwischen die geworfenen Bücher, zwischen verbogene Seiten voller

Anstreichungen und Kommentare. Der Fernseher läuft noch, erzeugt einen Klangbrei, ganz am Rand. Auf dem Boden liegt ihr Brief, den ich aufhebe, mit einer Hand halte, dann vorsichtig erste Knicke hineindrücke, ihn zerknülle, ganz langsam, und dabei auf die Geräusche des Papiers achte. Ich stehe auf, trete neben den Schreibtisch, öffne das Fenster und werfe die kleine Papierkugel in den Hof.

20.10.
Eine Veränderung schleicht sich ein, kratzt an uns, dem Zusammensein. Es entstehen Lücken, Räume, in denen Schweigen herrscht, fragende Blicke, auf die ich oder sie nicht antworten können. Der Herbst weht den Sommer aus der Stadt, schickt ihm lachend Regen hinterher. Ich wälze Bücher, Zahlenkolonnen, mache Planungen für Abschlussarbeiten, Klausuren, die angemeldet werden wollen. Ich muss zu einem Ende kommen, denke ich, um die Fragen meiner Mutter zu vermeiden, deren zögerliche Freundlichkeit mich zur Weißglut treibt. Die Dinge sind fremd, alt, staubtrocken, sind Zahlen, Theorien, Erklärungsmuster, die nichts mit mir zu tun haben – ganz und gar nichts.

3.11.
Sie hat mir einen Zahn ausgeschlagen, tatsächlich einen Zahn. Sie machte eine Faust, ganz überraschend und entgegen ihrer sonstigen Gewohnheit. Der Schlag kam kurz und ansatzlos, traf meine Lippe, und im ersten Augenblick spürte ich nur Blut, einen vertrauten Druck, ein Prickeln. Doch als ich mit der Zunge darüberfahren wollte, spürte ich, dass ein Zahn nach innen, in den Mundraum geklappt war, ein loses Stück Knochen, nur

noch durch einen Hautfetzen mit mir verbunden. Und kaum im Bewusstsein dessen, was ich tat, drückte ich meine Zunge dagegen, brach den Zahn endgültig ab und spuckte ihn Manja entgegen. Eine rote Pfütze auf dem weißen Laken, darin der Zahn, gelblich, kaum zu übersehen.

Es folgt sein Eintrag am achtzehnten des Novembers: *Herbstgrau. Die Stadt ist gedeckelt,* an den ich mich erinnere, den ich vor Tagen oder Wochen gelesen habe. Jahre, denke ich, es könnten Jahre sein, in denen ich ein anderer Leser geworden bin. Ich blättere mich auf das Ende seines letzten Jahres zu, bleibe an einigen Einträgen hängen.

6.12.
Ich teile Manja mit, dass ich sie eine Woche nicht sehen möchte, dass ich zu viel habe von ihr. Sie zuckt die Schultern, geht. Abends trinke ich Bier mit Jakob, der stolz von seinem Job erzählt, ohne dass ich sicher bin, ob er mit der gleichen gewollten Begeisterung nicht von etwas völlig anderem erzählen könnte.

17.12.
Eine Vergessensweihnacht bahnt sich an. Er steht in der Tür, sie hinter ihm, hat eine Hand auf seinen Rücken gelegt. Eine graue Strickjacke, warum ausgerechnet eine graue Strickjacke, denke ich. Er reicht mir die Hand, ich drücke sie, und erst in diesem Moment sagt er »Felix«. Er zieht mich heran, umarmt mich und hält mich an seiner Brust.
Vielleicht weint er, ich bin nicht sicher, werde von seiner Brust direkt zu meiner Mutter gezogen, die sich

freut, mich wieder bei sich zu haben, es mir laut sagt, auf der Hausschwelle, es mitsagt für die Nachbarn.

25.12. (nachtmorgens)
Wir ertränken das Christkind in Rotwein, unsere Köpfe, die Sätze, die gesagt werden müssten, aber nie gesagt werden, alles wird in Rotweinkelchen ersäuft, geht gluckernd unter, im Lob über den Braten, das Dessert, den edlen Tropfen.
Mein Vater wird munterer, sein Kopf scheint besser zu funktionieren, wenn er betrunken ist, er redet, fragt, nach dem Studium, nach einer Freundin, nach Kanada. Ich erzähle, spärlich, vorsichtig, versuche nicht zu viel preiszugeben, mich bei mir zu behalten. Ich habe Angst, meine Erinnerungen könnten verloren gehen, in diesen beiden fremden Köpfen, die alles auslöschen, wegdrängen. Also bleibe ich verhalten; stattdessen trinken wir mehr, bis der Alte auf den Tisch sinkt, die Stirn darauf ablegt. Ich schaue ihm zu, beobachte seinen faltigen Hinterkopf, an dem sich mit letzter Kraft einige wenige Haare festhalten.
Im Schein der Lichterketten sieht er weiß aus, schwammig, wie durch einen Weichzeichner betrachtet, oder, denke ich, als löste sich nicht nur seine Erinnerung, sondern auch er selbst, allmählich ganz und gar auf.

27.12.
Was der Rotwein für einen Abend verbesserte, schlägt in diesen Tagen ins Gegenteil um. Er schweigt, ist ein grauer, alter Mann, der mich verständnislos anlächelt. Er stirbt, denke ich, ganz langsam, und ich schaue ihm dabei für einige Tage zu. Sie aber, denke ich, sie kann es

jeden Tag sehen, die Veränderungen, das Auflösen. Ich habe Mitleid mit ihr, das erste Mal seit Langem denke ich nicht, dass sie ihn zurücklassen sollte. Einen Sterbenden lässt man nicht zurück; sie hätte es vorher schaffen müssen, schon lange vorher.

Mit diesem Eintrag endet sein Jahr. In seinem Zimmer sitzend, auf seinem Bett, schalte ich kurz das Licht aus, um zu prüfen, wie viel Taggrau sich schon durch das Fenster wagt. Immer wieder nicke ich ein, döse für kurze Augenblicke mit einem ausgebrannten Gefühl.

10.1.
Was ich nicht verstehe, nicht begreifen kann oder will, aber brauche, ist Manjas Selbstverständlichkeit. Sie ist da.

Dann fällt mir auf, dass ich ihn schon gelesen habe, in meinen ersten Stunden über seinem Buch. Ein Kreis, denke ich, ein Kreis. Das Buch dünnt aus. Einträge im Februar dieses Jahres:

15.2.
Der Wunsch, die Uni zu verlassen, gerade jetzt, gerade wo alle Prüfungen angemeldet, alles fast schon vorbereitet ist, wird immer größer. Sich eine Dummheit zu trauen, eine riesengroße, dieser Wunsch entwickelt eine Kraft, die mit jedem Tag wächst.

22.2.
Die Rationalität kehrt zurück, in der Verkleidung von Manja, um mich zum Weitermachen zu überreden.

Im Morgengrauen dann, nach einigen Stunden Schlaf, die nur Minuten gewesen sein mögen, finde ich den ersten Eintrag, den ich jemals von ihm gelesen habe. Die Buchstaben tauchen auf wie alte Bekannte, begrüßen mich freundlich.

16.3.

Manjas Haut. Gestern habe ich mit den Fingern darübergestrichen und gedacht: wie hart sie ist. Aber es war dann nur die Hornhaut meiner Hand. Als ich es ihr sagte, lachte sie. Manchmal frage ich mich, ob sie mich auslacht. Ich habe sie aber nie gefragt.

In mir ist diese Angst, sie könnte darüber lachen.

Ich muss an Manjas Haut denken, die ich ebenfalls berührt habe, ohne sagen zu können, ob sie hart oder weich ist. Vielleicht beides. Wenige Einträge im April, die ich überblättere, bis auf einen:

5.4.

Ich habe sie fortgeschickt, habe es beendet, weil sie mich krank macht, weil sie nicht mehr ein Teil der Lösung ist, sondern des Problems, weil ich abhängig geworden bin, Medikamentenmissbrauch, weil sie krank ist, wir uns krank machen, weil wir uns schlagen mit Lust und lieben mit Langeweile.

Am Ende die Skizze einer Steinbrücke über einem Fluss, unter der eine Gestalt mit Hut liegt und schläft. Darüber die Worte: *Le clochard rêve d'être un clochard.* Ich komme an das Ende, erreiche die weißen Seiten, streiche mit den Fingern darüber. Platz, denke ich, viel Platz noch. Über dem Hof die Sonne, als ich das Fenster öffne, Vogelgezwitscher und das hartnäckige

Gurren einer Taube. Arbeiten, denke ich, und einen Tag freinehmen für das Vorstellungsgespräch. Der Gedanke daran weckt mich, lässt mich Kaffee aufsetzen, mich ins Bad gehen und das Gesicht unter kaltes Wasser halten. Die Müdigkeit zieht sich zurück, macht einer gespannten Wachheit Platz.

Das Arbeiten an diesem Tag ist beinahe ein Abschiednehmen. Die Kollegen sehen mich an, sehen meine Müdigkeit, meine Krankheit, fragen, ob alles okay ist.

Ich nicke, murmle etwas von schlechtem Schlaf. Dem Chef erzähle ich von der Beerdigung eines Freundes, der überraschend gestorben sei. Ein Witz, denke ich, ein wunderbarer Witz. Er nickt verständnisvoll, klopft mir mitleidig auf die Schulter, ob echt oder geheuchelt, ist mir egal. Zwei Tage frei. Zeit, mir einen anderen Anzug zu kaufen und nicht als der Clown aufzutreten, der ich eigentlich bin.

Zuhause, in seinem Flur, taste ich in den Briefkasten, ziehe Werbung heraus und einen Umschlag, auf den Sarah mit der Hand geschrieben hat: *Die letzten. Dein Name ist runter vom Briefkasten, von der Tür. Wenn du kannst und dich traust, sag ihm, wo du dich eingenistet hast.*

Im Umschlag stecken zwei Postkarten, hell und farbenfroh. Die erste: *Bayonne, Pays Basque,* Fachwerkhäuser, schmal und dicht gedrängt an einem Kanal, an dem einige Angler sitzen:

> Ich trampe, werde mitgenommen von einem Ehepaar in einem roten Van, der dem Klang nach jeden Augenblick auseinanderbrechen könnte. Am Steuer sitzt die Matrone, igelfrisurig, schnauft und schwitzt, und als ihr Mann, ein kleiner Hungerhaken mit gigantischem Schnauzer, zum Tanken seine Bonuskarte vergisst,

dreht sie sich zu mir um, Zorn in den Augen: »Qu'il est con! Qu'il est con!« und es klingt wie »kong«, und ich muss lachen. Sie lacht zurück, zahnlückend, denkt, dass wir uns verstehen, und steuert den Wagen grinsend Richtung Meer. Im Rückspiegel zwinkert sie mir zu. Ich wende den Kopf ab, schaue aus dem Fenster, sehe weiche Hügel, Wälder, ein Land, das sich abzusenken scheint, ganz langsam. »Zum Ozean«, sagt es, und ich nicke. Zum Abschied, am Fluss in Bayonne, wünschen sie mir eine schöne Zeit im Baskenland und ich denke, dass ich weiter muss, noch ein wenig.

Die zweite Karte: Blaues Meer mit Schaumkronen, darin Wellenreiter, auf dem weiten Strand vereinzelte Sonnenschirme, dahinter Dünen, weit und wellig. *Le Penon Plage.* Seine Schrift ist winzig, kaum lesbar.

Woran ich denken muss, absurderweise, als ich auf den Dünen stehe und über den Strand blicke, die bunt gesprayten in den Sand gesunkenen Bunker betrachte, ist dieses Lied von Hannes Wader, diese Elternschädigung: Bin auf meinem Weg/schon so lang/zerschlagen und träg/schon so lang/bin müde und leer/will nach Süden ans Meer/bin auf meinem Weg ohne Wiederkehr/schon so lang – Die Verbindung zur Heimat reißt ab, ganz langsam, Faser für Faser, je weiter ich mich entferne. Ich sitze im Sand. Ich denke daran, dass ich Claire suchen könnte, ohne noch wirklich den Wunsch danach zu verspüren. Ruhe ist da, eine unvorstellbare Ruhe. Das monotone Rollen der Brandung ist ein Medikament, das Heilung bringt, ohne zu betäuben. Jakob ist da, denke ich, ist in meinen Gedanken, irgendwo. Ich kann jemandem die Karte in die Hand drücken, kann sie einwerfen lassen. Alter Freund, denke ich, Feigling, Arschloch, denke ich, aber dann doch wieder: alter Freund. Und über allem: ins Meer. Endlich ins Meer.

Ich halte die Karte in den Händen, starre darauf, minutenlang. Ein Abschied, denke ich, so oder so, wie auch immer ich es lese, was immer ich auch mache. Keine Post mehr, kein Felix. Ins Meer, denke ich, und der Gedanke versetzt mir einen Stich. Was mir bleibt, ist seine Wohnung, ist Manja, ist das Gespräch, das Spiel.

Die drei Männer und die Frau sitzen hinter einem langen Bürotisch, sitzen in Anzug und Krawatte, sie im Blazer. Adrette Frisuren, Gel, Haarspray, eine dezente Gesichtsbräune, unaufdringlich, gesund. Die Blicke sind erwartungsvoll auf mich gerichtet, als ich den Raum betrete, in passender Hose, in blank polierten Schuhen und mit sauber gebundenem Schlips. Die Haare und das Gesicht habe ich im Spiegel der Toilette am Ende des Büroflurs betrachtet und geprüft, alles wirkt ordentlich und glatt, das weiß ich. Ein anderes Ich, für Minuten oder ein paar Stunden.

Das Gebäude liegt unweit der Friedrichstraße, das Regierungsviertel in Laufnähe, eine andere Welt, Schiebetüren, Überwachungskameras, ein Pförtner, der misstrauisch schaut. Erst als ich mich vorstelle, etwas vom Vorstellungsgespräch sage, nickt er freundlicher und lässt mich passieren. Er müsste nach meinem Ausweis fragen, denke ich, während ich an ihm vorbeigehe und auf den Knopf des Aufzugs drücke.

»Herr Carsten?«

Der Name fährt mir in den Körper, bleibt darin hängen. Ich nicke, sage: »Ja.«

Sie blättern in meinen, in seinen Unterlagen, prüfen, als hätten sie sich damit noch nicht eindringlich beschäftigt.

»Und das Studium haben Sie abgeschlossen?«

»Ja«, sage ich, »ich warte auf die Noten, die Ergebnisse. Das dauert.«

Nicken, sogar ein Grinsen in einigen Gesichtern, weil wir uns doch verstehen, die subtile Kritik an der Unibürokratie teilen. Am Himmel, der ein Rechteck ist hinter diesen Gesichtern, zieht ein Flieger einen Kondensstreifen zwischen einige Wolken. Ins Meer, denke ich, ganz plötzlich.

»Ihre bisherigen Noten sind gut«, sagt die Frau, »sehr gut. Und Ihre Praktika qualifizieren Sie mehr als ausreichend.«

Ihr Lächeln ist aus Plastik, ganz und gar. Vielleicht, denke ich, nach all dem Lesen, nach all dieser Zeit in seinem Leben, vielleicht bin ich echter als diese vier, vielleicht bin ich mehr Felix, als sie diejenigen sind, die sie sein wollen. Der Gedanke strahlt Ruhe aus, lässt mich auf Fragen nach meinen Zielen, nach meinen Vorstellungen von der Arbeit entspannt reagieren.

Ich höre mich erzählen, von den Gründen für meine Fächerkombination, von meinen Sprachkenntnissen, Stärken und Schwächen.

»Sie haben einen angenehmen Stil«, sagt einer der Männer und lächelt. »Kurz und knackig, wenn es sein muss, in längeren Artikeln vielleicht ein leichter Hang zum Ausschweifen. Darauf müssten Sie bei uns wohl verzichten.«

Ich denke an Felix' Kommentare zu den Bewerbungsfotos, ziehe die Lippen hoch, spanne an, bis ich mein Lächeln für irre halte. »Dann sieht es natürlich aus«, höre ich seine Stimme in meinem Kopf.

»Wir können Ihnen nichts garantieren«, sagt einer der Männer, an dessen Augenbraue ich ein Stück Stoff entdecke, winzig, vielleicht den Rest eines Taschentuchs, mit dem er sich das Gesicht oder die Augen abgetupft hat. Dieses Stück Stoff nimmt mich ganz gefangen, ich muss mich bemühen, nicht zu ihm zu gehen und es zu berühren.

»Aber es sieht gut aus«, führt die Frau den Satz fort. Ich sehe ihre Bluse an, versuche mir ihre Unterwäsche vorzustellen, glaube, sie plötzlich ganz deutlich unter dem Stoff durchscheinen zu sehen.

»Natürlich müssen wir alle Bewerber prüfen, das gebietet allein die Fairness.« Der Mann am rechten Rand nickt mir aufmunternd zu. Sein Doppelkinn wackelt dazu im Takt. Ich lächle, lächle immerzu. Ich bin Jakob, bin Felix, bin der Carsten, der Lettner, ich bin von allem ein bisschen, und diese Gestalten sind nichts, sind nicht real, nicht realer als seine Sätze, seine Sprache. Ins Meer, denke ich, als sie aufstehen und mir die Hand schütteln.

»Sie hören bald von uns«, sagt die Frau und macht dazu eine Kopfbewegung, über die ich den Vermerk *Aufmunternd* setze.

Draußen, in den Straßen, bewegen sich Busse, Radfahrer, Touristengruppen. Bewegung, immerzu Bewegung in dieser Stadt, der es sich anzupassen gilt. Ich nehme den Schlips ab, werfe ihn unweit der Friedrichstraße in die Spree. Eine Frau, die mir entgegenkommt, bleibt stehen, beobachtet mich dabei, lacht dann und wirft mir eine Kusshand zu. Unten im Fluss Touristenboote, weiß und gläsern. Quakende Stimmen aus Lautsprechern, die den Menschen die Welt erklären. In so einem Boot müsste man sitzen, denke ich, und dass ich zurückwill, nach Hause, an den Schreibtisch, etwas aufschreiben, über diesen Tag, etwas festhalten.

30.6.
Die Wohnung ist still. Die Tage vergehen, mit Arbeiten, mit Warten. Noch habe ich keine Antwort darauf, ob mein Spiel aufgegangen ist, ob ich er sein konnte, überzeugend genug, ausreichend qualifiziert. Wenn ich den Job bekomme, denke ich, denke nicht weiter. Über allem liegt diese Angst, sich ausweisen, sich identifizieren zu müssen. Eine Pflicht, der ich nicht nachkommen könnte, die sich falsch anfühlt, in meinem Fall, aber auch grundsätzlich. Ich stütze meine Ellenbogen auf den Schreibtisch, schaue hinaus. Im Hof läuft türkische Popmusik, zu der jemand mitsingt, falsch, aber voller Hingabe.
Ich denke an Felix, denke an mich, denke an die Katastrophe, die seine Rückkehr bedeuten würde. Er würde mich hinausschieben, mich auslöschen. Ich denke über meine Möglichkeiten nach. Alles und nichts, was wahrscheinlich nicht weiter besonders ist. Ich kann warten. Ich werde mir ein Eis kaufen, werde durch den Park spazieren, mich vielleicht endlich in den Streichelzoo wagen, zu den Ziegen und Schafen. Ich könnte umdekorieren, einige neue Möbel kaufen. Das Sofa ist alt, ausgelegen, tut meinem Rücken weh, aber es ist Erinnerung, ist Verbindung. Ich habe Bücher zu lesen, neu und alt zugleich, auf die ich mich freue, habe Musik, habe weiße Seiten, die ich füllen kann.
In meinem Rücken, in der Tür, höre ich das reißende Geräusch eines Schlüssels, das Knacken des Schlosses. Schritte im Flur, vorsichtig, tastend, ein schweres, schnaufendes Atmen. Das wird Manja sein.

Hannes Köhler

Ein mögliches Leben

Roman

Ein Wunsch, den Martin seinem Großvater Franz nicht abschlagen kann: eine letzte große Reise unternehmen, nach Amerika, an die Orte, die Franz seit seiner Kriegsgefangenschaft 1944 nicht mehr gesehen hat. Martin lässt sich auf dieses Abenteuer ein, obwohl er den Großvater eigentlich nur aus den bitteren Geschichten seiner Mutter kennt.
Unter der sengenden texanischen Sonne, zwischen den Ruinen der Barackenlager, durch die Begegnung mit den Zeugen der Vergangenheit, werden in dem alten Mann die Kriegsjahre und die Zeit danach wieder lebendig. Und endlich findet er Worte für das, was sein Leben damals für immer verändert hatte.

Mit jeder Erinnerung, mit jedem Gespräch kommt Martin seinem Großvater näher, und langsam beginnt er die Brüche zu begreifen, die sich durch seine Familie ziehen. Er erkennt, wie sehr die Vergangenheit auch sein Leben geprägt hat, und sieht seine eigene familiäre Situation in einem neuen Licht.

Lesen Sie, wie der Roman beginnt …

1.

ALS MARTIN ERWACHTE, roch es nach Kaffee. Ein Kind weinte. Die Turbinen brummten gleichmäßig, eine leichte Vibration ging durch den Flieger und setzte sich durch die Lehne bis in seinen Arm fort. Seine Sitznachbarin hatte sich eine Decke der Fluggesellschaft bis zum Kinn gezogen und schlief, durch das Fenster hinter ihr sah er faserige Wolken, vom Licht der aufgehenden Sonne in Rot getaucht, darunter das Blau des Meeres, in der Ferne eine grüne Landfläche.

Eine Hand legte sich auf seine Schulter. Der Alte stand im Gang und lächelte ihn an. Von unten sah Martin Härchen aus seiner Nase ragen.

»Geht es dir gut?«, fragte der Alte.

Martin nickte.

»Man muss laufen«, sagte sein Großvater, »ich habe das gelesen, man soll laufen wegen der Thrombose.«

Wieder nickte Martin.

»Ich habe diese Strümpfe an«, flüsterte der Alte, »da kommt man sich vor wie eine Dame für gewisse Stunden.«

Martin musste lachen.

»Du solltest auch aufstehen.«

»Werde ich, Opa. Ich muss erst mal wach werden.«

»Dann mach das mal«, sagte der Alte, »und komm mich besuchen. Ich werde noch ganz bräsig da oben.«

Als er weiterging, berührte er kurz mit der flachen Hand

den Kopf seines Enkels. Martin saß regungslos in seinem Sitz, er sah den Fingern nach, die sich von seinem Kopf entfernten, sah den goldenen Ring, die Leerstelle kurz darüber, nach dem Gelenk nur dieser weiße Knubbel Narbengewebe, vor dem er sich als Kind so gefürchtet hatte. Diese Angst, ihm könnten Teile seines eigenen Körpers abfallen, wenn er den halben Finger an der rechten Hand seines Großvaters berührte.

»Und ich leg meine Hand auf die Hauswand … und: Pamm, da hatten die Amis mir den Finger abgeschossen.«

Und zum Beweis hatte er immer die Hand emporgereckt, mit dem Stummel gewackelt und gelacht. Und der kleine Martin hatte ängstlich den Finger betrachtet, von dem er glaubte, er habe ein Eigenleben. Dass er den Ring nicht einfach am anderen Finger trug oder an der linken Hand. Wie eine Auszeichnung den Ehering ausgerechnet an diesem Stumpen zu tragen.

»Ach, der Finger«, hatte seine Mutter gesagt. »Da hab ich so viele Varianten gehört: ein Feuergefecht in Frankreich, ein Arbeitsunfall im Lager.«

»Und was glaubst du?«, hatte er gefragt.

»Dem glaube ich schon lange nichts mehr«, hatte sie geantwortet.

Martin schaute auf den Bildschirm in der Rückenlehne vor sich, betrachtete den kleinen weißen Flieger, der eine Linie hinter sich herzog, das Blau des Atlantiks schon fast überquert hatte und jetzt über dem großen Fischmaul des Sankt-Lorenz-Stroms schwebte. Martin sah die Geschwindigkeitsanzeige und rechnete nach: zweihundert Meter, jede Sekunde. Zweihundert Meter weiter weg, zweihundert Meter mehr nur er und der Alte, nur er und dieser Kontinent, nur er und die Geschichten von verlorenen Fingern und dem verlorenen Krieg.

Am Flughafen war seine Mutter völlig aufgedreht gewesen, sie war pausenlos hin und her gelaufen, hatte sich ständig geräuspert, gehustet, sie hatte ihn beiseitegenommen und ihm gesagt, er solle gut achtgeben auf seinen Großvater, auf seinen Schlaf, seine Medikamente, seine Ernährung. Und Martin hatte zum Alten geschaut, der ein wenig abseits bei ihren Koffern stand, sehr ruhig. Der Blick ein wenig trübe, wolkig, hatte Martin gedacht. Sein Großvater trug einen Anzug, hatte sich schick gemacht für die Reise, er sah elegant aus und gerade, sehr gerade. Martin dagegen fand sich krumm, verwachsen, ungepflegt in seiner Jeans und dem weiten, ungebügelten Hemd. Klein war das Wort, er hatte sich klein gefühlt, obwohl er den Alten beinahe um einen Kopf überragte.

»Dass er nicht übermütig wird«, hatte Barbara gesagt, und Martin hatte seine Mutter angelächelt und den Kopf geschüttelt. Wie mit Kindern sprach sie mit ihnen. Mit Martin immer noch und mit dem Alten jetzt erst. Das war es, was einen erwartete, dachte er, nur dass sie sich nicht traute, es ihrem Vater direkt zu sagen. Er versuchte, sich Judith vorzustellen, als erwachsene Frau, in vierzig oder fünfzig Jahren, die ihm Vorschriften machte, die versuchte, ihm eine Reise mit seinem Enkel zu verbieten. Er schaffte den Sprung nicht, schaffte es in den Kindergarten, in die Grundschule, konnte sich seine Tochter als kleines Mädchen vorstellen, aber weiter reichte seine Phantasie nicht, nicht zu einer Frau, nicht zu einer Mutter.

Er beugte sich vor, tippte auf dem Bildschirm herum, gelangte in ein Menü, suchte nach einem Film, las einige Beschreibungen, ließ es bleiben. Er lehnte sich zurück, schloss die Augen, spürte den Luftstrom der Düse auf seiner Stirn. Nur du und dein uralter Großvater, dachte er, was für eine Dummheit. Ein gigantischer Doppelstockbus in der Atmosphäre, Tausende Kilometer, die schon hinter dir und noch vor dir liegen. Er glaubte, sich von oben auf den Scheitel schauen zu können, der am Hinterkopf ein wenig weiter wurde. Schau an, dachte er, auch das noch. Was willst du denn, flüsterte er sich selbst ins Ohr, du hast es doch so gewollt.

Mit Regen hatte es begonnen, mit Regen, der gegen die Schräge des Dachfensters getrommelt hatte. Oder, dachte er, nicht begonnen, nicht begonnen an diesem Tag, aber sich entschieden. Es hatte sich mit dem Regen entschieden, mit diesem Morgen, an dem er aus dem Bett hinaus ins Grau des Himmels geschaut hatte, in dieses Hauptstadtgrau, in dem kein Frühling wartete, kein Garnichts. Er hatte das Kissen an die Wand geschoben und sich aufgesetzt, hatte ein leichtes Pochen verspürt, einen Druck im Magen. Nichts, was wirklich den Namen Kater verdient hätte, eher ein unangenehmes Gefühl. Damit hatte es zu tun gehabt. Und mit dem Brief, der am Vortag gekommen war, mit der Kündigung, eine Kündigung ohne Überraschung. Er kannte das sommerliche Spiel: Der Brief im Mai, irgendein Standardschrieb, den die Schulleiter wahrscheinlich vorgefertigt in ihren Schubladen hatten und an Leute wie ihn verschickten:

Bedauern wir sehr, keine Verlängerung des, wünschen Ihnen für Ihre weitere. Dann Neuanstellung Ende August, an derselben Schule, wenn möglich, an einer anderen, wenn ein weiterer Vertrag die Entfristung bedeutet hätte. Freuen wir uns sehr, Ihnen, hoffen, dass Sie, tolles Team, an unserer bunten und kreativen. Er hatte gewusst, dass dieser Brief kommen würde, dass sie ihn wieder haben wollten im August, nur eben nicht genug haben wollten, um ihm die Ferien zu bezahlen.

Also würde er trotz dieses Briefes vor der Klasse stehen, der 7a, würde unterrichten: Past tenses and their use. Würde auf die nächste Klassenarbeit vorbereiten, Kinder anlächeln, kurz vor der Pubertät oder schon mitten darin, zwergenhafte Jungen und Mädchen, deren Oberteile sich zu wölben begannen. Eine anstrengende Klasse, zu viele dumme Kinder, zu viele vorlaute, zu wenige Hoffnungsschimmer, zu schlechte Aussprache, zu wenig Interesse. Und immer Grammatik. Wieder und wieder. Wie hätte er ihnen verübeln können, dass sie gelangweilt waren. Und trotzdem: Ärger, dass sich niemand für ihn einsetzte, dass man seine Stunden nahm, sein Engagement, English Film Club, unbezahlte Extrastunden, die, wenn er ehrlich war, das Schönste an der ganzen Sache waren, dass man all das nahm, aber niemand sagte: Der ist gut, dem geben wir jetzt einen richtigen Vertrag, einen echten.

Er hatte zum Schreibtisch geschaut, die Rotweinflasche neben dem Laptop fast leer, das Blinken an der Vorderseite des Rechners verriet ihm, dass er das Gerät nicht ausgeschaltet hatte, einfach mit dem Stuhl herübergerollt und ins Bett gekrochen war. Ein stetiges Pochen hinter der Stirn, vielleicht doch ein Kater, aber ein kleiner nur.

Einen kurzen Moment versuchte Martin, sich einzureden, dass es dieser Kater gewesen war, dass alles daran gelegen hatte. Aber vor allem, dachte er, war es die Erinnerung an den Tag zuvor gewesen, an den Samstag mit Judith, an das Spielen, das Herumrobben auf dem Boden, das Grimassenschneiden. Wie sie sich festhielt, auf ihren wackeligen, speckigen Beinen, wie sie schaute und wie er alles wiederholen musste, immer und immer wieder, Hände vorm Gesicht, Hände weg, Hände vorm Gesicht, Hände weg. Ihr Laufen ein stetiges Vorwärtsfallen, ein Stürzen, das irgendwann auf dem Boden enden musste. Und als es dann passierte: Quaken und Flennen, als ginge die Welt unter. Und er hatte lachen müssen, die Kleine im Arm gehalten und lachen müssen über die Tränen seiner Tochter. Was zum Teufel ist mit dir los, hatte er gedacht, aber dann hatte sie aufgehört zu weinen und mitgelacht, hatte ihn angestrahlt und gegluckst und gekichert. Ein paar Augenblicke lang war sein Kopf leer gewesen, nur Lachen, sonst nichts.

Ein paar Stunden später hatte er vor Lauras Tür gestanden, die Kleine auf dem Arm, ihre Tasche neben sich auf dem Fußboden. Er war zu spät gewesen und hatte erwartet, dass Laura einen Kommentar machen würde, aber sie hatte ihn nur hereingewunken, hatte ihm die schlafende Judith nicht abgenommen, sondern war vorangegangen und hatte ihm zugeschaut, wie er seine Tochter in ihr Bett legte. Eine Weile hatten sie beide schweigend im Zimmer gestanden und ihr beim Schlafen zugeschaut.

Danach hatten sie im Flur gestanden und geredet, er wusste nicht mehr, über was, er hatte über ihre Schulter hinweg die offene Tür des Wohnzimmers gesehen, ein Weinglas auf dem Tisch beim Sofa, er hatte nicht erkennen können, ob es das einzige Glas auf dem Tisch war. Er hatte sich gefragt, wann er das letzte Mal dort gesessen hatte. Vielleicht bei Judiths erstem Geburtstag, inmitten kreischender Kinder und anderer Eltern. Du hast nie wirklich dort gesessen, sagte er sich, warst immer nur zu Gast.

»Alles okay?«, hatte sie gefragt, und er hatte genickt und sich verabschiedet.

»Danke dir«, hatte sie gesagt und ihm auf die Schulter geklopft.

Er ließ sich von der Stewardess einen Kaffee geben und ein kaltes Croissant. Das war es gewesen, dachte er, dieses Schulterklopfen, der Tag mit der Tochter und als Dank dieses aufmunternde Klopfen, der Weg nach Hause mit dem Fahrrad im Regen, der Wein, die kurze Nacht, der Brief und der Kater. Das war die Vorbereitung gewesen für den Moment, in dem er sich den Laptop ins Bett geholt, das Postfach geöffnet und die Nachricht gelesen hatte. »Re: Aw: Re: Viele Grüße aus Essen« im Betreff, dazu die Adresse: f.schneider26@web.de. Er scrollte durch die ersten Nachrichten des Alten, die er vor zwei Wochen im Spam-Ordner entdeckt hatte, zwischen »Hi luv!«, »Potenzpillen, jetzt!!« und der Aufforderung, jemandem bei der Auszahlung seines Erbes behilflich zu sein. Er überflog die Sätze über den neuen PC, den Martins Cousin eingerichtet hatte, über die ersten Versuche mit dem Internet und die Faszination, die es im Alten ausgelöst hatte. Martin hatte sich damals die langen, dünnen Finger seines Großvaters auf der Tastatur eines Rechners vorgestellt, den abgespreizten, im Rhythmus der Anschläge wippenden Ringfingerstumpf.

Er sah ihn durch die Reihen auf der anderen Seite des Fliegers zurückkommen, er winkte, bevor er wieder die Treppe in die Businessclass emporstieg.

Mit jeder weiteren Nachricht, die der Alte aus dem Ruhrgebiet an seinen Enkel geschickt hatte, war diese Distanz zwischen ihnen geschrumpft, die sich sonst in Händeschütteln, einem Rückenklopfen oder ein, zwei ungelenken Sätzen über das Studium oder die Arbeit geäußert hatte.

Sätze über Einsamkeit hatten sich in die Belanglosigkeit gemischt, Sätze über Trauer und über das Fehlen der verstorbenen Frau. »Ich wache auf und rede mit ihr«, hatte der Alte geschrieben, »obwohl sie schon seit Wochen nicht mehr auf der anderen Seite des Bettes liegt.«

Martin hatte das Kopfkissen gegen die Wand gestellt und sich dagegengelehnt, hatte an die dunkle Kirche gedacht und den Sarg der Großmutter, die vielen Menschen in Schwarz, die vielen kalten Hände, die er an diesem Tag hatte schütteln müssen.

Und in der folgenden Nachricht hatte dieser Satz gestanden: »Ich habe die Lager gefunden.« Martin hatte sich dunkel erinnert an Geschichten aus der Gefangenschaft, Anekdoten über Fußballspiele und den Englischkurs, die auf Familienfeiern immer für einen Lacher gut gewesen waren. »Ich habe mit einer Frau geschrieben, die ein Museum betreibt in Texas, an der Stelle, wo früher unser Lager war.« Und darunter ein Link, der ihn auf eine Seite führte, auf der eine graue Baracke zu sehen war, ein gedrungen wirkender, achteckiger Wachturm, dazu viele Aufnahmen in Schwarzweiß.

Texas, hatte Martin gedacht und den Namen des Ortes gesucht, die Karte geöffnet, nur um auf einem grauen Fleck im Nirgendwo zu landen. Er musste herauszoomen, dann noch mal und noch mal, um San Antonio zu sehen, Austin und Houston.

»Es gibt noch ehemalige Wächter dort«, hatte der Alte geschrieben, »die sich regelmäßig treffen. Ab und an kommt ein Deutscher dazu, so wie ich. Das ist sicher eine Dummheit, denkst du nicht? Dieser Wunsch, dort noch einmal zu stehen, noch einmal zu prüfen, ob Texas so riecht, wie ich mich daran erinnere. Ob der Boden die richtige Farbe hat. Und die Männer zu sehen, die damals auf der anderen Seite des Zauns gestanden haben. Fernweh. Das hatte ich fast vergessen.«

Martin hatte auf den Monitor gestarrt, er hatte mit den Fingernägeln auf der Freifläche unterhalb der Tastatur getrommelt, dann auf »Antworten« geklickt.

Der Kater, dachte er, während er sich abschnallte und aufstand. Judith und Laura, die Schule, die Kündigung, dachte er, während er die Treppe in die Businessklasse hinaufstieg, einfach alles. »Dann lass uns hinfliegen«, hatte er geschrieben und die E-Mail abgeschickt. Wegen dieser E-Mail würde er jetzt wochenlang auf diesen Mann achtgeben müssen, der fast neunzig war und über dessen Gesundheitszustand er eigentlich nichts wusste. Vielleicht hättest du es stoppen können, vielleicht. Aber nur wenige Minuten später war wieder eine Nachricht in seinem Postfach erschienen: »Ich rufe Dich an!« Und beinahe im selben Moment hatte sein Handy gesummt, sein Kopf gesummt, der Alte, seine Stimme. Wie stoppt man den Enthusiasmus eines so alten Menschen?

»Da bin ich«, sagte er, und der Alte schaute von seinen Papieren auf und lächelte ihn an. Seine Lesebrille saß sehr weit unten auf der Nase. Martin ging in die Hocke.

»Was liest du?«

Er stützte sich auf die Lehne des großen Sitzes. Er roch den Alten, roch Rasierwasser und einen herben Duft, der etwas von trockener Erde hatte. In seinem Rücken dezentes Licht und das rhythmische Klackern von Fingern auf Tastaturen. Der Alte reichte ihm ein Blatt Papier. »RMS Mauretania (Schiff, 1939)«, stand oben auf dem Ausdruck, darunter einige Informationen, ein Index. Vorkriegszeit, Nachkriegszeit, las er.

»Unser Kreuzfahrtschiff«, sagte der Alte. »Oben die verletzten Amis und unten wir. Ich weiß nicht mehr, wo wir damals in England gelandet sind. Ich hab mich das oft gefragt. Eine kleine Stadt war das, an der Südküste. Von da ging es mit dem Zug nach Glasgow. Da lag sie. Mauretania. Mein erster Dampfer.«

»Wie war der Swimmingpool?«, fragte Martin.

»Topp«, sagte der Alte, »und das Büfett erst.«

Martin überflog den Text, reichte ihn dem Alten zurück.

»Die Maschinen«, sagte der Alte, »ich kannte ja das

Dröhnen von Bohrern unter Tage, Lärm und Hitze. Aber dieser hämmernde, hektische Rhythmus. Das Zischen des Dampfs. Ich glaube, ich habe den ersten Tag nur gelauscht, den Kopf an der Wand des Lagerraums. Und dann ging es auf und ab in die Wellen. Wir haben einen Sturm erwischt, das sag ich dir. Das Metall hat gesungen wie ein Wal. Das sind so Sachen …«

Er tippte sich an die Stirn.

»Eingebrannt, auch wenn mir die Rübe weich wird, irgendwann. Das ist drin. Die Leute haben gekotzt und gebetet. Und sich festgeklammert, damit sie nicht durch den Laderaum rutschen. Tagelang konnten wir nicht an Deck. Alles kotzte und jammerte. Und alles stank.«

Was hast du erwartet, dachte Martin.

»Ich kannte ja Dunkelheit, eingesperrt sein, das war ja nichts Neues für mich. Bin zweimal verschüttet worden in den zwei Jahren, bevor sie mich gezogen haben. Hitze, Schwärze, all das. Aber die Erde, den Stollen, das kannte ich. Diese Kiste im Wasser. Wie soll man das aushalten, als Bergmann. Auch ein Bergmann braucht mal die Sonne.«

»Sie können hier nicht sitzen«, sagte die Stewardess. Sie stand hinter Martin im Gang und balancierte ein Tablett auf der Hand. »Dieser Bereich ist für Businesskunden reserviert.«

»Aber Fräulein«, sagte der Alte und lächelte, »Sie wollen einem alten Mann doch nicht den Enkel ausspannen!«

Sie blieb stehen, musterte die beiden.

»Ich wollte ihm das Ticket ja bezahlen, aber der junge Herr hat seinen Stolz.«

Was er zu sagen vergaß, war, dass der Stolz nur so weit gereicht hatte, um die Business abzulehnen, nicht aber das normale Ticket. Die Frau lächelte.

»Aber nur ein paar Minuten. Und wenn sich andere Gäste beschweren, müssen Sie auf Ihren Platz zurück.«

»Natürlich«, sagte Martin. Sein Großvater sah der Frau nach, er musterte ganz offensichtlich ihren Hintern. Anschließend beugte er sich vor, um aus seinem Rucksack eine Mappe hervorzuholen, sie zu öffnen und in einigen Papieren zu blättern. Martin sah den halben Ringfinger, war einen Moment versucht, danach zu fragen, ließ es aber.

»Ich hab ein paar Kopien mit«, sagte der Alte, »ein bisschen mehr Info als in den Büchern. Primärquellen, sozusagen. Hast du das *Prisoners of War*-Buch von Krammer gelesen?«

»Fast fertig«, log Martin. Aber immerhin, dachte er, immerhin die ersten paar Kapitel, immerhin kannte er die Zahlen, die ihm absurd hoch erschienen waren, immerhin hatte er gelesen von den Truppentransportern, die Amerikaner nach Europa brachten und Deutsche zurück, hatte die Fotos gesehen der Deutschen bei der Erstregistrierung, bei der Entlausung, die traurigen Gesichter bei der Einschiffung, die in den Nacken gelegten Köpfe der Männer, die zum Fotografen hinaufschauten, in der zusammengepressten Menge an Deck. Er hatte tatsächlich nach seinem Großvater gesucht, viele skeptische Blicke gefunden, aber auch viele lächelnde Männer. Es hatte ihn berührt, diese Gesichter zu sehen und sich vorzustellen, wie der Alte dort an Deck stand und über das Meer schaute.